भीष्म साहनी

जन्म : 8 अगस्त, 1915 को रावलपिंडी (पाकिस्तान) में।

शिक्षा : हिन्दी-संस्कृत की प्रारम्भिक शिक्षा घर में। स्कूल में उर्दू और अंग्रेजी। गवर्नमेंट कॉलेज, लाहौर से अंग्रेजी साहित्य में एम.ए., फिर पंजाब विश्वविद्यालय से पी-एच.डी.।

बँटवारे से पूर्व थोड़ा व्यापार, साथ-ही-साथ मानद (ऑनरेरी) अध्यापन। बँटवारे के बाद पत्रकारिता, 'इप्टा' नाटक मंडली में काम, बंबई में बेकारी। फिर अम्बाला में एक कॉलेज में तथा खालसा कॉलेज, अमृतसर में अध्यापन। तत्पश्चात् स्थायी रूप से दिल्ली विश्वविद्यालय के ज़ाकिर हुसैन कॉलेज में साहित्य का प्राध्यापन। इस बीच लगभग सात वर्ष 'विदेशी भाषा प्रकाशन गृह', मॉस्को में अनुवादक के रूप में कार्य। अपने इस प्रवासकाल में उन्होंने रूसी भाषा का यथेष्ट अध्ययन और लगभग दो दर्जन रूसी पुस्तकों का अनुवाद किया। क़रीब ढाई साल 'नई कहानियाँ' का सौजन्य-सम्पादन। 'प्रगतिशील लेखक संघ' तथा 'अफ्रो-एशियाई लेखक संघ' से भी सम्बद्ध रहे।

प्रकाशित पुस्तकें : *चीलें, भाग्यरेखा, पहला पाठ, भटकती राख, पटरियाँ, वाङ्‌चू, शोभायात्रा, निशाचर, पाली, डायन, चीलें* (कहानी-संग्रह); *झरोखे, कड़ियाँ, तमस, बसंती, मय्यादास की माड़ी, कुंतो, नीलू नीलिमा नीलोफ़र* (उपन्यास); *माधवी, हानूश, कबिरा खड़ा बज़ार में, मुआवजे, सम्पूर्ण नाटक* (दो खंडों में) (नाटक); *आज के अतीत* (आत्मकथा); *गुलेल का खेल* (बालोपयोगी कहानियाँ)।

सम्मान : अन्य पुरस्कारों के अलावा *तमस* के लिए 'साहित्य अकादमी पुरस्कार' तथा हिन्दी अकादमी, दिल्ली का 'शलाका सम्मान'।

साहित्य अकादमी के महत्तर सदस्य रहे।

निधन : 11 जुलाई, 2003

वाङ्चू

भीष्म साहनी

राजकमल पेपरबैक्स

पहला पुस्तकालय संस्करण
राजकमल प्रकाशन प्राइवेट लिमिटेड द्वारा
1978 में प्रकाशित

राजकमल पेपरबैक्स में
पहला संस्करण : 2016

राजकमल पेपरबैक्स : उत्कृष्ट साहित्य के जनसुलभ संस्करण

राजकमल प्रकाशन प्रा. लि.
1-बी, नेताजी सुभाष मार्ग, दरियागंज
नई दिल्ली-110 002
द्वारा प्रकाशित

शाखाएँ : अशोक राजपथ, साइंस कॉलेज के सामने, पटना-800 006
पहली मंजिल, दरबारी बिल्डिंग, महात्मा गांधी मार्ग, इलाहाबाद-211 001
36 ए, शेक्सपियर सरणी, कोलकाता-700 017

वेबसाइट : www.rajkamalprakashan.com
ई-मेल : info@rajkamalprakashan.com

बी.के. ऑफसेट
नवीन शाहदरा, दिल्ली-110 032
द्वारा मुद्रित

मूल्य : ₹ 150

WANGCHOO
Stories by Bhishma Sahni

ISBN : 978-81-7178-503-2

वरुण के लिए

क्रम

ओ हरामजादे

घुमक्कड़ी के दिनों में मुझे खुद मालूम न होता कि कब किस घाट जा लगूँगा। कभी भूमध्य सागर के तट पर भूली-बिसरी किसी सभ्यता के खँडहर देख रहा होता, तो कभी यूरोप के किसी नगर की जनाकीर्ण सड़कों पर घूम रहा होता। दुनिया बड़ी विचित्र, पर साथ ही अबोध और अगम्य लगती। जान पड़ता, जैसे मेरी ही तरह वह भी बिना किसी धुरे के निरुद्देश्य घूम रही है।

ऐसे ही एक बार मैं यूरोप के एक दूरवर्ती इलाके में जा पहुँचा था। एक दिन दोपहर के वक्त होटल के कमरे में से निकलकर मैं खाड़ी के किनारे बेंच पर बैठा आती-जाती नावों को देख रहा था, जब मेरे पास से गुजरते हुए अधेड़ उम्र की एक महिला ठिठककर खड़ी हो गई। मैंने विशेष ध्यान नहीं दिया। मैंने समझा, उसे किसी दूसरे चेहरे का मुगालता हुआ होगा। पर वह और भी निकट आ गई।

''भारत से आए हो?'' उसने धीरे से बड़ी शिष्ट मुस्कान के साथ पूछा।

मैंने भी मुस्कराकर सिर हिला दिया।

''मैं देखते ही समझ गई थी कि तुम हिन्दुस्तानी होगे।'' और वह अपना बड़ा-सा थैला बेंच पर रखकर मेरे पास बैठ गई।

नाटे कद की बोझिल-से शरीर की महिला बाजार से सौदा खरीदकर लौट रही थी। खाड़ी के नीले जल जैसी ही उसकी आँखें थीं—इतनी साफ नीली आँखें केवल बच्चों की ही होती हैं। इस पर साफ गोरी त्वचा। पर बाल खिचड़ी हो रहे थे और चेहरे पर हल्की-हल्की रेखाएँ उतर आई थीं, जिनके जाल से, खाड़ी हो या रेगिस्तान, कभी कोई बच नहीं सकता। अपना खरीदारी का थैला बेंच पर रखकर वह मेरे पास तनिक सुस्ताने के लिए बैठ गई। वह अंग्रेज नहीं थी पर टूटी-फूटी अंग्रेजी में अपना मतलब अच्छी तरह से समझा लेती थी।

''मेरा पति भी भारत का रहनेवाला है। इस वक्त घर पर है। तुमसे मिलकर बहुत खुश होगा।''

मैं थोड़ा हैरान हुआ। इंग्लैंड और फ्रांस आदि देशों में तो हिन्दुस्तानी लोग बहुत

मिल जाते हैं। वहीं पर सैकड़ों बस भी गए हैं, लेकिन यूरोप के इस दूर-दूराज इलाके में कोई हिन्दुस्तानी क्यों आकर रहने लगा होगा! कुछ कुतूहलवश, कुछ वक्त काटने की इच्छा से, मैं तैयार हो गया।

''चलिए, जरूर मिलना चाहूँगा।''

और हम दोनों उठ खड़े हुए।

सड़क पर चलते हुए मेरी नजर बार-बार इस महिला के गोल-मटोल शरीर पर जाती रही। उस हिन्दुस्तानी ने इस औरत में क्या देखा होगा, जो घर-बार छोड़कर यहाँ इसके साथ बस गया है? सम्भव है, जवानी में चुलबुली और नटखट रही होगी। इसकी नीली आँखों ने कहर ढाए होंगे। हिन्दुस्तानी मरता ही नीली आँखों और गोरी चमड़ी पर है। पर अब तो समय उस पर कहर ढाने लगा था। पचास-पचपन की रही होगी। थैला उठाए हुए साँस बार-बार फूल रही थी। कभी उसे एक हाथ में उठाती, कभी दूसरे हाथ में। मैंने थैला उसके हाथ से ले लिया और हम बतियाते हुए उसके घर की ओर जाने लगे।

''आप भी कभी भारत गई हैं?'' मैंने पूछा।

''एक बार गई थी। लाल ले गया था। पर इसे तो अब लगता है, बीसियों बरस बीत चुके हैं।''

''लाल साहब तो जाते रहते होंगे?''

महिला ने खिचड़ी बालोंवाला अपना सिर झटककर कहा, ''नहीं, वह भी कभी नहीं गया। इसीलिए वह तुमसे मिलकर बहुत खुश होगा। यहाँ हिन्दुस्तानी बहुत कम आते हैं।''

तंग सीढ़ियाँ चढ़कर हम एक फ्लैट में पहुँचे। अन्दर रोशनी थी और एक खुला-सा कमरा जिसकी चारों दीवारों के साथ किताबों से ठसाठस भरी अलमारियाँ रखी थीं। दीवार का जहाँ कहीं कोई टुकड़ा खाली मिला था, वहाँ तरह-तरह के नक्शे और मानचित्र टाँग दिये गए थे। उसी कमरे में दूर, खिड़की के पासवाले कमरे में काले रंग का सूट पहने, साँवले रंग और उड़ते सफेद बालोंवाला एक हिन्दुस्तानी बैठा कोई पत्रिका बाँच रहा था।

''लाल, देखो तो कौन आया है? इनसे मिलो। तुम्हारे एक देशवासी को जबर्दस्ती खींच लाई हूँ।'' महिला ने हँसकर कहा।

वह उठ खड़ा हुआ और जिज्ञासा और कुतूहल से मेरी ओर देखता हुआ आगे बढ़ आया।

''आइए-आइए! बड़ी खुशी हुई। मुझे लाल कहते हैं, मैं यहाँ इंजीनियर हूँ। मेरी पत्नी ने मुझ पर बड़ा एहसान किया है जो आपको ले आई है।''

ऊँचे-लम्बे कद का आदमी निकला। यह कहना कठिन था कि भारत के किस हिस्से से आया है। शरीर का बोझिल और ढीला-ढाला था। दोनों कनपटियों के पास

सफेद बालों के गुच्छे-से उग आए थे, जबकि सिर के ऊपर गिने-चुने सफेद बाल उड़-से रहे थे।

दुआ-सलाम के बाद हम बैठे ही थे कि उसने सवालों की झड़ी लगा दी।

''दिल्ली शहर तो अब बहुत कुछ बदल गया होगा?'' उसने बच्चों के-से आग्रह के साथ पूछा।

''हाँ, बदल गया है। आप कब थे दिल्ली में?''

''मैं दिल्ली का रहनेवाला नहीं हूँ। यों लड़कपन में बहुत बार दिल्ली गया हूँ। रहनेवाला तो मैं पंजाब का हूँ—जालन्धर का। जालन्धर तो आपने कहाँ देखा होगा!''

''ऐसा तो नहीं, मैं स्वयं पंजाब का रहनेवाला हूँ। किसी जमाने में जालन्धर में रह चुका हूँ।''

मेरे कहने की देर थी कि वह आदमी उठ खड़ा हुआ और लपककर मुझे बाँहों में भर लिया।

''ओ जालम! तू बोलना नहीं एँ जे जलन्धर दा रहणवाले?''

मैं सकुचा गया। ढीले-ढाले बुजुर्ग को यों उत्तेजित होता देख मुझे अटपटा-सा लगा। पर वह सिर से पाँव तक पुलक उठा था। इसी उत्तेजना में वह आदमी मुझे छोड़कर तेज-तेज चलता हुआ पिछले कमरे की ओर चला गया और थोड़ी देर बाद अपनी पत्नी को साथ लिये अन्दर दाखिल हुआ जो इस बीच थैला उठाए अन्दर चली गई थी।

''हेलेन, यह आदमी जालन्धर से आया है, मेरे शहर से, तुमने बताया ही नहीं?''

उत्तेजना के कारण उसका चेहरा दमकने लगा था। बड़ी-बड़ी आँखों के नीचे गूमड़ों में नमी आ गई थी।

''मैंने ठीक ही किया न,'' महिला कमरे में आते हुए बोली। उसने इस बीच एप्रन पहन लिया था और रसोईघर में काम करने लग गई थी। बड़ी शालीन, स्निग्ध नजर से उसने मेरी ओर देखा। उसके चेहरे पर वैसी ही शालीनता झलक रही थी जो दसियों वर्ष तक शिष्टाचार निभाने के बाद स्वभाव का अंग बन जाती है। वह मुस्कराती हुई मेरे पास आकर बैठ गई।

''लाल मुझे भारत में जगह-जगह घुमाने ले गया था। आगरा, बनारस, कलकत्ता—हम बहुत घूमे थे...''

वह बुजुर्ग इस बीच टकटकी बाँधे मेरी ओर देखे जा रहा था। उसकी आँखों में वही रूमानी किस्म का देशप्रेम झलकने लगा था जो देश के बाहर रहनेवाले हिन्दुस्तानी की आँखों में, अपने किसी देशवासी से मिलने पर चमकने लगता है। हिन्दुस्तानी पहले तो अपने देश से भागता है, और बाद में उसी हिन्दुस्तान के लिए तरसने लगता है।

''भारत छोड़ने के बाद आप बहुत दिन से भारत नहीं गए, आपकी श्रीमती बता रही थीं। भारत के साथ आपका सम्पर्क तो रहता ही होगा?''

और मेरी नजर किताबों से ठसाठस भरी अलमारियों पर पड़ी। दीवारों पर टँगे अनेक मानचित्र भारत के ही मानचित्र थे।

उसकी पत्नी अपनी भारत-यात्रा को याद करके कुछ अनमनी-सी हो गई थी, एक छाया-सी मानो उसके चेहरे पर डोलने लगी हो।

''लाल के कुछ मित्र-सम्बन्धी अभी भी जालन्धर में रहते हैं। कभी-कभी उनका खत आ जाता है।'' फिर हँसकर बोली, ''उनके खत मुझे पढ़ने के लिए नहीं देता। कमरा अन्दर से बन्द करके उन्हें पढ़ता है।''

''तुम क्या जानो, उन खतों से मुझे क्या मिलता है!'' लाल ने भावुक होते हुए कहा।

इस पर उसकी पत्नी उठ खड़ी हुई।

''तुम लोग जालन्धर की गलियों में घूमो, मैं चाय का प्रबन्ध करती हूँ...'' उसने हँसकर कहा और उन्हीं कदमों रसोई की ओर घूम गई।

भारत के प्रति उस आदमी की अत्यधिक भावुकता को देखकर मुझे अचम्भा भी हो रहा था। देश के बाहर दशाब्दियों तक रह चुकने के बाद भी कोई आदमी बच्चों की तरह भावुक हो सकता है, मुझे अटपटा लग रहा था।

''मेरे एक मित्र को भी आप ही की तरह भारत से बड़ा लगाव था,'' मैंने आवाज को हल्का करते हुए मजाक के-से लहजे में कहा, ''वह भी बरसों तक देश के बाहर रहता रहा था। उसके मन में ललक उठने लगी कि कब वह फिर से अपने देश की धरती पर पाँव रख पाएगा, कब अपने वतन की जमीन को अपने हाथ से छू पाएगा।''

कहते हुए मैं क्षण-भर के लिए ठिठका। मैं जो कहने जा रहा हूँ, शायद मुझे नहीं कहना चाहिए। लेकिन फिर भी धृष्टता से बोलता गया, ''चुनाँचे वर्षों बाद सचमुच वह एक दिन टिकट कटवाकर हवाई जहाज द्वारा दिल्ली जा पहुँचा। उसने खुद यह किस्सा बाद में मुझे सुनाया था। हवाई जहाज पर से उतरकर वह बाहर आया, हवाई अड्डे की भीड़ में खड़े-खड़े ही वह नीचे की ओर झुका और बड़े श्रद्धाभाव से भारत की धरती का स्पर्श किया। पर जब स्पर्श करने के बाद खड़ा हुआ तो देखा, बटुआ गायब था...''

बुजुर्ग अभी भी मेरी ओर देखे जा रहा था। उसकी आँखों के भाव में एक तरह की दूरी आ गई थी, जैसे अतीत की अँधियारी खोह में से दो आँखें मुझ पर लगी हों!

''उसने झुककर स्पर्श तो किया, यही बड़ी बात है,'' उसने धीरे से कहा, ''दिल की साध तो पूरी कर ली।''

मैं सकुचा गया। मुझे अपना व्यवहार भौंडा-सा लगा, लेकिन उसकी सनक के प्रति मेरे दिल में गहरी सहानुभूति रही हो, ऐसा भी नहीं था।

वह अभी भी मेरी ओर बड़े स्नेह से देखे जा रहा था। फिर वह सहसा उठ खड़ा हुआ, ''ऐसे मौके तो रोज-रोज नहीं आते। इसे तो हम सेलिब्रेट करेंगे।''

और पीछे जाकर एक अलमारी में से कोन्याक शराब की बोतल और दो शीशे के जाम उठा लाया।

जाम में कोन्याक उँडेली गई। वह मेरे साथ बगलगीर हुआ, और हमने इस 'अनमोल घड़ी' के नाम पर जाम टकराए।

''आपको चाहिए कि आप हर तीसरे-चौथे साल भारत की यात्रा पर आया करें। इससे मन भरा रहता है।'' मैंने कहा।

उसने सिर हिलाया, ''एक बार गया था, लेकिन तभी निश्चय कर लिया था कि अब कभी भारत नहीं आऊँगा।'' शराब के दो-एक जामों के बाद ही वह खुलने लगा था, और उसकी भावुकता में एक प्रकार की आत्मीयता का पुट भी आने लगा था। मेरे घुटने पर हाथ रखकर बोला, ''मैं घर से भागकर आया था। तब मैं बहुत छोटा था। इस बात को अब लगभग चालीस साल होने को आए हैं,'' वह थोड़ी देर के लिए पुरानी यादों में खो गया, पर फिर अपने को झटका-सा देकर वर्तमान में लौट आया।

''जिन्दगी में कभी कोई बड़ी घटना जिन्दगी का रुख नहीं बदलती, हमेशा छोटी, तुच्छ-सी घटनाएँ ही जिन्दगी का रुख बदलती हैं। मेरे भाई ने मुझे केवल डाँटा था कि तुम पढ़ते-लिखते नहीं हो, आवारा घूमते रहते हो, पिताजी का पैसा बर्बाद करते हो...और मैं उसी रात घर से भाग गया था।''

कहते हुए उसने फिर से मेरे घुटने पर हाथ रखा और बड़ी आत्मीयता से बोला, ''अब सोचता हूँ, वह एक बार नहीं, दस बार भी मुझे डाँटता तो मैं इसे अपना सौभाग्य समझता। कम-से-कम कोई डाँटनेवाला तो था।''

कहते-कहते उसकी आवाज लड़खड़ा गई, ''बाद में मुझे पता चला कि मेरी माँ जिन्दगी के आखिरी दिन तक मेरा इन्तजार करती रही थी। और मेरा बाप, हर रोज सुबह ग्यारह बजे, जब डाकिए के आने का वक्त होता तो वह घर के बाहर चबूतरे पर आकर खड़ा हो जाता था। और इधर मैंने यह दृढ़ निश्चय कर रखा था कि जब तक मैं कुछ बन न जाऊँ, घरवालों को खत नहीं लिखूँगा।''

एक क्षीण-सी मुस्कान उसके होंठों पर आई और बुझ गई, ''फिर मैं भारत गया। यह लगभग पन्द्रह साल बाद की बात रही होगी। मैं बड़े मंसूबे बाँधकर गया था...''

उसने फिर जाम भरे और अपना किस्सा सुनाने के लिए मुँह खोला ही था कि चाय आ गई। नाटे कद की उसकी गोल-मटोल पत्नी चाय की ट्रे उठाए, मुस्कराती

हुई चली आ रही थी। उसे देखकर मन में फिर से सवाल उठा, क्या यह महिला जिन्दगी का रुख बदलने का कारण बन सकती है?

चाय आ जाने पर वार्तालाप में औपचारिकता आ गई।

''जालन्धर में हम माई हीराँ के दरवाजे के पास रहते थे। तब तो जालन्धर बड़ा टूटा-फूटा-सा शहर था। क्यों, हनी? तुम्हें याद है, जालन्धर में हम कहाँ पर रहे थे?''

''मुझे गलियों के नाम तो मालूम नहीं, लाल, लेकिन इतना याद है कि सड़कों पर कुत्ते बहुत घूमते थे, और नालियाँ बड़ी गन्दी थीं, मेरी बड़ी बेटी—तब वह डेढ़ साल की थी—मक्खी देखकर डर गई थी। पहले कभी मक्खी नहीं देखी थी। वहीं पर उसने पहली बार गिलहरी को भी देखा था। गिलहरी उसके सामने से लपककर एक पेड़ पर चढ़ गई थी तो वह भागती हुई मेरे पास दौड़ आई थी।...और क्या था वहाँ?''

''...हम लाल के पुश्तैनी घर में रहे थे...''

चाय पीते समय हम इधर-उधर की बातें करते रहे। भारत की अर्थव्यवस्था की, नए-नए उद्योग-धन्धों की, और मुझे लगा कि देश से दूर रहते हुए भी यह आदमी देश की गतिविधि से बहुत कुछ परिचित है।

''मैं भारत में रहते हुए भी भारत के बारे में बहुत कम जानता हूँ, आप भारत से दूर हैं, पर भारत के बारे में बहुत कुछ जानते हैं।''

उसने मेरी ओर देखा और हौले-से मुस्कराकर बोला, ''तुम भारत में रहते हो, यही बड़ी बात है।''

मुझे लगा, जैसे सब कुछ रहते हुए भी, एक अभाव-सा, इस आदमी के दिल को अन्दर-ही-अन्दर चाटता रहता है—एक खालीपन, जिसे जीवन की उपलब्धियाँ और आराम और यश—कुछ भी नहीं पाट सकता, जैसे रह-रहकर कोई जख्म-सा रिसने लगता हो!

सहसा उसकी पत्नी बोली, ''लाल ने अभी तक अपने को इस बात के लिए माफ नहीं किया कि उसने मेरे साथ शादी क्यों की।''

''हेलेन...''

मैं अटपटा महसूस करने लगा। मुझे लगा, जैसे भारत को लेकर पति-पत्नी के बीच अक्सर झगड़ा उठ खड़ा होता होगा, और जैसे इस विषय पर झगड़ते हुए ही ये लोग बुढ़ापे की दहलीज तक आ पहुँचे थे। मन में आया कि मैं फिर से भारत की बुराई करूँ, ताकि यह सज्जन अपनी भावुक परिकल्पनाओं से छुटकारा पाएँ लेकिन यह कोशिश बेसूद थी।

''सच कहती हूँ,'' उसकी पत्नी कहे जा रही थी, ''इसे भारत में शादी करनी चाहिए थी। तब यह खुश रहता। मैं अब भी कहती हूँ, यह भारत चला जाए, और

मैं अलग यहाँ पर रहती रहूँगी। हमारी दोनों बेटियाँ बड़ी हो गई हैं। मैं अपना ध्यान कर लूँगी...''

वह बड़ी सन्तुलित, निर्लिप्त आवाज में कहे जा रही थी। उसकी आवाज में न शिकायत का स्वर था, न क्षोभ का, मानो अपने पति के ही हित की बात बड़े तर्कसंगत और सुचिन्तित ढंग से कह रही हो!

''पर मैं जानती हूँ, यह वहाँ पर भी सुख से नहीं रह पाएगा। अब तो वहाँ की गर्मी भी बर्दाश्त नहीं कर पाएगा। और वहाँ पर अब इसका कौन बैठा है? न माँ रही, न बाप। भाई ने मरने से पहले पुराना पुश्तैनी घर भी बेच दिया था।''

''हेलेन, प्लीज...'' बुजुर्ग ने वास्ता डालने के-से लहजे में कहा।

अबकी बार मैंने स्वयं इधर-उधर की बातें छेड़ दीं। पता लगा कि उनकी दो बेटियाँ हैं, जो इस समय घर पर नहीं थीं। बड़ी बेटी पापा की ही तरह इंजीनियर बनी थी, जबकि छोटी बेटी अभी यूनिवर्सिटी में पढ़ रही थी, कि दोनों बड़ी समझदार और प्रतिभासम्पन्न युवतियाँ हैं।

क्षण-भर के लिए मुझे लगा, जैसे इस भावुकता की ओर अधिक ध्यान नहीं देना चाहिए, इसे सनक से ज्यादा नहीं समझना चाहिए, जो इस आदमी को कभी-कभी परेशान करने लगती है, जब अपने वतन का कोई आदमी इससे मिलता है। मेरे चले जाने के बाद भावुकता का यह ज्वार उतर जाएगा और यह फिर से अपने दैनिक जीवन की पटरी पर आ जाएगा।

आखिर चाय का दौर खत्म हुआ, और हमने सिगरेट सुलगाई। कोन्याक का दौर अभी भी थोड़े-थोड़े वक्त के बाद चल रहा था। कुछ देर सिगरेटों, सिगारों की चर्चा चली, इस बीच उसकी पत्नी चाय के बर्तन उठाकर किचन की ओर बढ़ गई।

''हाँ, आप कुछ बता रहे थे कि कोई छोटी-सी घटना घटी थी...''

वह क्षण-भर के लिए ठिठका, फिर सिर टेढ़ा करके मुस्कराने लगा, ''तुम अपने देश से ज्यादा देर बाहर नहीं रहे इसलिए नहीं जानते कि परदेस में दिल की क्या कैफियत होती है। पहले कुछ साल तो मैं सब कुछ भूले रहा, पर भारत से निकले दस-बारह साल बाद भारत की याद रह-रहकर मुझे सताने लगी। मुझ पर एक जुनून-सा तारी होने लगा। मेरे व्यवहार में भी अजीब बचपना-सा आने लगा। कभी-कभी मैं कुर्ता-पाजामा पहनकर सड़कों पर घूमने लगता था, ताकि लोगों को पता चले कि मैं हिन्दुस्तानी हूँ, भारत का रहनेवाला हूँ। कभी जोधपुरी चप्पल पहन लेता, जो मैंने लन्दन से मँगवाई थी। लोग सचमुच बड़े कुतूहल से मेरी जोधपुरी चप्पल की ओर देखते, और मुझे बड़ा सुख मिलता। मेरा मन चाहता कि मैं सड़कों पर पान चबाता हुआ निकलूँ, धोती पहनकर चलूँ। मैं सचमुच दिखाना चाहता था कि मैं भीड़ में खोया अजनबी नहीं हूँ, मेरा भी कोई देश है, मैं भी कहीं का रहनेवाला

हूँ। परदेस में रहनेवाले हिन्दुस्तानी के दिल को जो बात सबसे ज्यादा सालती है, वह यह कि वह परदेस में एक के बाद एक सड़क लाँघता चला जाए और उसे कोई जानता नहीं, कोई पहचानता नहीं, जबकि अपने वतन में हर तीसरा आदमी वाकिफ होता है। दीवाली के दिन मैं घर में मोमबत्तियाँ लाकर जला देता, हेलेन के माथे पर बिन्दी लगाता, उसकी माँग में लाल रंग भरता। मैं इस बात के लिए तरस-तरस जाता कि रक्षाबन्धन का दिन हो और मेरी बहन अपने हाथों से मुझे राखी बाँधे, और कहे, 'मेरा वीर जुग-जुग जिए!' मैं 'वीर' शब्द सुन पाने के लिए तरस-तरस जाता। आखिर मैंने भारत जाने का फैसला कर लिया। मैंने सोचा, मैं हेलेन को भी साथ ले चलूँगा और अपनी डेढ़ बरस की बच्ची को भी। हेलेन को भारत की सैर कराऊँगा और यदि उसे भारत पसन्द आया तो वहीं छोटी-मोटी नौकरी करके रह जाऊँगा।

''पहले तो हम भारत में घूमते-धामते रहे। दिल्ली, आगरा, बनारस...मैं एक-एक जगह बड़े चाव से इसे दिखाता और इसकी आँखों में इसकी प्रतिक्रिया ढूँढ़ता रहता। इसे कोई जगह पसन्द होती तो मेरा दिल गर्व से भर उठता।

''फिर हम जालन्धर गए,'' कहते ही वह आदमी फिर अनमना-सा होकर नीचे की ओर देखने लगा और चुप-सा हो गया। मुझे लगा, जैसे वह मन-ही-मन दूर अतीत में खो गया है और खोता चला जा रहा है। पर सहसा उसने कन्धे झटक दिये और फर्श की ओर आँखें लगाए ही बोला, ''जालन्धर में पहुँचते ही मुझे घोर निराशा हुई। फटीचर-सा शहर, लोग जरूरत से ज्यादा काले और दुबले। सड़कें टूटी हुईं। सभी कुछ जाना-पहचाना था लेकिन बड़ा छोटा-छोटा और टूटा-फूटा। क्या यही मेरा शहर है जिसे मैं हेलेन को दिखाने लाया हूँ? हमारा पुश्तैनी घर जो बचपन में मुझे इतना बड़ा-बड़ा और शानदार लगा करता था, अब खँडहर-सा लग रहा था, पुराना और सिकुड़ा हुआ। माँ-बाप बरसों पहले मर चुके थे। भाई प्यार से मिला लेकिन उसे लगा, जैसे मैं जायदाद बाँटने आया हूँ और वह पहले दिन से ही खिंचा-खिंचा रहने लगा। छोटी बहन की दस बरस पहले शादी हो चुकी थी और वह मुरादाबाद में जाकर रहने लगी थी। क्या मैं विदेश में बैठा इसी नगर के स्वप्न देखा करता था? क्या मैं इसी शहर को देख पाने के लिए बरसों से तरसता रहा हूँ? जान-पहचान के लोग बूढ़े हो चुके थे। गली के सिरे पर कुबड़ा हलवाई बैठा करता था। अब वह पहले से भी ज्यादा पिचक गया था, और दुकान में चौकी पर बैठने के बजाय, दुकान के बाहर खाट पर उकड़ूँ बैठा था। गलियाँ बोसीदा, सोई हुईं। मैं हेलेन को क्या दिखाने लाया हूँ? दो-तीन दिन इसी तरह बीत गए। कभी मैं शहर के बाहर खेतों में चला जाता, कभी गली-बाजार में घूमता। पर दिल में कोई स्फूर्ति नहीं थी, कोई उत्साह नहीं था। मुझे लगा, जैसे मैं फिर किसी पराये नगर में पहुँच गया हूँ!

''तभी एक दिन बाजार में जाते हुए मुझे अचानक ऊँची-सी आवाज सुनाई दी—'ओ हरामजादे!' मैंने विशेष ध्यान नहीं दिया। यह हमारे शहर की परम्परागत गाली

थी जो चौबीस घंटे हर शहरी की जबान पर रहती थी। केवल इतना-भर विचार मन में उठा कि शहर तो बुढ़ा गया है लेकिन उसकी तहजीब ज्यों-की-त्यों कायम है।

" 'ओ हरामजादे! अब बाप की तरफ देखता भी नहीं?'

"मुझे लगा, जैसे कोई आदमी मुझे ही सम्बोधन कर रहा है। मैंने घूमकर देखा। सड़क के पार, साइकिलों की एक दुकान के चबूतरे पर खड़ा एक आदमी मुझे ही बुला रहा था।

"मैंने ध्यान से देखा। काली-काली फनियर मूँछों और सपाट गंजे सिर और आँखों पर लगे मोटे चश्मों के बीच से एक आकृति-सी उभरने लगी। फिर मैंने झट-से उसे पहचान लिया। वह तिलकराज था—मेरा पुराना सहपाठी।

" 'हरामजादे! अब बाप को पहचानता भी नहीं है!' दूसरे क्षण हम दोनों एक-दूसरे की बाँहों में थे।

" 'ओ हराम दे! बाहर की गया, साहब बन गया तूँ? तेरी साहबी विच मैं...' और उसने मुझे जमीन पर से उठा लिया। मुझे डर था कि वह सचमुच ही सड़क पर मुझे पटक नहीं दे। दूसरे क्षण हम एक-दूसरे को गालियाँ निकाल रहे थे।

"मुझे लड़कपन का मेरा दोस्त मिल गया था। तभी सहसा मुझे लगा, जैसे जालन्धर मिल गया है, मुझे मेरा वतन मिल गया है। अभी तक मैं अपने ही शहर में अजनबी-सा घूम रहा था। तिलकराज से मिलने की देर थी कि मेरा सारा परायापन जाता रहा। मुझे लगा, जैसे मैं यहीं का रहनेवाला हूँ। मैं सड़क पर चलते किसी भी आदमी से बात कर सकता हूँ, झगड़ सकता हूँ। हर इनसान कहीं का बनकर रहना चाहता है। अभी तक मैं अपने शहर में लौटकर भी परदेसी था, मुझे किसी ने पहचाना नहीं था। अपनाया नहीं था। यह गाली मेरे लिए वह तन्तु था, सोने की वह कड़ी थी जिसने मुझे मेरे वतन से, मेरे लोगों से, मेरे बचपन और लड़कपन से फिर से जोड़ दिया था।

"तिलकराज की और मेरी हरकतों में बचपना था, बेवकूफी थी। पर उस वक्त वही सत्य था, और उसकी सत्यता से आज भी मैं इनकार नहीं कर सकता। दिल-दुनिया के सच बड़े भौंडे पर बड़े गहरे और सच्चे होते हैं।

" 'चल, कहीं बैठकर चाय पीते हैं,' तिलकराज ने फिर गाली देकर कहा। वह पंजाबी दोस्त क्या, जो गाली देकर, 'पक्कड़' तौलकर बगलगीर न हो जाए!

"हम दोनों, एक-दूसरे की कमर में हाथ डाले, खरामा-खरामा माई हीराँ के दरवाजे की ओर जाने लगे। मेरी चाल में पुराना अलसाव आ गया। मैं जालन्धर की गलियों में यों घूमने लगा, जैसे कोई जागीरदार अपनी जागीर में घूमता है! मैं पुलक-पुलक रहा था। किसी-किसी वक्त मन में से आवाज उठती थी—'तुम यहाँ के नहीं हो, पराये हो, परदेसी हो,' पर मैं अपने पैर और भी ज्यादा जोर से पटक-पटककर चलने लगता।

"'चुच्चा हलवाई अभी भी वहाँ पर बैठता है?'

"'और क्या! तू हमें धोखा दे गया है, और लोगों ने तो धोखा नहीं दिया।'

"इसी अल्हड़पन से, एक दूसरे की कमर में हाथ डाले, हम किसी जमाने में इन्हीं सड़कों पर घूमा करते थे। तिलकराज के साथ मैं लड़कपन में पहुँच गया था, उन दिनों का अलबेलापन महसूस करने लगा था।

हम एक मैले-कुचैले ढाबे में जा बैठे। वही मक्खियों और मैल से अटी गन्दी मेज, पर मुझे परवाह नहीं थी, यह मेरे जालन्धर के ढाबे की मेज थी। उस वक्त मेरा मन करता कि हेलेन मुझे इस स्थिति में आकर देखे, तब वह मुझे देखकर जान लेगी कि मैं कौन हूँ, कहाँ का रहनेवाला हूँ, कि दुनिया में एक कोना ऐसा भी है जिसे मैं अपना कह सकता हूँ—यह गन्दा ढाबा, यह धुआँ-भरी फटीचर खोह।

"ढाबे से निकलकर हम देर तक सड़कों पर मटरगश्ती करते रहे, यहाँ तक कि थककर चूर हो गए। वह उसी तरह मुझे अपने घर के सामने तक ले गया, जैसे लड़कपन में मैं उसके साथ चलता हुआ, उसे उसके घर तक छोड़ने जाता था। फिर हम वहाँ से लौट पड़े। यह भी वैसा ही था, जैसा लड़कपन में हुआ करता था। पहले मैं उसे उसके घर तक छोड़ने जाता, फिर वह मुझे मेरे घर तक छोड़ने आता था।

" तभी उसने कहा, 'कल रात तुम खाना मेरे घर पर खाओगे। अगर इनकार किया तो साले, यहीं तुझे गले से पकड़कर नाली में घुसेड़ दूँगा।'

"'आऊँगा,' मैंने झट से कहा।

"'अपनी मेम को भी लाना। आठ बजे मैं तेरी राह देखूँगा। अगर नहीं आया तो साले हराम दे...'

"और पुराने दिनों की ही तरह उसने पहले हाथ मिलाया और फिर घुटना उठाकर मेरी जाँघ पर दे मारा। यही हमारा विदा होने का ढंग हुआ करता था। जो पहले ऐसा कर जाए, कर जाए। मैंने भी उसे गले से पकड़ लिया और नीचे गिराने का अभिनय करने लगा।

"यह स्वाँग था। मेरी जालन्धर की सारी यात्रा ही छलावा थी। कोई भावना मुझे हाँके लिये जा रही थी और मैं इस छलावे में ही खोया रहना चाहता था।

"दूसरे रोज, आठ बजते न बजते, हेलेन और मैं उसके घर जा पहुँचे। बच्ची को हमने पहले ही खिलाकर सुला दिया था। हेलेन ने अपनी सबसे बढ़िया पोशाक पहनी, काले रंग का फ्रॉक, जिस पर सुनहरी कसीदाकारी हो रही थी, कन्धों पर नारंगी रंग का स्टोल डाला, और बार-बार कहे जाती, 'तुम्हारा पुराना दोस्त है तो मुझे बन-सँवरकर ही जाना चाहिए न।'

''मैं 'हाँ' कह देता पर उसके एक-एक प्रसाधन पर वह और भी ज्यादा दूर होती जा रही थी। न तो काला फ्रॉक और न बनाव-सिंगार और न स्टोल और इत्र-फुलेल ही जालन्धर में सही बैठते थे। सच पूछो तो मैं चाहता भी नहीं था कि हेलेन मेरे साथ जाए। मैंने एकाध बार उसे टालने की कोशिश भी की, जिस पर वह बिगड़कर बोली, 'वाह जी, तुम्हारा दोस्त हो और मैं उससे न मिलूँ? फिर तुम मुझे यहाँ लाए ही क्यों हो?'

''हम लोग तो ठीक आठ बजे उसके घर पर पहुँच गए लेकिन उल्लू के पट्ठे ने मेरे साथ धोखा किया। मैं समझे बैठा था कि मैं और मेरी पत्नी ही उसके परिवार के साथ खाएँगे, पर जब हम उसके घर पहुँचे तो उसने सारा जालन्धर इकट्ठा कर रखा था, सारा घर मेहमानों से भरा था। तरह-तरह के लोग बुलाए गए थे। मुझे झेंप हुई। अपनी ओर से वह मेरा शानदार स्वागत करना चाहता था। वह भी पंजाबी स्वभाव के अनुरूप ही था। दोस्त बाहर से आए और वह उसकी खातिरदारी न करे! अपनी जमीन-जायदाद बेचकर भी वह मेरी खातिरदारी करता। अगर उसका बस चलता तो वह बैंड-बाजा भी बुला लेता। पर मुझे बड़ी कोफ्त हुई। जब हम पहुँचे तो बैठकवाला कमरा मेहमानों से भरा था, उनमें से अनेक मेरे परिचित भी निकल आए और मेरे मन में फिर हिलोर-सी उठने लगी।

''पत्नी से मेरा परिचय कराने के लिए मुझे बैठक में से रसोईघर की ओर ले गया। वह चूल्हे के पास बैठी कुछ तल रही थी। वह झट से उठ खड़ी हुई और दुपट्टे के कोने से हाथ पोंछती हुई आगे बढ़ आई। उसका चेहरा लाल हो रहा था और बालों की लट माथे पर झूल रही थी। ठेठ पंजाबिन, अपनत्व से भरी, मिलनसार, हँसमुख। उसे यों उठते देखकर मेरा सारा शरीर झनझना उठा। मेरी भावज भी चूल्हे पर से ऐसे ही उठ आया करती थी—दुपट्टे के कोने से हाथ पोंछती हुई, मेरी बड़ी बहनें भी, मेरी माँ भी। पंजाबी महिला का सारा बाँकापन, सारी आत्मीयता उसमें जैसे निखर-निखर आई थी। किसी पंजाबिन से मिलना हो तो रसोईघर की दहलीज पर ही मिलो। मैं सराबोर हो उठा। वह सिर पर पल्ला ठीक करती हुई, लजाती हुई-सी मेरे सामने आ खड़ी हुई।

'' 'भाभी, यह तेरा घरवाला तो पल्ले दर्जे का बेवकूफ है, तुम इसकी बातों में क्यों आ गईं?

'' 'इतना आडम्बर करने की क्या जरूरत थी? हम लोग तो तुझसे मिलने आए हैं...' मैंने तिलकराज की ओर मुखातिब होकर कहा, 'उल्लू के पट्ठे, तुझे मेहमाननवाजी करने को किसने कहा था? हरामी, क्या मैं तेरा मेहमान हूँ?...मैं तुझसे निबट लूँगा।'

''उसकी पत्नी कभी मेरी ओर देखती, कभी अपने पति की ओर, फिर धीरे से बोली, 'आप आएँ और हम खाना भी न करें? आपके पैरों से तो हमारा घर पवित्र हुआ है।'

''वही वाक्य जो शताब्दियों से हमारी गृहिणियाँ मेहमानों से कहती आ रही हैं।

''फिर वह हमें छोड़कर सीधा मेरी पत्नी से मिलने चली गई और जाते ही उसका हाथ पकड़ लिया और बड़ी आत्मीयता से उसे खींचती हुई एक कुर्सी की ओर ले गई। वह यों व्यवहार कर रही थी, जैसे उसका भाग्य जागा हो! हेलेन को कुर्सी पर बैठाने के बाद वह स्वयं नीचे फर्श पर बैठ गई। वह टूटी-फूटी अंग्रेजी बोल लेती थी और बेधड़क बोले जा रही थी। हर बार उनकी आँखें मिलतीं तो वह हँस देती। उसके लिए हेलेन तक अपने विचार पहुँचाना कठिन था लेकिन अपनी आत्मीयता और स्नेहभाव उस तक पहुँचाने में उसे कोई कठिनाई नहीं हुई।

''उस शाम तिलकराज की पत्नी हेलेन के आगे-पीछे घूमती रही। कभी अन्दर से कढ़ाई के कपड़े उठा लाती और एक-एक करके हेलेन को दिखाने लगती। कभी उसका हाथ पकड़कर उसे रसोईघर में ले जाती, और उसे एक-एक व्यंजन दिखाती कि उसने क्या बनाया है और कैसे बनाया है। फिर वह अपनी कुल्लू की शॉल उठा लाई और जब उसने देखा कि हेलेन को पसन्द आई है, तो उसने उसके कन्धों पर डाल दी।

''इस सारी आवभगत के बावजूद हेलेन थक गई। भाषा की कठिनाई के बावजूद वह बड़ी शालीनता के साथ सभी से पेश आई। पर अजनबी लोगों के साथ आखिर कोई कितनी देर तक शिष्टाचार निभाता रहे? अभी ड्रिंक्स ही चल रहे थे, जब वह एक कुर्सी पर थककर बैठ गई। जब कभी मेरी नजर हेलेन की ओर उठती तो वह नजर नीची कर लेती, जिसका मतलब था कि 'मैं चुपचाप इस इन्तजार में बैठी हूँ कि कब तुम मुझे यहाँ से ले चलो।'

''रात के बारह बजे के करीब पार्टी खत्म हुई और तिलकराज के दोस्त-यार नशे में झूमते हुए अपने-अपने घर जाने लगे। उस वक्त तक काफी शोरगुल होने लगा था, कुछ लोग बहकने भी लगे थे। एक आदमी के हाथ से शराब का गिलास गिरकर टूट गया था।

''जब हम लोग भी जाने को हुए और हेलेन भी उठ खड़ी हुई तो तिलकराज ने पंजाबी दस्तूर के मुताबिक कहा, 'बैठ जा, बैठ जा, कोई जाना-वाना नहीं है।'

'' 'नहीं यार, अब चलें। देर हो गई है।'

''उसने फिर से मुझे धक्का देकर कुर्सी पर फेंक दिया।

''कुछ हल्का-हल्का सरूर, कुछ पुरानी याद, तिलकराज का प्यार और स्नेह और उसकी पत्नी का आत्मीयता से भरा व्यवहार, मुझे भला लग रहा था। सलवार-कमीज पहने, बालों का जूड़ा बनाए, चूड़ियाँ खनकाती एक कमरे से दूसरे कमरे में जाती हुई तिलकराज की पत्नी मेरे लिए मेरे वतन का मुजस्समा बन गई थी, मेरे देश की समूची संस्कृति उसमें सिमट आई थी। मेरे दिल में, कहीं गहरे में, एक टीस-सी उठी कि मेरे घर में भी कोई मेरे ही देश की महिला एक कमरे से दूसरे कमरे

में घूमा करती, उसी की हँसी गूँजती, मेरे ही देश के गीत गुनगुनाती। वर्षों से मैंने कभी यों चूड़ियाँ खनकने की आवाज नहीं सुनी थी। वर्षों से मैं उन बोलों के लिए तरस गया था जो बचपन में अपने घर में सुना करता था।

"हेलेन से मुझे कोई शिकायत नहीं थी। मेरे लिए उसने क्या नहीं किया था! उसने चपाती बनाना सीख लिया था। दाल छौंकना सीख लिया था। शादी के कुछ समय बाद ही वह मेरे मुँह से सुने गीत-टप्पे भी गुनगुनाने लगी थी। कभी-कभी सलवार-कमीज पहनकर मेरे साथ घूमने निकल पड़ती। रसोईघर की दीवार पर उसने भारत का एक मानचित्र टाँग दिया था जिस पर अनेक स्थानों पर लाल पेंसिल से निशान लगा रखे थे कि जालन्धर कहाँ पर है और दिल्ली कहाँ है और अमृतसर कहाँ है, जहाँ मेरी बड़ी बहन रहती थी। भारत-सम्बन्धी जो किताब मिलती, उठा लाती। जब कभी कोई हिन्दुस्तानी मिल जाता, उसे आग्रह-अनुरोध करके घर ले आती। पर उस समय मेरी नजर में यह सब बनावट था, नकल थी, मुलम्मा था—इनसान क्यों नहीं विवेक और समझदारी के बल पर अपना जीवन व्यतीत कर सकता? क्यों सारा वक्त तरह-तरह के अरमान उसके दिल को मथते रहते हैं...?"

"फिर?" मैंने आग्रह से पूछा।

उसने मेरी ओर देखा और उसके चेहरे की मांसपेशियों में हल्का-सा कम्पन हुआ। वह मुस्कराकर कहने लगा, "तुम्हें क्या बताऊँ! तभी मैं एक भूल कर बैठा। हर इनसान कहीं-न-कहीं पागल होता है और पागल बना रहना चाहता है...जब मैं विदा लेने लगा और तिलकराज कभी मुझे गलबहियाँ देकर और कभी धक्का देकर बिठा रहा था और हेलेन भी पहले से दरवाजे पर जा खड़ी हुई थी, तभी तिलकराज की पत्नी लपककर रसोईघर की ओर से आई और बोली, 'हाय, आप लोग जा रहे हैं? यह कैसे हो सकता है? मैंने तो खास आपके लिए सरसों का साग और मक्की की रोटियाँ बनाई हैं!'

"मैं ठिठक गया। सरसों का साग और मक्की की रोटियाँ पंजाबियों का चहेता भोजन है।

"'भाभी, तुम भी अब कह रही हो? पहले अंटसंट खिलाती रही हो और जब घर जाने लगे हैं तो...'

"'मैं इतने लोगों के लिए कैसे मक्की की रोटियाँ बना सकती थी? अकेली बनानेवाली जो थी। मैंने आपके लिए थोड़ी-सी बना दी। यह कहते थे कि आपको सरसों का साग और मक्की की रोटी बहुत पसन्द है...'

"सरसों का साग और मक्की की रोटी—मैं चहक उठा और तिलकराज को सम्बोधन करके कहा, 'ओ हरामी, मुझे बताया क्यों नहीं?' और उसी हिलोर में हेलेन से कहा, 'आओ हेलेन, भाभी ने सरसों का साग बनाया है। यह तो तुम्हें चखना ही होगा।'

''हेलेन खीज उठी, पर अपने को संयत कर मुस्कराती हुई बोली, 'मुझे नहीं, तुम्हें चखना होगा।' फिर धीरे से कहने लगी, 'मैं बहुत थक गई हूँ। क्या यह साग कल नहीं खाया जा सकता?'

''सरसों का साग—नाम से ही मैं बावला हो उठा था। उधर शराब का हल्का-हल्का नशा भी तो था।

'' 'भाभी ने खास हमारे लिए बनाया है। तुम्हें जरूर अच्छा लगेगा।' फिर बिना हेलेन के उत्तर का इन्तजार किए, 'साग है तो मैं तो रसोईघर के अन्दर बैठकर खाऊँगा,' मैंने बच्चों की तरह लाड़ से कहा, 'चल बे उल्लू के पट्ठे, उतार जूते, धो हाथ और बैठ जा थाली के पास। एक ही थाली में से खाएँगे।'

''छोटा-सा रसोईघर था। हमारे अपने घर में भी ऐसा ही रसोईघर हुआ करता था जहाँ माँ अँगीठी के पास रोटियाँ सेंका करती थी और हम घर के बच्चे, साझी थालियों पर झुके लुकमे तोड़ा करते थे।

''फिर एक बार एक चिरपरिचित दृश्य मानो अतीत में से उभरकर मेरी आँखों के सामने घूमने लगा था और मैं आत्मविभोर होकर उसे देखे जा रहा था। चूल्हे की आग की लौ में तिलकराज की पत्नी के कान का झूमर चमक-चमक जाता था। सोने के काँटे में लाल नगीना पंजाबियों को बहुत फबता है। इस पर, हर बार तवे पर रोटी सेंकने पर उसकी चूड़ियाँ खनक उठतीं और वह दोनों हाथों में गरम-गरम रोटी तवे पर से उतारकर हँसती हुई हमारी थाली में डाल देती। यह दृश्य मैं बरसों के बाद देख रहा था और यह मेरे लिए किसी स्वप्न से भी अधिक सुन्दर और हृदयग्राही था। मुझे हेलेन की सुध ही नहीं रही। मैं बिलकुल भूले हुए था कि बैठक में हेलेन अकेली बैठी मेरा इन्तजार कर रही है। मुझे डर था कि अगर मैं रसोईघर में से उठ गया तो स्वप्न भंग हो जाएगा। यह सुन्दरतम चित्र टुकड़े-टुकड़े हो जाएगा। लेकिन तिलकराज की पत्नी उसे नहीं भूली थी। वह सबसे पहले एक तश्तरी में मक्की की रोटी और थोड़ा-सा साग और उस पर थोड़ा-सा मक्खन रखकर हेलेन के लिए ले गई थी। बाद में भी, दो-एक बार बीच-बीच में उठकर उसके पास कुछ-न-कुछ ले जाती रही थी।

''खाना खा चुकने पर जब हम लोग रसोईघर में से निकलकर बैठक में आए तो हेलेन कुर्सी में बैठी-बैठी सो गई थी और तिपाई पर मक्की की रोटी ज्यों-की-त्यों अछूती रखी थी। हमारे कदमों की आहट पाकर उसने आँखें खोलीं और उसी शालीन शिष्ट मुस्कान के साथ उठ खड़ी हुई।

''विदा लेकर जब हम लोग बाहर निकले तो चारों ओर सन्नाटा छाया था। नुक्कड़ पर हमें एक ताँगा मिल गया। ताँगे में घूमे बरसों बीत चुके थे। मैंने सोचा, हेलेन को भी इसकी सवारी अच्छी लगेगी। पर जब हम लोग ताँगे में बैठकर घर की ओर जाने लगे तो रास्ते में हेलेन बोली, 'कितने दिन और तुम्हारा विचार जालन्धर में रहने का है?'

''‘क्यों? अभी से ऊब गईं क्या? आज तुम्हें बहुत परेशान किया न, आई एम सॉरी!’

''हेलेन चुप रही—न हूँ, न हाँ।

''‘हम पंजाबी लोग सरसों के साग के लिए पागल हुए रहते हैं। आज मिला तो मैंने सोचा, जी भरकर खाओ। तुम्हें कैसा लगा?’

''‘सुनो, मैं सोचती हूँ, मैं यहाँ से लौट जाऊँ। तुम्हारा जब मन आए, चले आना।’

''‘यह क्या कह रही हो हेलेन! क्या तुम्हें मेरे लोग पसन्द नहीं हैं?’

''भारत में आने पर मुझे मन-ही-मन कई बार यह खयाल आया था कि अगर हेलेन और बच्ची साथ में नहीं आतीं तो मैं खुलकर घूम-फिर सकता था। छुट्टी मना सकता था। पर मैं स्वयं ही बड़े आग्रह से उसे अपने साथ लाया था। मैं चाहता था कि हेलेन मेरा देश देखे, मेरे लोगों से मिले, हमारी नन्ही बच्ची के संस्कारों में भारत के संस्कार भी जुड़ें और यदि हो सके तो मैं भारत में ही छोटी-मोटी नौकरी कर लूँ।

''हेलेन की शिष्ट, सन्तुलित आवाज में मुझे रुखाई का भास हुआ। मैंने दुलार से उसे आलिंगन में भरने की कोशिश की। उसने धीरे से मेरी बाँह को परे हटा दिया। मुझे दूसरी बार उसके इर्द-गिर्द अपनी बाँह डाल देनी चाहिए थी, लेकिन मैं स्वयं तुनक उठा।

''‘तुम तो बड़ी डींग मारा करती हो कि तुम्हें कुछ भी बुरा नहीं लगता और अभी एक घंटे में ही कलई खुल गई।’

''ताँगे में हिचकोले आ रहे थे। पुराना फटीचर-सा ताँगा था, जिसके सब चूल ढीले थे। हेलेन को ताँगे के हिचकोले परेशान कर रहे थे। ऊबड़-खाबड़ गड्ढों से भरी सड़क पर हेलेन बार-बार सँभलकर बैठने की कोशिश कर रही थी।

''‘मैं सोचती हूँ, मैं बच्ची को लेकर लौट जाऊँगी। मेरे यहाँ रहते तुम लोगों से खुलकर नहीं मिल सकते।’ उसकी आवाज में औपचारिकता का वैसा ही पुट था जैसा सरसों के साग की तारीफ करते समय रहा होगा—झूठी तारीफ और यहाँ झूठी सद्‌भावना।

''‘तुम खुद सारा वक्त गुमसुम बैठी रही हो। मैं इतने चाव से तुम्हें अपना देश दिखाने लाया हूँ।’

''‘तुम अपने दिल की भूख मिटाने आए हो, मुझे अपना देश दिखाने नहीं लाए,’ उसने स्थिर, समतल, ठंडी आवाज में कहा, ‘और अब मैंने तुम्हारा देश देख लिया है।’

''मुझे चाबुक-सी लगी।

''‘इतना बुरा क्या है मेरे देश में जो तुम इतनी नफरत से उसके बारे में बोल रही हो? हमारा देश गरीब है तो क्या, है तो हमारा अपना।’

''‘मैंने तुम्हारे देश के बारे में कुछ नहीं कहा।’

''‘तुम्हारी चुप्पी ही बहुत-कुछ कह देती है। जितनी ज्यादा चुप रहती हो, उतना ही ज्यादा विष घोलती हो।’

''वह चुप हो गई। अन्दर-ही-अन्दर मेरा हीनभाव जिससे उन दिनों हम सब हिन्दुस्तानी ग्रस्त हुआ करते थे, छटपटाने लगा था। आक्रोश और तिलमिलाहट के उन क्षणों में भी मुझे अन्दर-ही-अन्दर कोई रोकने की कोशिश कर रहा था, ‘अब बात और आगे नहीं बढ़ाओ, बाद में तुम्हें अफसोस होगा,’ लेकिन मैं बेकाबू हुआ जा रहा था। अँधेरे में मैं यह भी नहीं देख पाया कि हेलेन की आँखें भर आई हैं और वह उन्हें बार-बार पोंछ रही है। ताँगा हिचकोले खाता बढ़ा जा रहा था और साथ-साथ मेरी बौखलाहट भी बढ़ रही थी।

''आखिर ताँगा हमारे घर के सामने जा खड़ा हुआ। हमारे घर की बत्ती जलती छोड़कर घर के लोग अपने-अपने कमरों में आराम से सो रहे थे। कमरे में पहुँचकर हेलेन ने फिर एक बार कहा, ‘तुम्हें किसी हिन्दुस्तानी लड़की से शादी करनी चाहिए थी। उसके साथ तुम खुश रहते। मेरे साथ तुम बँधे-बँधे महसूस करते हो।’

''उसने वैसी समतल भावनाशून्य आवाज में शब्द कहे, जैसे अन्य बातों के बारे में टिप्पणी किया करती थी।

''हेलेन ने आँख उठाकर मेरी ओर देखा। उसकी नीली आँखें मुझे काँच की बनी लगीं—ठंडी, कठोर, भावनाहीन, ‘तुम सीधा क्यों नहीं कहती हो कि तुम्हें एक हिन्दुस्तानी के साथ ब्याह नहीं करना चाहिए था? मुझ पर इस बात का दोष क्यों लगाती हो?’

''‘मैंने ऐसा कुछ नहीं कहा,’ वह बोली और पार्टीशन के पीछे कपड़े बदलने चली गई।

''दीवार के साथ एक ओर हमारी बच्ची पालने में सो रही थी। मेरी आवाज सुनकर वह कुनमुनाई। इस पर हेलेन झट से पार्टीशन के पीछे से लौट आई और बच्ची को थपथपाकर सुलाने लगी। बच्ची फिर से गहरी नींद सो गई और हेलेन पार्टीशन की ओर बढ़ गई। तभी मैंने पार्टीशन की ओर जाकर गुस्से से कहा, ‘जब से भारत आए हैं, आज पहले दिन कुछ दोस्तों से मिलने का मौका मिला है, तुम्हें वह भी बुरा लगा है। लानत है ऐसी शादी पर!’

''मैं जानता था, पार्टीशन के पीछे से कोई उत्तर नहीं आएगा। बच्ची सो रही हो तो हेलेन कमरे में चलती भी दबे पाँव थी। बोलने का तो सवाल ही नहीं उठता।

''पर वह उसी समलत आवाज में धीरे से बोली, ‘तुम्हें मेरी क्या परवाह! तुम तो मजे से अपने दोस्त की बीवी के साथ फ्लर्ट कर रहे थे।’

''‘हेलेन!’ मुझे आग लग गई, ‘क्या बक रही हो!’

"मुझे लगा, जैसे उसने एक अत्यन्त पवित्र, अत्यन्त कोमल और सुन्दर चीज को एक झटके से तोड़ दिया हो!

" 'तुम समझती हो, मैं अपने मित्र की पत्नी के साथ फ्लर्ट कर रहा था?'

" 'मैं क्या जानूँ, तुम क्या कर रहे थे। जिस ढंग से तुम सारा वक्त उसकी ओर देख रहे थे...'

"दूसरे क्षण मैं लपटकर पार्टीशन के पीछे जा पहुँचा और हेलेन के मुँह पर सीधा थप्पड़ दे मारा।

"उसने दोनों हाथों से अपना मुँह ढाँप लिया। एक बार उसकी आँखें टेढ़ी होकर मेरी ओर उठीं, पर वह चिल्लाई नहीं। थप्पड़ पड़ने पर उसका सिर पार्टीशन से टकराया था, जिससे उसकी कनपटी पर चोट आई थी।

" 'मार लो, अपने देश में लाकर तुम मेरे साथ ऐसा व्यवहार करोगे, मैं नहीं जानती थी।'

"उसके मुँह से यह वाक्य निकलने की देर थी कि मेरी टाँगें लरज गईं और सारा शरीर जैसे ठंडा पड़ गया। हेलेन ने चेहरे पर से हाथ हटा लिये थे। उसके गाल पर थप्पड़ का गहरा निशान पड़ गया था। पार्टीशन के पीछे वह केवल शमीज पहने सिर झुकाए खड़ी थी, क्योंकि उसने फ्रॉक उतार दिया था। उसके सुनहरे बाल छितराकर उसके माथे पर फैले हुए थे।

"यह मैं क्या कर बैठा था? यह मुझे क्या हो गया था? मैं आँखें फाड़े उसकी ओर देखे जा रहा था और मेरा सारा शरीर निरुद्ध हुआ जा रहा था। मेरे मुँह से फटी-फटी-सी एक हुंकार निकली, मानो दिल का सारा क्षोभ और दर्द अनुकूल शब्द न पाकर मात्र क्रन्दन में ही छटपटाकर व्यक्त हो पाया हो! मैं पार्टीशन के पीछे से निकलकर बाहर आँगन में चला गया। यह मुझसे क्या हो गया है? यही एक वाक्य मेरे मन में बार-बार चक्कर काट रहा था।

"इस घटना के तीन दिन बाद हमने भारत छोड़ दिया। मैंने मन-ही-मन निश्चय कर लिया कि अब लौटकर नहीं आऊँगा। उस दिन जो जालन्धर छोड़ा तो फिर लौटकर नहीं गया..."

सीढ़ियों पर कदमों की आवाज आई। उसी वक्त रसोईघर की ओर से हेलेन भी एप्रन पहने चली आई। सीढ़ियों की ओर से हँसने-चहकने और तेज-तेज सीढ़ियाँ चढ़ने की आवाज आई। जोर से दरवाजा खुला और हँसती-हाँफती दो युवतियाँ—लाल साहब की बेटियाँ—अन्दर दाखिल हुईं। बड़ी बेटी ऊँची-लम्बी थी, उसके बाल काले थे और आँखें किरमिची रंग की। छोटी के हाथ में किताबें थीं। उसका रंग कुछ-कुछ साँवला था, और आँखों में नीली-नीली झाइंयाँ थीं। दोनों ने बारी-बारी से माँ और बाप के गाल चूमे। फिर झट से चाय की तिपाई पर से केक

के टुकड़े उठा-उठाकर हड़पने लगीं। उनकी माँ भी कुर्सी पर बैठ गई और दोनों बेटियाँ अपने माँ-बाप को दिन-भर की छोटी-मोटी घटनाएँ अपनी भाषा में सुनाने लगीं। सारा घर उनकी चहकती आवाजों से गूँजने लगा। मैंने लाल की ओर देखा। उसकी आँखों में भावुकता के स्थान पर स्नेह उतर आया था।

''यह सज्जन भारत से आए हैं। यह भी जालन्धर के रहनेवाले हैं।''

बड़ी बेटी ने मुस्कराकर मेरा अभिवादन किया, फिर चहककर बोली, ''जालन्धर तो अब बहुत-कुछ बदल गया होगा। जब मैं वहाँ गई थी, तब तो वह बड़ा पुराना-पुराना-सा शहर था, क्यों माँ?'' और खिलखिलाकर हँसने लगी।

लाल का अतीत भले ही कैसा रहा हो, उसका वर्तमान बड़ा समृद्ध और सुन्दर था।

वह मुझे मेरे होटल तक छोड़ने आया। खाड़ी के किनारे ढलती शाम के सायों में देर तक हम दोनों टहलते, बतियाते रहे। वह मुझे अपने नगर के बारे में बताता रहा, अपने व्यवसाय के बारे में, इस नगर में अपनी उपलब्धियों के बारे में। वह बड़ा समझदार और प्रतिभासम्पन्न व्यक्ति निकला। आते-जाते अनेक लोगों के साथ उनकी दुआ-सलाम हुई। मुझे लगा, शहर में उसकी इज्जत है। और मैं फिर उसी उधेड़बुन में खो गया कि इस आदमी का वास्तविक रूप कौन-सा है? जब वह यादों में खोया अपने देश के लिए छटपटाता है, या एक लब्धप्रतिष्ठ और सफल इंजीनियर जो कहाँ से आया और कहाँ आकर बस गया और अपनी मेहनत से अनेक उपलब्धियाँ हासिल कीं?

विदा होते समय उसने मुझे फिर बाँहों में भींच लिया और देर तक भींचे रहा, और मैंने महसूस किया कि भावना का ज्वार उसके अन्दर फिर से उठने लगा है, और उसका शरीर फिर से पुलकने लगा है।

''यह मत समझना कि मुझे कोई शिकायत है। जिन्दगी मुझ पर बड़ी मेहरबान रही है। मुझे कोई शिकायत नहीं है, अगर शिकायत है तो अपने-आपसे...'' फिर थोड़ी देर चुप रहने के बाद वह हँसकर बोला, ''हाँ, एक बात की चाह मन में अभी तक मरी नहीं है, इस बुढ़ापे में भी नहीं मरी है कि सड़क पर चलते हुए कभी अचानक कहीं से आवाज आए—'ओ हरामजादे!' और मैं लपककर उस आदमी को छाती से लगा लूँ,'' कहते हुए उसकी आवाज फिर से लड़खड़ा गई।

साग-मीट

साग-मीट बनाना क्या मुश्किल है! आज शाम खाना यहीं खाकर जाओ, मैं तुम्हारे सामने बनवाऊँगी, सीख भी लेना और खा भी लेना। रुकोगी न? इन्हें साग-मीट बहुत पसन्द है। जब कभी दोस्तों का खाना करते हैं, तो साग-मीट जरूर बनवाते हैं। हाय, साग-मीट तो जग्गा बनाता था! वह होता, तो मैं उससे साग-मीट बनवाकर तुम्हें खिलाती। उसके हाथ में बड़ा रस था। वह उसमें दही डालता, लहसुन डालता, जाने क्या-क्या डालता! बड़े शौक से बनाता था। मेरे तो तीन-तीन डिब्बे घी के महीने में निकल जाते हैं। नौकरों के लिए डालडा रखा हुआ है, पर कौन जाने, मुए हमें डालडा खिलाते हों और खुद अच्छा घी हड़प जाते हों! आज के जमाने में किसी का एतबार नहीं किया जा सकता। मैं ताले तो नहीं लगा सकती। मुझसे ताले नहीं लगते। मैं कहती हूँ, खाते हैं तो खाएँ। कितना खा लेंगे! मुझसे अपनी जान नहीं सँभाली जाती, अब ताले कौन लगाए? यह मथरा सात रोटियाँ सवेरे और सात रोटियाँ गिनकर शाम को खाता है। बीच में इसे दो बार चाय भी चाहिए, और घर में जो मिठाई हो, वह भी इसे दो। पर मैं कहती हूँ, 'टिका हुआ तो है, आजकल किसी नौकर का भरोसा थोड़े ही है। किसी वक्त भी उठकर कह देते हैं—मैं जा रहा हूँ।'

ये भी मुझे यही कहते हैं, 'कुत्ते के मुँह में हड्डी दिये रहो तो नहीं भूँकेगा। सत्तर रुपए पर इसे रखा था, अब सौ लेता है। फिर भी इसके तेवर चढ़े रहते हैं।' पर जग्गा बड़ा नेक आदमी था। बड़ा नमकहलाल। वह नौकर थोड़े ही था, वह तो घर का आदमी था। वह इन्हें बहुत मानता था। एक बार ये कुछ कह दें, तो मजाल है, वह पूरा न करे! बड़ा वफादार था। ये भी तो नौकर को नौकर नहीं समझते। घर का आदमी समझते हैं। जब कभी सौ-पचास की उसे जरूरत होती, झट से निकालकर दे देते। कहीं कोई लिखत नहीं, कोई हिसाब नहीं।

जग्गा बीवी ब्याह कर लाया, तो दो जोड़े और एक गर्म कोट सिलवाकर दिया। मैं इनसे कहूँ, 'जी, क्यों पैसे लुटाते हो! नौकर किसी के अपने नहीं होते। इसी को

पाँच रुपए कहीं से ज्यादा मिल गए, तो यह पीठ फेर लेगा।' ये कहते, 'तू अपना काम देख, पानी निकालने से कुएँ खाली नहीं होते। यह हमें साग-मीट खिलाता रहे, मुझसे जो माँगेगा, दूँगा। इस जैसा बावर्ची तो शहर-भर में नहीं होगा।'

मुझे वह दिन याद है, जब जग्गे को लेकर आए थे। बाहर से ही आवाज लगाई, 'ले सुमित्रा, तेरे लिए नौकर ले आया हूँ,' तब भी ये मुझसे कहें, 'इसे चाय के साथ खाने के लिए जरूर कुछ दे दिया कर। एक मठरी ज्यादा दे देने से तेरा नुकसान नहीं होगा। इसे घर से मोह पड़ गया, तो वर्षों तक तेरे साथ बना रहेगा। तेरा सारा काम कर दिया करेगा।'

और जग्गा भी ऐसा, जैसे जंगल से हिरन पकड़ लाए हों! बड़ी-बड़ी उसकी आँखें, हिरन की तरह हैरान-सा देखता रहता। वही बात हुई। जग्गे को मोह हो गया। पर यह छोटी उम्र में होता है। बड़े-बड़े मुस्टंडे नौकर, जो सड़कों पर घूमते हैं, इन्हें क्या मोह होगा! बच्चे कोमल होते हैं, जैसा सिखाओ, सीख जाते हैं। जानवर सीख जाते हैं, तो ये क्यों न सीखेंगे? इन्हें बस में करने के बड़े ढंग आते हैं।

तुम्हें जैकी याद है न? हाय, तुम्हें जैकी भूल गया है? जैकी कुत्ता, जिसे ये एक दोस्त के घर से उठा लाए थे? सभी को भूँकता फिरता था। पर इन्होंने उसे ऐसा हाथ में किया, इन्हीं के कदमों में चक्कर काटता फिरता था। उसे भी ऐसा ही मोह पड़ गया था इनके साथ। मैं तुम्हें क्या बताऊँ! दफ्तर से इनके लौटने का वक्त होता, तो जैकी के कान खड़े हो जाते। बाहर सारा वक्त दसियों मोटरें दौड़ती रहती हैं, पर जिस वक्त इनकी मोटर आती, तो इसे झट से पता चल जाता और भागकर बाहर पहुँच जाता। सीधा गेट पर जा पहुँचता। वहीं पर एक दिन अपनी ही गाड़ी के नीचे कुचल गया। यह मोह बहुत बुरी चीज है।

ये काँटे कहाँ से बनवाए हैं? बड़े खूबसूरत हैं! हीरे कितने के आए? सच्चे हैं न? आजकल हर चीज को आग लगी हुई है। मैंने यह नाक की लौंग बनवाई, इतना छोटा-सा हीरा इसमें लगा है, पर पूरे सात सौ खुल गए। अब तो मुझे पहनते भी डर लगता है। जब जग्गा था, तो मेरी जेवरों की पिटारी भी बाहर पड़ी रहती थी। कभी दो पैसे भी इधर-उधर नहीं हुए। ऐसी भुलक्कड़ हूँ, कभी चेन गुसलखाने में रह जाती, कभी तिपाई पर रह जाती, जग्गा उठाकर दे देता। पर अब तो ऐसे नौकर आए हैं, हरे राम, मैंने सारे जेवर उठाकर बैंक में रख दिये हैं।

मथरा से पहले एक नौकर था, मंसा नाम का। ऊपर से बड़ा शरीफ। लगता, उसके मुँह में जबान ही नहीं है। पर एक दिन मैं पिछवाड़े की तरफ से घर आ रही थी, तो क्या देखती हूँ, मंसा छत पर खड़ा है और गली में खड़े आदमी को ऊपर से एक-एक करके कपड़े फेंक रहा है। मुझे देखते ही दोनों चम्पत हो गए। मंसा गली में कूद गया और वहीं से भाग गया। आजकल नौकर रखने का जमाना नहीं

है। मैं तो घर के बाहर भी जाऊँ, तो डर लगा रहता है कि पीछे नौकर कहीं घर की सफाई ही न कर जाएँ! जग्गा था, तो मुझे कोई भी चिन्ता नहीं होती थी। वह हाथ का बड़ा साफ था।

तू कुछ खा भी न। तू तो कुछ भी नहीं खाती। गर्म चाय मँगवाऊँ? इसे छोड़ दे, यह ठंडी पड़ गई होगी, यह केक का टुकड़ा ले। बाजारी है, पर बहुत अच्छा है। केक तो बनाती है, कमला की सास, एक-से-एक बढ़िया। कभी उसमें चाकलेट डालती है, कभी कुछ, कभी कुछ। 'वेंगर' से लेने जाओ, तो जो केक मुए अठारह रुपए में बेचते हैं, कमला की सास पाँच रुपए में बना लेती है। बीच में अंडे भी, दूध-चीनी भी, किशमिश और बादाम भी, जाने क्या-क्या! मुझसे अपनी जान नहीं सँभाली जाती, मैं क्या करूँगी! केक जग्गा भी बहुत अच्छे बनाता था। पर उसकी किस्मत खोटी थी, नहीं तो आज तुम्हें उसी के हाथ का बना केक खिलाती। हर तीसरे-चौथे दिन केक बनाता था, पर खुद कभी नहीं खाता था। मैं उससे कहूँ, 'तू भी एक टुकड़ा खा ले,' पर नहीं। वह कहता, 'बीबीजी, यहाँ केक खाऊँगा, तो बाहर मुझे केक कौन देगा?'

किसे मालूम था कि यों चला जाएगा! मैं तो अब भी कहती हूँ, बक देता, तो बच जाता। पर अपनी-अपनी किस्मत है, कोई क्या करे! इनके सामने उसने मुँह ही नहीं खोला। इन्हें बहुत मानता था। बोला इसलिए नहीं कि इनके दिल को ठेस पहुँचेगी। और क्या बात हो सकती थी? अब अन्दर की बात इन्हें क्या मालूम? वह बताए, तो पता चले। वह तो मैं जानती थी। उसके मन में क्या था, उसने हवा तक नहीं लगने दी।

धीरे बोल...दोपहर के वक्त किसी को क्या मालूम, सोया आदमी तो मुए बराबर होता है, हमारे घर में तो उस वक्त चिड़ी नहीं फड़कती। किसी को क्या खबर, घर के पिछवाड़े में क्या हो रहा है? मुझसे अपनी जान नहीं सँभाली जाती। भगवान झूठ न बुलवाए, एक दिन दोपहर को मैं उठी, गुसलखाने की तरफ जा रही थी, जब मुझे खटका-सा हुआ। मुझे लगा, जैसे कोई जग्गे की कोठरी की तरफ जा रहा है। मुझे क्या खबर, कौन है, कौन नहीं है। फिर भी मेरे अन्दर से फुरनी फुरी—इस वक्त यहाँ कौन हो सकता है? जग्गे को तो इस वक्त ये अपने दफ्तर में बुला लेते हैं। जग्गा तो इस वक्त दफ्तर में काम करता है, इनके लिए चाय-पानी बनाता है, चपरासीगीरी करता है। ये कहते थे कि 'घर के लिए कोई दूसरा नौकर मिल जाए, तो जग्गे को मैं दफ्तर में रख लूँगा।' फिर इस वक्त यहाँ कौन हो सकता है?

मैंने खिड़की में से झाँककर देखा। हाय, यह तो बिक्की है, मेरा देवर! काला सूट पहने, दबे पाँव चला जा रहा था, और सीधा जग्गे की कोठरी के अन्दर चला गया। मेरा दिल धक् से रह गया। हाय मना, यह जग्गे की कोठरी में क्या करने गया है? फिर मैंने सोचा, किसी काम से आया होगा। पर जग्गे की कोठरी में

उसका क्या काम? और यह इतना दबे पाँव क्यों जा रहा है? मन में आया, इसी से जाकर पूछूँ। पर मुझसे मेरी जान नहीं सँभाली जाती। मैं लौटकर फिर पलंग पर पड़ रही, पर ध्यान मेरा बार-बार उसी ओर जाए। भलामानस घरों में ऐसे काम नहीं करते। जो ऐसे काम करने हैं, तो शादी क्यों नहीं कर लेता? किसी का घर क्यों खराब करता है?

तुमने जग्गे की घरवाली देखी थी न? बड़ी भोली-सी लड़की थी। गोरी इतनी, हाथ लगाए, मैली होती थी। वह कलमुँहा किसी बहाने दफ्तर से भाग आता था और उसकी कोठरी में जा घुसता था। उस दिन मेरी नजर पड़ गई। असील-सी गाँव की लड़की, सहमी-सहमी-सी, इस चंट के आगे क्या बोलती?

धीरे बोल...इनके घर में बदचलनी बहुत है। ये ही एक शरीफ हैं। इनके चाचा ने भी दो-दो रखैल रखी हुई थीं। इनकी चाची, बुढ़िया, दोपहर को अपने एक नौकर से पाँव दबवाती थी। मैंने खुद देखा है। खाना खाने के बाद अपने कमरे में घुस जाती और पीछे-पीछे मुस्टंडा शंकर पहुँच जाता।

अब ऐसी बातें छिपी तो नहीं रह सकतीं न! एक दिन जग्गे ने ही देख लिया। इन्होंने थर्मस मँगवाने के लिए जग्गे को घर पर भेजा। मैंने उसे थर्मस दी और वह अपनी कोठरी की तरफ चला गया। अचानक मैंने खिड़की के बाहर झाँककर देखा। बिक्की, वही काला सूट पहने, जग्गे की कोठरी में से बाहर निकल रहा था। 'बिक्की बाबू...!' जग्गे ने कहा। फिर उसका मुँह जैसे बन्द हो गया। फटी-फटी आँखों से उसे देखता रह गया। उधर बिक्की, बिना उसकी ओर देखे, चुपचाप वहाँ से निकल गया। मेरा दिल धक-धक करने लगा। मैंने कहा, अब इसकी घरवाली की खैर नहीं। यह उसे धुन देगा। क्या मालूम, जान से ही मार डाले! इन लोगों का कुछ पता थोड़े ही लगता है। पर कोठरी के अन्दर से न हूँ, न हाँ।

मैं नहीं जानती, जग्गा कितनी देर तक अन्दर रहा। उसने अपनी बीवी से कुछ कहा, या नहीं कहा। मैं तो जाकर लेट गई, पर मैंने मन-ही-मन कहा कि आज रात मैं इनसे बात करूँगी—या तो जग्गे को चलता करें, या उससे कहें कि अपनी घरवाली को गाँव छोड़ आए। यहाँ इसका रहना ठीक नहीं।

लेटे-लेटे भी मेरे कान कोठरी की ओर लगे रहे। अभी वहाँ से रोने-चिल्लाने, पीटने-रोने की आवाज आएगी। पर वहाँ बिल्कुल चुप! मैंने मन-ही-मन कहा, ऐसा शरीफ आदमी भी किस काम का, जो अपनी घरवाली को काबू में नहीं रख सकता! दो लप्पड़ उसके मुँह पर लगाता, वह अपने-आप सीधे रास्ते पर आ जाती। दस तरीके हैं, औरत को सीधे रास्ते पर लाने के। पर यहाँ न हूँ, न हाँ।

पलंग पर लेटे-लेटे ही मुझे ऐसी घबराहट हुई, कि मुझे बाथरूम जाने की हाजत हो आई। मुझे मुई कब्जी भी तो रहती है न! रोज रात को ईसबगोल की भूसी दूध में डालकर लेती हूँ, तब जाकर सुबह पेट साफ होता है। कभी-कभी तो जान

इतनी घबराती है कि क्या बताऊँ! एक बार पूरे पाँच दिन तक कब्ज रही। ये मजाक करते थे। कहते थे कि अब बाथरूम जाओगी, तो बाथरूम साफ करना मुश्किल हो जाएगा। हाय, अब तो हँसा भी नहीं जाता! हँसती हूँ, तो साँस फूलने लगती है। मुझे बवासीर की शिकायत भी तो रहती है न! यहाँ एक मुसीबत थोड़े है। एक नहीं, बीस दवाइयाँ खा चुकी हूँ।

डॉक्टर कहता है, 'चला-फिरा करो।' अब इस शरीर के साथ कौन चल-फिर सकता है? थोड़ा-सा भी चलूँ, तो साँस फूलने लगती है। डॉक्टर कहता है, 'मिठाई मत खाया करो', पर मुझसे हाथ रोका ही नहीं जाता। घर में दो-तीन डिब्बे मिठाई के हर वक्त मौजूद रहते हैं, पर बर्फी का टुकड़ा मुँह में डालने की देर है कि पेट में गुड़-गुड़ होने लगती है। डॉक्टर मुआ बार-बार कहता है, 'मिठाई खाना छोड़ दो।' पर एक टुकड़ा भी मुँह में न डालूँ, तो फिर जंगलों में जा बैठूँ, दुनिया से फिर क्या लेना है? मैं डॉक्टर से कहती हूँ, 'डॉक्टर जी, मुझे बैठे-बैठे ही ठीक कर दो। न मेरी मिठाई बन्द करो, न मुझे घूमने को कहो। अगर मुझे सैर करके ही दुरुस्त होना है, तो मुझे तुम्हारी क्या जरूरत है? जब आते ही, पचास-पचास रुपए ले जाते हो। हम तुम्हें इतने पैसे भी दें, फिर भी तुम ठीक नहीं कर सको, तो फिर फीस किस बात की लेते हो? हम पांडी-मजूर थोड़े हैं कि घूमते फिरें!'

मैंने डाँटकर कहा, तो डॉक्टर अपने-आप सीधा हो गया। कहने लगा, 'कोई बात नहीं, खाना खाने के बाद दो बड़े चम्मच इस दवाई के पी लिया करो।' मैंने कहा, अब आया न सीधे रास्ते पर! अब दो चम्मच रोज पी लेती हूँ। डकार आनी तो बन्द हो गई है, पर कोई बात इधर-उधर की हो जाए और मन घबराने लगे, तो बाथरूम की हाजत होने लगती है।

उस दिन क्लब में गई, तो हरचरन की बीवी औरतों पर बड़ा रोआब गाँठ रही थी। कह रही थी, 'मैं सात गोलियाँ रोज खाती हूँ।' मैंने सुना, पर चुप रही। मैंने कहा, यह भी कोई ऐंठने की बात है? भगवान अहंकार न बुलवाए, पन्द्रह-पन्द्रह गोलियाँ भी रोज खाई हैं, पर बाहर जाकर ढिंढोरा नहीं पीटा कि दवाई की पन्द्रह गोलियाँ रोज खाते हैं। डॉक्टर घर का पक्का रखा हुआ है, तीन सौ रुपया बँधा-बँधाया उसे हर महीने देते हैं—घर में कोई बीमार हो या नहीं हो। अभी भी खानेवाली मेज पर जाकर देखो, कुछ नहीं तो दस दवाइयों की शीशियाँ वहाँ पर रखी होंगी—कुछ ताकत की गोलियाँ, कुछ हाजमे की और तरह-तरह की। जग्गे को सब मालूम था कि कौन-सी गोली मुझे किस वक्त चाहिए। अपने-आप लाकर दे दिया करता था। वह गया, तो दवाइयों का सारा सिलसिला ही खराब हो गया।...तुम कुछ लो न, तुम तो कुछ भी नहीं खा रही हो!

उस दिन जो शाम को ये घर आए, तो आते ही कहने लगे, 'कहाँ है जग्गा? उससे कहो, पाँच आदमी रात को खाना खाने आएँगे, बढ़िया तरकारियाँ बनाए और

साग-मीट बनाए।' जग्गा आया, तो गुमसुम इनके सामने आकर खड़ा हो गया। चेहरा ऐसा पीला, जैसा मुर्दे का होता है। इन्होंने बड़े लाड़ से पूछा, 'क्यों जग्गे, क्या बात है, इतना चुप क्यों है ? क्या गाँव से कोई बुरी खबर आई है ?' पर जग्गा चुप—न हूँ, न हाँ। इन्हें कहता भी तो क्या ? इनसे कैसे कहता कि 'आपका भाई मेरी घरवाली से मुँह काला कर रहा है ?' कोई गैरत भी तो होती है। इनके आगे तो वह आँख उठाकर भी नहीं देखता था। पर इनकी तबीयत को तो तुम जानती हो, बिगड़ जाएँ, तो सख्त बिगड़ते हैं, आगा-पीछा नहीं देखते। और-तो-और, मुझे भी नौकरों के सामने बेइज्जत कर देते हैं।

जब जग्गा कुछ नहीं बोला, तो इन्हें गुस्सा आ गया। जग्गा पत्थर की मूरत बना खड़ा था। जाने उसके मन में क्या था! बोल देता, तो अपने दिल का गुबार तो निकाल लेता। मगर वह चुप!

ये उसे डाँटने लगे, तो मैंने रोक दिया। मैंने कहा, 'जी, मेहमान आनेवाले हैं, अभी सारा काम पड़ा है, जा जग्गा, तू रसोईघर में चल।' वह उसी तरह गुमसुम रसोईघर में चला गया। थोड़ी देर बाद मैं रसोईघर में गई कि खाने-वाने का देखूँ, तो यह वैसे-का-वैसा गुमसुम खड़ा था। रसोईघर के बीचोबीच, पत्थर की मूरत बना हुआ। मैंने कहा, इसकी बुद्धि पथरा गई है, यह कोई काम नहीं कर पाएगा। मैं उन्हीं कदमों लौट आई। मैंने इनसे कहा, 'जी, इसे तो कुछ हो गया है। यह बोलता नहीं, मुझे तो डर लगता है। तुम बाहर से खाना मँगवा लो, और इसे आज के दिन छुट्टी दे दो।'

मैंने इनसे कहा, तो ये खुद उठकर रसोईघर की तरफ चले गए। और बजाय उसे छुट्टी देने के, उसे फटकारने लगे। मैं थर-थर काँपने लगी। क्या मालूम, जग्गे ने कोई छुरा नेफे में छिपा रखा हो! इन लोगों का क्या भरोसा ? 'बदजात बोलता क्यों नहीं ?' ये ऐसे चिल्लाए, जैसा मैंने इन्हें कभी चिल्लाते नहीं सुना। मेरी तो ऊपर की साँस ऊपर और नीचे की नीचे। मैं करूँ तो क्या करूँ ? मैं भागकर इनके पास गई। मैंने सोचा, इन्हें खींचकर बाहर ले आऊँगी, पर इन्होंने मेरा हाथ झटक दिया। 'कमीने, मैं बार-बार पूछ रहा हूँ—बता, क्या बात है, और तू बोलता तक नहीं। तेरी जबान घिसती है, मुझे जवाब देने में ? निकल जा यहाँ से, अभी चला जा, मेरी आँखों से दूर हो जा!' और जग्गे को कान से पकड़कर रसोईघर के बाहर ले आए। मैं इन्हें समझाने लगी, 'कुछ न कहो जी, घंटे-दो घंटे में मेहमान आनेवाले हैं, और अभी तक कुछ भी नहीं बना। यह चला जाएगा, तो खाना कौन बनाएगा ? जा जग्गा, जा, तू रसोईघर में जा।' और मैं इन्हें जैसे-तैसे खींच लाई।

रात को जब मेहमान चले गए...हाँ जी, बनाया जग्गे ने, सारा खाना बनाया। बड़ा अच्छा खाना बनाया, पर रहा गुमसुम, मुँह से एक लफ्ज नहीं बोला। खाना खाते-खाते इनका दिल भी पसीज गया। मेहमानों के सामने ही उससे कहने लगे,

'जग्गे! जा, तेरी दस रुपए तरक्की! राय साहब कहते हैं, साग-मीट बहुत अच्छा बना है, शाबाश! जा, तेरा कसूर माफ किया।' ये देने पर आएँ, तो मुँहमाँगी मुराद पूरी करते हैं। इनका दिल तो समन्दर है।

रात को मुझसे नहीं रहा गया। मैंने कहा, 'जी, बिक्की बड़ा हो गया है, अब इसकी शादी की फिक्र करो।' तो कहने लगे, 'तुम्हें इसकी शादी की क्या पड़ी है, अभी इसकी उम्र ही क्या है, अभी तो इसके मुँह पर से दूध भी नहीं सूखा!' मैंने कहा, 'जी, शादी नहीं करोगे तो खूँटा तुड़ाए साँड़ की तरह जगह-जगह मुँह मारेगा।' मैंने गोल-मोल शब्दों में कहा। पर बिक्की से उन्हें बहुत प्यार है, उसे अपने बच्चों की तरह इन्होंने पाला है। उसकी बुराई ये नहीं सुन सकते। मैंने फिर से उसकी शादी की बात चलाई, तो कहने लगे, 'मार ले जितना मुँह मारता है, अभी उसकी उम्र ही क्या है, दो दिन हँस-खेल ले, ब्याह के बन्धन में तो एक दिन बँध ही जाएगा।'

मैंने कहा, 'जी, जवान लड़का है, गलत रास्ते पर भी पड़ सकता है। इसका तो जितनी जल्दी हो, ब्याह कर दो।' इस पर कहने लगे, 'अभी तो इसने पढ़ाई भी पूरी नहीं की। कुछ नहीं तो तीस-चालीस हजार इसकी पढ़ाई पर खर्च कर चुका हूँ। इसकी शादी करूँ, तो कम-से-कम यह रकम तो वसूल हो। और अभी इसने बी.ए. पास भी नहीं किया।'

मर्द लोग बड़े समझदार होते हैं, इन्हें तो दस बातों को ध्यान रहता है। अब मैं और आगे क्या कहती, मैंने इतना-भर कहा, 'आप इसके कान खींचते रहा कीजिए, जवानी बड़ी मस्तानी होती है।' इस पर ये बिगड़ उठे, 'तुम्हें कुछ मालूम है क्या? बोलती क्यों नहीं हो?' ये इतनी रुखाई से बोले कि मैं चुप हो गई। मैंने सोचा, फिर कभी मौका मिलेगा, तो बात करूँगी, इन्हें आराम से समझाऊँगी, पर मुझे क्या मालूम था कि दूसरे ही दिन गुल खिलनेवाला है!

दूसरे दिन सुबह, यही आठ-साढ़े आठ का वक्त होगा, मैं पिछले बरामदे में बैठी बाल सुखा रही थी। वहाँ धूप अच्छी पड़ती है। मैंने सोचा, बाल सूख जाएँ, तो उन्हें काला करूँ। जग्गे की घरवाली बड़े सँवारकर मेरे बाल बनाती थी। मैंने सोचा, बाल सूख जाएँ, तो उसे बुला लूँगी। यही आठ-साढ़े आठ का वक्त होगा। उसी वक्त फ्रंटियर मेल आती है। घर के पिछवाड़े थोड़ी दूर पर ही तो रेलवे लाइन है। अगर गाड़ियों को सिगनल नहीं मिले, तो यहीं पर रुक जाती हैं, फिर धीरे-धीरे आगे बढ़ती हैं। एक फ्रंटियर मेल यहाँ नहीं रुकती। वही एक गाड़ी है, जो यहाँ खड़ी नहीं होती।

जग्गे ने पहले से ही सबकुछ सोच रखा होगा। उधर से गाड़ी आई, तो जग्गा अपनी कोठरी में से निकला। मैंने कहा, 'जग्गे, सुरस्ताँ को मेरे पास भेज दे।' पर मुझे लगा, जैसे उसने सुना ही नहीं। वह भागकर पिछवाड़े की दीवार फाँद गया और रेलवे लाइन की ढलान चढ़ने लगा। यह सब पलक मारते हो गया। उसने मुड़कर

पीछे देखा ही नहीं। मेरी भी अक्कल मारी गई, मुझे सूझा ही नहीं कि वह क्यों भागा जा रहा है। मैंने सोचा, किसी काम से जा रहा होगा। गाड़ी का तो मुझे खयाल ही नहीं आया, वरना मैं उसे रोक नहीं देती? ढलान चढ़ने के बाद मैंने नहीं देखा कि वह कहाँ गया है, किस तरह गया है!

झूठ क्यों बोलूँ, शाम का वक्त है। बस, फिर मुझे नजर नहीं आया। मुझे तो खटका तब भी नहीं हुआ, जब गाड़ी धम-धम करती आई और कुछ ही देर बाद पहिए घसीटती रुक गई। पहिए घिसटने की आवाज आती है न, जैसे किसी ने चेन खींची हो। पर मैंने खयाल नहीं किया, यहाँ रोज गाड़ियाँ रुकती हैं। मैंने सोचा, किसी ने चेन खींची होगी। थोड़ी देर में माली भागा-भागा आया। कहने लगा, कोई हादसा हो गया है, और वह भी पिछवाड़े की दीवार फाँदकर ढलान चढ़ने लगा। मुझे फिर भी शक नहीं हुआ। थोड़ी देर बाद पड़ोसवाले नौकर ने चिल्लाकर कहा, 'जग्गा मारा गया है। जग्गा गाड़ी के नीचे कुचल गया है।'

मेरा दिल बुरी तरह से धक-धक करने लगा। उसके साथ उंस थी न। वह तो जैसे घर का आदमी था, कोई पराया थोड़े ही था। ये तो उसके साथ बेटे जैसा सुलूक करते थे। वह भी इन्हें बाप की तरह मानता था। यही चीज उसे अन्दर-ही-अन्दर खा गई। मैं तो अब भी कहती हूँ, अगर जग्गा बोल पड़ता, तो बच जाता। ये जरूर कोई-न-कोई रास्ता ढूँढ़ निकालते। ये सब तरकीबें जानते हैं। बड़े समझदार हैं। पर वह बोला ही नहीं।

वह दिन तो ऐसा बुरा बीता, ऐसा बुरा बीता कि तुम्हें क्या बताऊँ! बार-बार टेलीफोन आएँ, तीन बार तो पुलिस का इंस्पेक्टर आया। बार-बार इन्हें बुलाता, बार-बार कोठरी में झाँककर देखता। अन्दर बैठी थी, वह कुलच्छनी! मौका देखने के बहाने इंस्पेक्टर बार-बार अन्दर जाए। मर्द तो भेड़िए की तरह औरत को घूरते हैं न। और वह अन्दर बेहोश पड़ी थी। उसे बार-बार गश आ रहे थे। अब मैं किस काम की! मुझसे अपनी जान नहीं सँभाली जाती। दो-एक बार मन में आया भी कि जाऊँ, सुरस्ताँ को देख आऊँ। पर इन्होंने मना कर दिया। ये कहने लगे, 'फौजदारी का मामला है, इससे दूर ही रहो। जब तक पुलिस अपनी कार्रवाई न कर ले, कोठरी में कदम नहीं रखना।' मर्द समझदार होते हैं न, उन्होंने दुनिया देखी होती है। पुलिस ने इनसे पूछा, तो इन्होंने कहा, 'वह पिछले दिन से ही पगलाया-पगलाया-सा लग रहा था। मियाँ-बीवी की आपस में कोई बात हुई हो, तो हम नहीं जानते। नौकरों की अन्दर की बातों से मालिकों का क्या काम?' एक बार अन्दर आए, तो मैंने इनसे कहा, 'जी, तुम बिक्की को कहीं बाहर भेज दो। मैं कहूँ, इन्हें मालूम नहीं, पर आस-पास के किसी आदमी को मालूम हुआ, तो बखेड़ा उठ खड़ा होगा।' पर इन्होंने समझदारी की। बिक्की को बाहर नहीं भेजा। मर्द लोग समझदार होते हैं, बिक्की लापता हो जाता, तो पुलिस को शक पड़ सकता था न!

एक मठरी और लो! लो न! तुमने तो कुछ खाया ही नहीं। खाओगी तो सेहत बनी रहेगी, बस मुटियाना नहीं। मेरी तरह मोटी नहीं होना, मोटी देह किस काम की! तुम आ गईं, तो घंटा-आध घंटा मन बहल गया। कभी-कभी आ जाया करो न! तुम दूर तो नहीं रहती हो। कहो तो मोटर भेज दिया करूँ? अकेले में तो घर भाँय-भाँय करता है। ये तो दफ्तर से आते हैं, तो सीधे ब्रिज खेलने चले जाते हैं। जब तक तीन-चार घंटे ब्रिज न खेल लें, इन्हें चैन नहीं मिलता। यह ताश तो मेरी सौतन आई है, इस घर में जब से ब्याही आई हूँ, यह मेरा पीछा नहीं छोड़ती। रोज शाम को इन्हें उड़ा ले जाती है। हाय, अब तो हँस भी नहीं सकती हूँ! हँसती हूँ, तो साँस फूलने लगती है। छाती में शाँ-शाँ होती है। मैं इनसे कहूँ, तुम ताश बहुत न खेला करो जी। अपनी सेहत का भी कुछ खयाल किया करो। जानती हो, क्या कहते हैं? कहने लगे, 'इसी ताश के तुफैल ही से तो मेरे दस काम सँवरते हैं। पुलिस का बड़ा अफसर ताश का साथी था, तभी जग्गेवाला मामला रफा-दफा हो गया, वरना घर में से कोई खुदकुशी करे, तो पुलिसवाले क्या घरवालों को परेशान नहीं करेंगे?' मैंने कहा, 'ठीक है, मर्द लोग जानें, हम क्या जानें!' बस, वही दिन हमारा बुरा गुजरा। इनको दिन के वक्त सोने की आदत है। थोड़ा सो न लें, तो बदन भारी-भारी महसूस करने लगता है, पर कोई सोने दे तो! उस दिन वह भी नहीं हुआ। सोने के लिए लेटें, तो कभी टेलीफोन की घंटी बजने लगे, तो कभी कोई सरकारी आदमी आ जाए। पर दूसरे दिन से चैन हो गया। फिर कोई नहीं आया।

जब मामला रफा-दफा हो गया, तो एक दिन मैंने बिक्की की सारी करतूत इन्हें बता दी। ये कहने लगे, 'मुझे तो पहले दिन से मालूम था।' मैं हक्की-बक्की इनके मुँह की ओर देखने लगी। 'जवानी में सभी बेवकूफियाँ करते हैं, इसने कर ली, तो क्या हुआ!' मैंने कहा, 'जी, बिक्की को समझा तो दिया होता।' कहने लगे, 'कोई बेसवा के पास तो नहीं गया, कोई बीमारी तो नहीं ले आया, हो गई बात जो होनी थी, आगे के लिए इसे खुद कान हो जाएँगे।' मैंने कहा, 'जी, पर बात तो अच्छी नहीं न! ऐसा बिक्की को करना तो नहीं चाहिए था न! बिक्की ने ऐसा नहीं किया होता, तो जग्गा जान पर तो नहीं खेल जाता न!' तो कहने लगे, 'तुम क्या चाहती हो, भाई को पुलिस में दे देता?'...'पर जी, उसने जुर्म तो बहुत बड़ा किया है न।' ये और भी बिगड़ उठे। 'उसका जुर्म देखता या उसकी जान बचाता? तुम क्या चाहती हो, उसे काल कोठरी में भिजवा देता?' फिर थोड़ी देर बाद धीमे से बोले, मुझे समझाने लगे, 'अव्वल तो कौन जाने, बिक्की अपने-आप अन्दर गया था, या जग्गे की घरवाली उसे इशारे करती रही थी! ताली एक हाथ से तो नहीं बजती। औरत बढ़ावा देती है, तभी मर्द बहकता है। लड़की इशारा भी कर दे, तो आदमी बौरा जाता है। कोठरी के बाहर पर्दा लगा रहता है। क्या मालूम, पर्दे की ओट में उसे इशारे करती रही हो! औरत खुद न चाहती, तो क्या मजाल थी कि बिक्की

उसके कमरे में जाता! ऐसे ही कोई किसी के कमरे में घुस जाता है? इतनी ही शरीफजादी थी, तो अन्दर से कमरा बन्द करके क्यों नहीं बैठती थी? अन्दर से साँकल लगाकर बैठती। तेरा मर्द बाहर काम पर गया है, तू कोठरी में अकेली है, तू अन्दर से कोठरी बन्द करके बैठ। दरवाजा खोलकर बैठने का तेरा क्या मतलब है? दिन के वक्त तेरे पास आ सकती थी। उसे किसी ने मना किया था?'

मैं सुनती रही, मैं भी सोचूँ, किसी के दिल की कौन जानता है! लड़की के दिल में चोर था, या बिक्की के दिल में, भगवान जाने!

आखिर में जी, इन्होंने सारा मामला सँभाल लिया, इनसे सब सन्तुष्ट हो गए। इन्हें भगवान ने ऐसी समझदारी दी है, इनकी कोई कसम तक नहीं खाता। सभी इनके सामने हाथ जोड़ते हैं। ये जल्दी घबरा नहीं जाते न, यही इनकी सबसे बड़ी खूबी है। कोई दूसरा होता, तो घबरा जाता। जग्गे का भाई गाँव से आया, बहुत रोया-धोया, उसे इन्होंने दो सौ रुपए निकालकर दे दिये। जग्गे की घरवाली का बाप आया। उसे भी इन्होंने पैसे दिये। मैंने इनसे कहा, 'जी, मामला रफा-दफा हो गया है, अब ये हमारे क्या लगते हैं, तुम पैसे लुटा रहे हो!' पर नहीं, ये कहने लगे, 'जग्गे ने दस साल तक हमारी सेवा की है। इसे हम कैसे भूल सकते हैं?' कहने लगे, 'सौ-पचास दे दो, तो गरीब का मुँह बन्द हो जाता है।' ये सबका भला सोचते हैं, किसी का बुरा नहीं सोचते। हर किसी की मदद ही करेंगे।

यह जरा घंटी तो बजाना। मुए जानते भी हैं, रात पड़ गई है, मगर मजाल है, जो अपने-आप आकर बत्ती जलाएँ! बार-बार घंटी बजानी पड़ती है। कानों में तेल डाले पड़े रहते हैं। अब आई हो, तो खाना खाकर जाना। ये जाने कब लौटेंगे! कभी दस बजे आते हैं, कभी खाना खाकर आते हैं। मैं दिन-भर अकेली बैठी कौवे उड़ाती रहती हूँ। अब खाना खाए बिना तो मैं तुम्हें जाने ही नहीं दूँगी। तुम आ गईं, तो घड़ी-भर दिल बहल गया। हमने अपनी बातें तो अभी तक कीं ही नहीं। दोनों बैठी बातें करेंगी। तुमने साग-मीट का पूछा तो बीच में मुए जग्गे की बात चल पड़ी। मैं तुम्हें खाना खाए बिना तो जाने नहीं दूँगी...

पिकनिक

आज गौरी सिर पर खाट उठा लाई है। पूरा सन्तुलन बनाए चली आ रही है—किसी सरकस के नट की भाँति। खाट को सिर पर उठा रखा है, दूर से लगता है, खाट अपनी टाँगों के बल चली आ रही है। खाट के नीचे, बाएँ कन्धे पर उसकी सबसे छोटी बच्ची चिपकी बैठी है। दूसरा बच्चा दाईं ओर बगल में है। तीसरे बच्चे को बाएँ हाथ की उँगली से लगाए हुए है, और चौथा दस कदम पीछे घिसटता आ रहा है। वास्तव में यह चौथा बच्चा गौरी का अपना बच्चा नहीं है, यह उसकी माँ का सबसे छोटा बेटा है—गौरी का सगा भाई है। और सच तो यह है कि यह उसकी माँ का भी सबसे छोटा बच्चा नहीं है—नाली के किनारे, थिगलियों में लिपटा, पीला-सा एक और बच्चा भी इसके साथ कभी-कभी पड़ा देखा गया है। वह उसकी माँ का सबसे छोटा बच्चा है। गौरी के अपने तीन ही बच्चे हैं और चौथा पेट में है।

गौरी मुहल्ले में पहुँच गई है। अभी सुबह के सात बजे हैं, हवा में ठिठुरन है, गौरी समेत सबकी नाक बह रही है। बाबू हरगोपाल के घर के सामने पहुँचकर गौरी रुक गई है। खड़े-खड़े ही गौरी ने दो बच्चों को उँडेलकर जमीन पर डाल दिया है, और फिर दोनों हाथों से खाट सिर पर से उतारकर नीचे झटक दी है। गौरी के सिर पर उलझे रूखे बालों का घोंसला, खाट के बोझ के नीचे दबकर पिचक गया है, और घिसटती मैली धोती और ज्यादा ढरक गई है।

गौरी अपने सबसे छोटे बच्चे को कन्धे पर से उतारकर बाबू हरगोपाल के घर के सामनेवाली चौड़ी सूखी नाली में डालने जा रही थी जब वह ठिठक गई। कुछ दिनों से वह इसे यहीं डाल दिया करती थी, क्योंकि एक बार बच्चे को नाली में डाल दो तो वह नाली में से निकल नहीं सकता, इनसान का बच्चा होने के कारण छिपकली की तरह रेंगकर बाहर नहीं आ सकता, और गौरी निश्चिन्त होकर घरों में चौका-बर्तन करने चली जाती थी। पर आज उसने देखा कि बाबू हरगोपाल ने नाली और घर की दीवार के बीच, अपनी दुकान के अनेक बक्से, एक के ऊपर

एक, फिर से लगा दिये हैं। कल भी ऐसा ही हुआ था, और वह बच्चे को वहाँ से उठाकर कोनेवाले डॉक्टर साहब के घर के सामने डाल गई थी। पर वहाँ पर नाली नहीं थी, इसी कारण बच्चा बार-बार घिसटता हुआ सड़क के बीच तक चला जाता था, और गौरी को बार-बार काम छोड़कर उसके पीछे भागना पड़ा था। यही परेशानी थी। इसीलिए आज गौरी खाट उठा लाई है। खाट पर पड़ा रहेगा तो घिसटता हुआ सड़क तक तो नहीं जाएगा। पर सबसे अच्छा यही है कि नाली में पड़ा रहे। नाली के किनारे रखे बक्सों के बावजूद, उसने दो-एक बार बच्चे को नाली में डाला, फिर उठाया, फिर डाला, फिर उठाया—वैसे ही, जैसे नहलाते समय बच्चे को हौज में डालते-निकालते हैं, पर फिर, बक्सों के उखड़े कील नाली के किनारे तक बढ़े हुए थे। होनहार नाली में से न भी निकल पाए तो भी इन कीलों से उसे खरोंच लग सकती है, उसका बदन छिल सकता है। गौरी समझ गई कि बाबू हरगोपाल नहीं चाहते कि गौरी अपने बच्चों को यहाँ छोड़ जाया करे, इसीलिए वह कल से यहाँ खाली बक्से डलवाने लगे हैं। गौरी ने अपनी बच्ची को उठाया और अपनी फौज को साथ लिये, खाट घसीटते हुई डॉक्टर साहब के घर की ओर जाने लगी, पर वह फिर ठिठक गई। वहाँ दीवार के साथ डॉक्टर साहब ने आज अपनी कार खड़ी कर दी थी। कल तक तो डॉक्टर साहब अपनी कार घर के अन्दर आँगन में खड़ी किया करते थे, पर आज सुबह-सवेरे ही उन्होंने कार बाहर खड़ी कर दी। जाहिर है, वह भी नहीं चाहते कि गौरी अपने बच्चों के साथ उनके घर के बाहर डेरा जमा ले।

गौरी बच्चे को उठाए खाट घसीटती हुई सड़क के पार वकील साहब के घर के सामने ले गई जहाँ नीम का ऊँचा पेड़ है। सुबह-सुबह उसे बच्चे को यहाँ डालना ठीक नहीं लगता, क्योंकि नीम के पेड़ के नीचे ठंड होती है। मगर इस वक्त गौरी को कोई और जगह सूझ ही नहीं रही थी।

खाट बिछ गई है। ठिठुरता मांस का लोथड़ा उस पर डाल दिया गया है, और गौरी पास ही जमीन पर टाँगें फैलाकर बैठ गई है, और बीड़ी सुलगाकर लम्बे-लम्बे कश लेने लगी है।

आँगन में बैठे वकील साहब ने उसे खाट बिछाते देखा है, उनके मन को खटका भी हुआ है, पर फिर, देखा-अनदेखा करके, वह अखबार बाँचने में लग गए हैं।

दिन का काम शुरू करने से पहले गौरी रोज बीड़ी पीती है। बीड़ी पीते समय वह बच्चों की ओर भी नहीं देखती। कहीं गहरे में खोकर वह बीड़ी के कश लगाती है। धुआँ सीधा कलेजे को चाटकर लौटता है। बीड़ी के कश लगाते समय गौरी की आँखें सिकुड़ जाती हैं, और लगता है, जैसे वह कहीं दूर देख रही है, और गहरे विचारों में खो गई है! पर वास्तव में गौरी कुछ भी नहीं सोच रही है। वह सिर पर खाट रखे, दो बच्चों को उठाकर मील-भर का रास्ता तय करके आई

है, और काम शुरू करने से पहले ही थक गई है, इसी कारण उसकी आँखें मुँद रही हैं।

कभी-कभी काम पर जाने से पहले गौरी सड़क के ही किनारे बच्चे को दूध पिलाने लगती है, और दूध पिलाते-पिलाते ही सो जाती है। ऐसा कई बार होता है। तब उसकी छाती उघड़ी की उघड़ी रह जाती है, और वह सड़क के किनारे बेसुध पड़ी सो रही होती है, और बच्चा उसकी छाती पर पड़ा सो रहा होता है। और गौरी के नंगे स्तनों पर आने-जानेवालों की नजर पड़ने लगती है तो कुछ शरीफजादे तो बार-बार चक्कर काटने लगते हैं, और इस भद्र मुहल्ले के कुछ भद्रजन झरोखों, खिड़कियों और आँगन की दीवारों के पीछे से उनकी झलक लेने लगते हैं।

''अब ओ! लौट! इधर आ, नहीं तो जूता मारूँगी तेरे सिर पर।''

गौरी ने ढेला फेंका है। वह अपने मँझले नौनिहाल पर चिल्लाई है, जो अभी से सीधा सड़क पर जा पहुँचा है, और वहाँ दोनों हाथ फैलाए, सड़क के बीचोबीच गोल-गोल घूमने लगा है।

''हरामजादे, लौट आ! अभी मोटर आएगी, नीचे कुचला जाएगा।''

हरामजादा नहीं लौटा, अभी भी मुस्कराए जा रहा है, और गोल-गोल चक्कर का खेल खेले जा रहा है और अब तीसरा पिल्ला भी उसके साथ जा मिला है और दोनों सड़क के बीचोबीच गोल-गोल चक्कर खेलने लगे हैं।

पर चौथा पिल्ला—गौरी का भाई—इस बीच आँखों से ओझल हो गया है। कल रात बारिश हुई थी, जिस कारण जगह-जगह पानी के पोखर बन गए हैं। इसे कहीं से खाली सिगरेटों की डिब्बियाँ मिल गई हैं। पोखर के किनारे सिगरेट की चाँदी, गँदले पानी में भिगो-भिगोकर अपने माथे पर लगा रहा है। इसे देखकर, सामने के फ्लैट के छज्जे पर खड़ी गिडवानी की पत्नी अपने बेटे को बुला लाई है।

''देख, गरीबों के बच्चे कितने मजबूत होते हैं! इतनी ठंड में भी पानी से खेल रहा है। इन्हें जुकाम नहीं होता, पर तुम्हें हर तीसरे दिन जुकाम हो जाता है।''

उधर गौरी का भाई अब पोखर के किनारे लेट गया है, और पोखर के पानी में मुँह डाल दिया है। गिडवानी की पत्नी और अधिक प्रभावित हो उठी है।

''देखा? गन्दे पोखर का पानी पी रहा है। इसे कुछ नहीं होगा। इधर मैं एक-एक चीज को धोकर तुम्हें खिलाती हूँ, फिर भी हर दूसरे दिन तू बीमार पड़ जाता है।''

जाहिर है, गौरी ने इस मुहल्ले में शिशु-पालन की मिसाल कायम कर दी है।

''इधर आकर बैठो, अपनी बहन के पास। अगर यहाँ से उठे तो टाँगें तोड़ दूँगी।''

गौरी फिर से चिल्लाई है। दोनों बच्चे खाट के पास लौट आए हैं और पालथी मारकर खाट के पास बैठ गए हैं। खाट पर कच्चे मांस की पीली-पीली टाँगें मैली-

थी कथरी में से झाँक रही हैं और गौरी फटी-सी साड़ी का पल्लू कमर में खोंसती हुई, सड़क पार के सामने, ऊपरवाले फ्लैट में झाड़ू-बर्तन करने चली गई है।

"आज खाट उठा लाई है, गौरी?"

सीढ़ियों के पास, प्रोफेसर की गोल-मटोल पत्नी खड़ी थी।

"क्या करूँ बीबी, कलमुँही कल बार-बार सड़क के बीच तक चली गई। खाट पर से अब उतरेगी नहीं।"

"अब और बच्चे नहीं लेना गौरी, यही बहुत हैं।"

इस पर गौरी हँस दी। "मैं कहाँ चाहती हूँ बीबी, पर मेरा घरवाला माने तो! ये लोग सुनते थोड़े ही हैं!"

"अब तुम्हें कुछ पैसे-वैसे भी देता है, या पहले की तरह तुम्हीं से ऐंठता रहता है?"

"एक कौड़ी नहीं देता बीबी, सारा खर्च मैं चलाती हूँ। इसे तो खुद खाने की लत है। सारा वक्त पीछे पड़ा रहता है—आज पकौड़ियाँ खिला, आज दाल छौंककर खिला। परसों मैं ऊपरवाली बीबी से पाँच रुपए पेशगी माँगकर ले गई, वह भी मुझसे छीनकर ले गया। ऐसा हरामी है, बीबीजी, अपने लिए चने ले आएगा। मेरे सामने मुँह चलाता रहेगा, मुझसे पूछेगा भी नहीं।"

प्रोफेसर की बीवी ने गौरी को सिर से पाँव तक देखा तो वितृष्णा से बोली, "तूने अपनी क्या हालत बना रखी है, गौरी! कैसी मैली-कुचैली बनी रहती है! कुछ तो साफ-सुथरा रहा कर।"

"बीबी, वक्त किसके पास है, साफ-सुथरा बनने का? मैली हूँ, फिर भी मुए इतना परेशान करते हैं, बन-सँवरकर रहूँ तो जीने ही नहीं देंगे।"

और गौरी सीढ़ियाँ चढ़ गई।

वकील की पत्नी ने फाटक खोला तो घर के सामने खाट पड़ी देखी।

"लो जी, इसने तो यहीं पर डेरा डाल दिया है!"

वकील साहब ने अखबार पर से सिर उठाया।

"कौन? किसने डेरा डाल दिया है?" वकील ने देखा-अनदेखा करते हुए कहा।

"गौरी ने, और किसने? अपना सारा लश्कर यहाँ उठा लाई है।"

"पड़ा रहने दो, तुम्हारा क्या लेती है?"

"कैसे पड़ा रहने दूँ? दिन-भर इसके बच्चे यहाँ गन्द डालेंगे। दोपहर को सोने को थोड़ा मन होता है, इधर इसके बच्चे ऊधम मचाएँगे। इन्हें एक बार ढील दे दो तो ये टलते ही नहीं। मैं तो इन्हें यहाँ नहीं बैठने दूँगी।"

"अच्छा, तुम उसे कुछ मत कहना, मैं खुद उसे समझा दूँगा।"

“तुम क्या समझाओगे? तुम उसे डाँटकर बोलते तो यहाँ बैठती ही नहीं। मुहल्ले में और भी कोई घर है जिसके सामने इन लोगों ने इस तरह डेरा डाल रखा हो? सिन्धी व्यापारी के घर के सामने बैठते थे न, उसने उठा दिया। ठेकेदार के घर के सामने मद्रासी नौकरों का टोला बैठता था, उसने पुलिस को बुलवाकर उन्हें उठवा दिया।”

“वर्षों की जान-पहचान है, इसे तुम कैसे उठा सकती हो?”

“क्यों नहीं उठा सकती? जान-पहचान है तो क्या, अपना घर तो गन्दा नहीं करवा सकती! मैं तो इसे यहाँ नहीं बैठने दूँगी।...”

वकील की पत्नी फाटक खोलकर बाहर आ गई। सीधी खाट के पास पहुँची, एक ओर से खाट को उठाया और उसे घसीटती हुई सड़क के पार ले गई और डॉक्टर के घर के बाहर मोटर के पास छोड़ आई। तीनों बच्चे उसके पीछे-पीछे चलते हुए खाट के पास जा खड़े हुए। वकील की पत्नी लौट आई और फाटक बन्द कर दिया।

खाट खींचने से बच्ची जाग गई है और जोर-जोर से रोने लगी है। इस पर गौरी की तीन साल की मँझली बेटी अपनी बहन को फिर से सुलाने के लिए खाट पर चढ़ गई है, और अपनी माँ की नकल करते हुए बच्ची को अपनी गोद में बैठाने के लिए उसकी टाँग खींचने लगी है। इस कोशिश में वह स्वयं खाट पर लुढ़क गई है, और अब अपने शरीर का सारा बोझ बच्ची पर डाले उसे दबोचती-मथती जा रही है। पर बहन के शरीर की गर्माहट पाकर बच्ची सचमुच चुप हो गई है।

सड़क पर चहल-पहल शुरू हो गई है। कुछ लोग धर्म कमाने निकल पड़े हैं। मुहल्ले में एक 'फिएट' कार आई है, हर रोज सुबह आठ बजे आती है। एक सिन्धी सज्जन पूरी-की-पूरी एक डबल रोटी हाथ में उठाए, एक-एक स्लाइस गरीब बच्चों में बाँट रहे हैं, क्योंकि उनके अपना बच्चा नहीं हुआ है। गौरी का लश्कर भी भागकर पहुँच गया है, उसके सामने हाथ फैलाने और माथे पर उल्टा हाथ रखकर बार-बार सलाम करने लगा है। गौरी की तीन साल की बेटी की आँखों में अभी से भिखमंगों का-सा भाव उतर आया है। सामने के फ्लैटवाली मिसेज गिडवानी भी दो बासी रोटियों पर तीन दिन पुराना सालन डालकर घर के बाहर चबूतरे पर रख आई है, क्योंकि उसमें से बास आने लगी थी। इसे कोई गाय खा जाए तो भी ठीक, किसी कुत्ते के मुँह में पड़ जाए तो भी ठीक, और जो गौरी के बच्चे उठाकर खा लें, तो भी ठीक।

और गौरी के बच्चे सचमुच लपककर पहुँच गए हैं, जिन्हें देखकर मिसेज गिडवानी फिर से अपने बेटे को सीख देने लगी है, “देखा? कैसी भूख से खाना खाते हैं! तुझे तो भूख ही नहीं लगती। बात-बात पर नखरे करता है—यह नहीं खाऊँगा, वह नहीं खाऊँगा। देख तो, लगता है, जैसे पिकनिक कर रहे हैं!”

इसी बीच खाट पर पड़ी नन्ही बच्ची रेंगती हुई खाट की पाटी तक पहुँच गई है। उसकी एक टाँग खाट की पाटी के नीचे लटकने लगी है। अगर थोड़ा और सरककर आगे आ गई तो खाट के ऐन नीचे दो ईंटें पड़ी हैं। बच्ची लुढ़क गई तो उसका सिर फूट सकता है, कुछ भी हो सकता है। बच्ची खाट की पाटी पर टेढ़ी हो गई है, अभी गिरी कि गिरी। गौरी मकानों की दीवारों के पीछे न जाने कहाँ खो गई है! जाने किस घर में झाड़ू लगा रही है! कच्चे मांस का लोथड़ा, नाक और मुँह पर भिनभिनाती मक्खियाँ, अब उसकी दोनों टाँगें खाट के नीचे लटक रही हैं और वह जोर-जोर से रोने लगी है।

दूर से बच्चे का चिल्लाना सुनकर घर के अन्दर बैठी वकील की पत्नी ने अपने पति से कहा, "अब बताओ, मैंने ठीक किया या नहीं? अभी यह हाल है तो दिन में क्या होगा?"

पर गौरी उस समय किसी घर में चौका-बर्तन नहीं कर रही थी, वह तो यहाँ से थोड़ी दूर, नुक्कड़वाले ढाबे के सामने खड़ी अपने पति से उलझ रही थी। यह भी कोई नई घटना नहीं है, मुहल्ले में रोज का वाकया है। पति-पत्नी के बीच छीना-झपटी हो रही है, और तमाशबीनों की भीड़ इकट्ठी होने लगी है।

"नहीं दूँगी, ये राशन के पैसे हैं। मर भी जाऊँ, तो भी नहीं दूँगी।"

गौरी बिफरकर चिल्लाने लगी है। गौरी जब बिफरती है तो उसका चेहरा पीला पड़ जाता है और वह आग की पीली लपट की तरह काँपने लगती है।

गौरी का पति कोई काम-धन्धा नहीं करता, पर उसे चाट खाने की लत है। सड़कों पर घूमता-घामता मुहल्ले में पहुँच जाता है और गौरी से पैसे ऐंठने लगता है।

"ला, पैसे दे दे, मैं कह रहा हूँ।" गौरी की पति भी चिल्लाने लगा है।

"नहीं दूँगी, ये मैंने राशन के लिए रखे हैं।"

"पैसे दे दे, नहीं तो मुझसे बुरा कोई नहीं होगा। घर में घुसने नहीं दूँगा।"

"कर ले, मेरा जो करना है। मैं एक पैसा नहीं दूँगी।"

भीड़ में कोई आदमी बीच में पड़कर कह रहा है, "औरत जात पर हाथ उठाते शरम नहीं आती?"

भीड़ में अपना समर्थक पाकर गौरी उसे सम्बोधन करने लगी है, "राशन के पैसे दे दूँ तो बच्चों को क्या खिलाऊँगी, बाबूजी? इसे तो चाट लगी है ढाबे पर खाना खाने की। कहता है, घर में घुसने नहीं दूँगा। घर है कहाँ जिसमें घुसने नहीं देगा? एक सड़ी हुई कोठरी है, सर्दी-गर्मी बच्चों को लेकर बाहर सोती हूँ। यह घर में नहीं घुसने देगा, घर इसके बाप का है...!"

गौरी के कान में सहसा बच्ची के रोने की आवाज आई है, और उसे रोता सुन,

वह हड़बड़ाकर भागने लगी है, "करमजली गिर पड़ी होगी! इसे मौत खाए...!" और भागती हुई खाट की ओर लपक रही है।

पर बच्ची नहीं गिरी। उसकी बहन स्लाइस खाते-खाते वहाँ पहुँच गई है और उसकी टाँगों को पकड़कर खाट के ऊपर उसे धकेलने लगी है।

खाट के पास पहुँचते ही गौरी ने बच्ची को उठा लिया है।

"अरे, यह खाट यहाँ कैसे आ गई?" गौरी ने कहा और सीधी एक चपत अपनी मँझली बेटी के मुँह पर जड़ दी, "हरामजादी, यहाँ पर खाट क्यों लाने दिया?"

और मँझली, माँ की बात को समझे बिना ही रोने लगी है।

गौरी ने दोनों हाथ कमर पर रखे और दाएँ-बाएँ देखा। वकील की पत्नी ने ही यह काम किया होगा। वकील की पत्नी का कोई भरोसा नहीं। यहाँ किसी भी बीबी का कोई भरोसा नहीं। कभी तो घुल-घुलकर बातें करती हैं, और कभी इतनी रुखाई से पेश आती हैं।

गौरी खाट को घसीटकर फिर से वकील के घर के सामने ले आई है, और बच्ची को गोद में लेकर दूध पिलाने लगी है। पास में खड़ी मँझली लड़की बिसूरती जा रही है।

बच्ची को दूध पिलाने के बाद गौरी उसे खाट पर डालकर फिर से काम पर जाने को हुई कि उधर से वकील की पत्नी बाहर निकल आई है।

"यह नहीं चलेगा गौरी, मैंने कह दिया।"

"क्या नहीं चलेगा, बीबी जी?"

"तुम यहाँ से हट जाओ, किसी दूसरी जगह जाकर बैठो।"

"कहाँ जाऊँ बीबी, आप ही बताओ? मैं तो आज खाट उठा लाई थी कि खाट पर बच्चा पड़ा रहेगा, पर बीबी, आपने तो खाट ही खींचकर हटा दी।"

"यहाँ बीसियों घर हैं, किसी दूसरे के घर के सामने जा बैठो।"

"यह जगह सड़क से थोड़ा हटकर है, बीबी...."

"नहीं, मैंने कह दिया, जहाँ मन आए, इन्हें ले जाओ। मैं तो तुम्हें यहाँ नहीं बैठने दूँगी।"

"हम इधर बैठते हैं तो आपका क्या लेते हैं?" गौरी ने भी तुनककर कहा। उसका चेहरा फिर से पीला पड़ने लगा था और वह बिफरने लगी थी।

"घर गन्दा होता है। तुम्हारे बच्चे जगह-जगह से कचरा उठाकर यहाँ फेंक जाते हैं। और शोर होता है। अभी-अभी तेरे बच्चे चिल्ला रहे थे।"

"अगर गन्द डालेंगे तो मैं साफ करके जाऊँगी, बीबीजी।"

"नहीं, मेरे साथ बहस नहीं करो, किसी दूसरे घर के सामने जाकर बैठो। हमने तुम्हारा ठेका नहीं ले रखा है। बस, मैंने कह दिया। तुम यहाँ से उठ जाओ।"

''क्यों उठ जाएँ? आपका क्या लेते हैं?''

''हमारा घर गन्दा होता है।''

''यह आपका घर नहीं है, सड़क है।''

''तुम लोगों से हमदर्दी का यह मतलब तो नहीं कि तुम लोग हमारा घर गन्दा करते रहो और हम लोग कुछ कहें भी नहीं?''

''हम आपके घर में नहीं बैठे हैं, सड़क पर बैठे हैं, सड़क आपकी नहीं है।''

''मैं चाहूँ तो एक मिनट में तुम्हें यहाँ से उठवा सकती हूँ। यह मत समझो कि हम तुम्हें उठवा नहीं सकते।''

''उठवा के देख लो, देखें तो हमें कौन यहाँ से उठवाता है!''

गौरी फिर से बिफर उठी है, आग ही लपट की तरह फिर से काँपने लगी है।

''मैं पुलिस से कहकर तुम्हें उठवा सकती हूँ। एक मिनट में उठवा सकती हूँ।''

गौरी ठिठककर वकील की पत्नी के चेहरे की ओर देखने लगी है। उसे आशा नहीं थी कि वकील की पत्नी पुलिस को बुलाने की बात कहेगी।

और वकील की पत्नी लपककर फिर आगे बढ़ आई है और एक हाथ से खाट की पाटी को उठाए, खाट को घसीटती हुई सड़क के ऐन बीचोबीच पटककर, बड़बड़ाती हुई लौट आई है, ''देखती हूँ, तू कैसे यहाँ बैठती है!''

उधर गौरी भी बौखला उठी है। वकील की पत्नी के लौटते ही वह फिर से खाट खींचकर वकील साहब के घर के सामने ले आई है।

गौरी कुछ देर तक वहाँ डोलती रही है। एक-एक करके तीनों बच्चों को पकड़कर लाई, सभी के मुँह पर तमाचे मारे, ''खबरदार जो यहाँ से हिले,'' कहती हुई उन्हें खाट के साथ जैसे चिपकाकर फिर से काम पर चली गई है। गौरी अभी तक केवल तीन घर निपटा पाई है, और दिन का यह वक्त आ गया है। सात-सात रुपए महीनावाले चौका-बर्तन के पाँच घर अभी और पड़े हैं।

घर के अन्दर, वकील की पत्नी, पति को समझाने लगी, ''तुमसे कई बार कहा है कि एक कुत्ता घर में रख लो। कुत्ता रहे तो किसी को घर के सामने नहीं बैठने देता।''

''कुत्ता किसी को काट खाए तो? और लेने के देने पड़ जाएँ।'' वकील साहब बोले।

''काट खाए तो हमारी बला से! एक दिन में ये लोग यहाँ से उठ जाएँगे। कुत्ते के भूँकने से ही लोग डर जाते हैं। तुम एक कुत्ता लेकर आओ तो। पीछे, सरदारजी के घर के बाहर, राजस्थानी नौकरों का टोला बैठता था। वह कुत्ता ले आए। एक दिन में सभी नौकर वहाँ से उठ गए। यों भी आजकल चोरी-चकारी बहुत होती है, कुत्ता रहे तो घर की हिफाजत रहती है।''

"अब मैं कुत्ते कहाँ ढूँढ़ता फिरूँ? तुम समझा-बुझाकर काम निकालना तो जानती नहीं हो।"

"अब ये लोग आँखें दिखाने लगे हैं, किसी के समझाए नहीं समझते। 'हम तुम्हारे घर में नहीं बैठे हैं', 'हम सड़क पर बैठे हैं।' तुम कुत्ता ले आओ जी। दो दिन पहले पिछवाड़े के कुमार साहब कुत्ता लाए हैं। कुत्ता घर में रहे, आदमी निश्चिन्त हो जाता है।"

तभी वकील साहब की पत्नी की नजर गेट पर पड़ी, और देखते ही उसे आग लग गई। गौरी फिर से बच्ची की खाट उनके घर के सामने बिछाकर चली गई थी, और उसके तीनों बच्चे खाट के आस-पास ऊधम मचा रहे थे।

"वे फिर आ पहुँचे हैं, देखा? अब मैं बार-बार उसकी खाट खींचती फिरूँ?" तभी वकील की पत्नी को एक विचार सूझा, "सुनो जी, मैं कुमार साहब के घर में उनका कुत्ता माँग लाती हूँ। कहूँगी, एक दिन के लिए दे दें। कुत्ता गेट पर होगा तो गौरी यहाँ से उठ जाएगी।"

और वकील साहब इस बारे में कुछ कहते न कहते, कि उनकी पत्नी पड़ोस में कुत्ता लेने चली गई।

कुत्ता आ गया है, और गेट पर जम गया है। साथ में खासी लम्बी चेन भी है ताकि कुत्ता एक ही जगह पर खड़ा भूँकता ही न रहे, आगे लपककर काटने की धमकी भी दे सके। मँझले कद का बड़े-बड़े काले बालोंवाला कुत्ता है, उसे देखते ही बच्चे डरकर भाग जाएँगे। दबी नाक और लाल-लाल आँखों के कारण भयानक नजर आता है। लेकिन कुत्ता अपनी नस्ल से इतना नहीं पहचाना जाता जितना अपने दाँतों से। वकील की पत्नी ने गेट को अन्दर से बन्द किया है और घर के अन्दर लौट आई है।

वकील की पत्नी रसोईघर में चली गई है, लेकिन उसके कान बाहर की ओर ही लगे हैं। अव्वल तो उसे पूर्ण विश्वास है कि कुत्ते को देखते ही गौरी खाट उठाकर ले जाएगी और बच्चे अपने-आप वहाँ से भाग खड़े होंगे।

थोड़ी देर बाद उसे गेट की ओर से शोर सुनाई देने लगा। बच्चों की चिल्ल-पों ऊँची होती जा रही थी। कहीं कुत्ते ने किसी बच्चे को काट ही न खाया हो? काट खाया है तो क्या, कल से यहाँ नहीं बैठेंगे, वकील की पत्नी बड़बड़ाई।

उसने खिड़की में से झाँककर देखा। खाट ज्यों-की-त्यों वहीं रखी थी। फिर वह भागकर बाहर निकल आई। गेट के पास पहुँची तो जैसे उसे काठ मार गया हो! कुत्ता धोखा दे गया था, गौरी के बच्चों को काटने के बजाय उनके साथ खेलने लगा था। गौरी की मँझली बेटी ने कुत्ते के दोनों कान पकड़ रखे थे और कुत्ता उसका हाथ चाटे जा रहा था। गौरी के तीनों बच्चे ही नहीं, बल्कि आस-पास के अनेक बच्चे भी जमा हो गए थे और कुत्ते के साथ खेलने में मस्त थे और बराबर किलकारियाँ

भरे जा रहे थे। कोई उसकी आँखों में उँगली खोंस रहा था, तो कोई उसकी पीठ पर बैठने की कोशिश कर रहा था।

वकील की पत्नी होंठ काटकर रह गई।

शाम के साये घिरने लगे थे जब गौरी ने खाट उठाई, बच्चों को कन्धे से चिपकाया और मील-भर का वापसी सफर तय करने के लिए मुहल्ले के बाहर जाने लगी। गेट पर बँधा कुत्ता देखकर समझ गई कि यहाँ भी अब उसके लिए ठौर नहीं है।

मालिक का बन्दा

नागदा से उज्जैन को जानेवाली गाड़ी देर से प्लेटफार्म पर खड़ी मुसाफिरों की राह देख रही थी। स्टेशन का यह हिस्सा अलग-थलग और सूना-सूना-सा था, जहाँ न खोमचेवाले थे, न चाय की स्टाल, न बेंचों पर सोए मुसाफिर। केवल एक डिब्बे के सामने ऊँचे-लम्बे कद का एक हवलदार खड़ा था। अधेड़ उम्र का, छरहरे बदन का सिपाही, खाकी वर्दी के ऊपर गहरे नीले रंग की किश्ती टोपी लगाए था, बाजू पर लगी तीन धारियों से ही जान पड़ता था कि लम्बी उम्र लाँघ चुकने के बावजूद, हवलदार के पद से सन्तुष्ट है। कन्धे पर से हथकड़ी लटक रही थी।

गाड़ी छूटने में आधा घंटा बाकी था, इसलिए किसी-किसी वक्त कोई इक्का-दुक्का मुसाफिर ही गाड़ी की ओर आता। एक पग्गड़धारी किसान और उसकी पत्नी पुल की ओर से बढ़ते हुए आए। गाँव से आनेवाला हर मुसाफिर घबराकर ही गाड़ी की ओर लपकता है और जो डिब्बा नजर आए, उसी में चढ़ जाने की कोशिश करता है।

सिर पर गट्ठर उठाए दोनों डिब्बे में चढ़ने लगे, तो हवलदार ने हाथ बढ़ाकर रोक दिया, "इधर नहीं, आगे जाओ।"

किसान और उसकी पत्नी हड़बड़ाकर पीछे हट गए। एक बार डिब्बे के अन्दर झाँककर देखा, फिर हवलदार की ओर देखा और बिना कुछ कहे अगले डिब्बों की ओर बढ़ गए।

डिब्बे के अन्दर पाँच या छह मुसाफिर आराम से बैठे थे और लगभग सभी पान चबाते हुए सिगरेट के कश ले रहे थे। सभी पाजामा-कुर्ता में मलबूस थे, जो हमारे देश में साहित्यकारों की पोशाक बन गई है। सफेद बालों और मसनूई दाँतोंवाले एक सज्जन ने गले में दुपट्टा भी डाल रखा था, जो हर कवि हमारे देश में बुजुर्ग होने पर अपने-आप डाल लेता है। कन्धों को छूते बाल और आँखों पर चश्मा, यह सज्जन एक पत्रिका पढ़ने में मशगूल थे। जब कभी बाहर खड़ा सिपाही किसी मुसाफिर को डाँटकर आगे बढ़ जाने का हुक्म देता, तो बुजुर्ग कवि पत्रिका पर से

आँख उठाकर देखते और अपने साथियों से कहते, ''है जीवटवाला! किसी को अन्दर नहीं आने देता।''

इतने में एक और मुसाफिर पाजामा-कुर्ता पहने और कन्धे पर से झोला लटकाए डिब्बे के पास पहुँचा, तो हवलदार ने पैनी नजर से उसकी ओर देखकर कहा, ''आप कवि-सम्मेलन में जा रहे हैं, साहब?''

मुसाफिर ठिठका। साहित्यकार का यों भी सिपाही को देखकर दम खुश्क होता है, इधर तो वह कन्धे पर से हथकड़ी लटकाए खड़ा था।

''फरमाइए!'' मुसाफिर ने झेंपकर पूछा।

''आप मेरे सवाल का जवाब दीजिए, हुजूर! क्या आप कवि-सम्मेलन में जा रहे हैं?''

इतने में डिब्बे के अन्दर से आवाज आई, ''अरे आओ, एहसान, सीधे अन्दर चले आओ! आओ! आओ!''

एहसान साहब ने डिब्बे के अन्दर झाँककर देखा और अपने कवि-मित्रों को पहचानते हुए हँसकर हाथ हिला दिया। हवलदार ने आगे बढ़कर डिब्बे का दरवाजा खोल दिया। 'एहसान साहब, आओ-आओ' और शायराना हँसी-मजाक के बीच, डिब्बे के अन्दर अपने दोस्तों के साथ जमकर बैठ गए।

हवलदार ने अपनी बत्तीसी दिखाते हुए अन्दर झाँककर कहा, ''हम देखते ही समझ गए थे कि शायर हैं। क्यों साहब, चाय मँगवाऊँ? आपकी सेवा करना हमारा फर्ज है।'' फिर पीछे मुड़कर प्लेटफार्म पर जाते हुए एक रेल-कर्मचारी को डपटकर बोला, ''चाय ले आ, सात जनों के लिए। गरम, कड़क चाय।''

रेल के मुलाजिम ने एक नजर हवलदार पर डाली, फिर एक नजर डिब्बे के अन्दर झाँककर देखा कि पैसे कौन देगा, कोई देगा भी या नहीं! एक बार फिर सहमी-सी नजर से हवलदार को देखा और चाय लाने चला गया।

''हमें हुक्म है हुजूर, आपको पलकों पर बैठाकर ले चलेंगे।'' और बतियाने का लोभ सँवरण न कर पाते हुए हवलदार दरवाजा खोलकर डिब्बे के अन्दर आ गया।

''आप विद्वान लोग हैं, आलिम-फाजिल हैं। आपकी सेवा का पुण्य कमा रहा हूँ। इसमें मेरा क्या है, मैं तो दास हूँ।'' फिर हवलदार सीट पर बैठते हुए हाथ बाँधकर बोला, ''आपकी दया से दास के सब काम सुभीते से हो जाते हैं। भगवान की नजर हो, तो मालिक, कोई काम टेढ़ा नहीं होता। बड़ा बेटा बी.ए. पास करके कारखाने में अच्छे ओहदे पर लग गया है। छोटा अभी पढ़ रहा है। उसे भी, सुपरिंटेंडेंट साहब कहते हैं, कहीं लगवा देंगे। एक कुलच्छनी बेटी भी घर में आई थी। आपकी दया से उसके हाथ भी पीले कर दिये हैं। उस मालिक में विश्वास होना चाहिए। मालिक सब काम करवाता है।'' हवलदार ने उत्तेजित-सी हवा में कहा।

कुछ कवियों ने एक-दूसरे की ओर कनखियों से देखा और मुस्करा दिये।

''वह देखो साहब, उधर, स्टेशन के जँगले के पार, मैदान के पीछे। देखा आपने?''

सभी कवियों ने गर्दनें घुमाकर खिड़की के बाहर देखा। स्टेशन की रेलिंग के पार बीहड़-सा मैदान था, जिसमें कहीं-कहीं कुछ पौधे उग रहे थे, वरना बारिश के कारण कीच-ही-कीच था और मैदान के पार धूसर, टूटे-फूटे कस्बई मकानों का झुरमुट था और उस झुरमुट के पीछे किसी मन्दिर का कलश नजर आ रहा था। कवियों की समझ में नहीं आया कि हवलदार क्या दिखाना चाहता है।

''यह मन्दिर आपके दास ने बनवाया है।'' हवलदार कह रहा था, ''मैंने कहा, दुनिया में आकर भगवान के नाम का मन्दिर नहीं बनवाया तो क्या किया! इस पुण्य काम में पाँच साल लग गए। और सच बताऊँ आपको, मुझे कुछ भी नहीं करना पड़ा। सब काम उस मालिक ने करवाया।'' उसने तर्जनी आकाश की ओर उठाते हुए कहा, ''मैंने एक पैसा किसी से नहीं माँगा, एक कौड़ी किसी से दान में नहीं ली। और मन्दिर खड़ा हो गया है।'' और हवलदार ने फिर हाथ जोड़ दिये, ''कुछ मत पूछो साहब, आप लोग तो आलिम-फाजिल हो, मगर मैं जब ड्यूटी के बाद रात को घर लौटता हूँ, और मन्दिर की घंटियों की आवाज कान में पड़ती है तो मैं कहता हूँ, मालिक, मेरा जीवन सफल हो गया। मुझे और क्या चाहिए! पुजारी आरती उतारता है, अपने ही गाँव का ब्राह्मण है, उसे वहाँ बैठा दिया है।'' हवलदार ने कहा, फिर हाथ जोड़े और आँखें ऊपर को उठाईं, मानो एक नजर भगवान को भी देख लेना चाहता हो, फिर बोला, ''अब जितने दिन मालिक का हुक्म होगा, रेल-पुलिस की नौकरी करूँगा, फिर जहाँ मालिक कहेंगे, वहाँ जाकर बैठ जाऊँगा। मन्दिर बन गया, तो आप जानो, सब काम हो गया।''

एक शायर ने चुटकी ली, ''भगवान का मन्दिर बिना पैसे के कैसे बन गया है, हवलदार साहब?''

''भगवान का हुक्म हो, तो सब काम हो जाते हैं। भगवान में विश्वास होना चाहिए। भगवान खुद रास्ता दिखाते हैं, खुद हुक्म देते हैं।'' फिर आगे को झुककर लम्बी-लम्बी उँगलियोंवाला अपने दाएँ हाथ का पंजा खोलते हुए बड़ी गम्भीरता से बोला, ''मैं पाँच-पाँच क्विंटल सीमेंट रेलवे के गोदाम से ले जाता रहा हूँ। किसी की हिम्मत नहीं हुई कि मुझसे पूछे कि क्यों ले जा रहे हो। सारा लोहा रेल के गोदाम में से लाया गया है। भगवान साहस दें, तो सब काम आनन-फानन हो जाते हैं। रात के अँधेरे में भी नहीं, दिन-दहाड़े सबकी आँखों के सामने सीमेंट की बोरियाँ उठवाई हैं और सीधी ले गया हूँ। सब भगवान का हुक्म था। यह काम करना था। उन दिनों, साहब, टपकती छत मरम्मत करने के लिए किसी को मुट्ठीभर सीमेंट नहीं मिल रहा था, मैं बोरियाँ उठाकर ले गया हूँ।''

''वाह, वाह!'' बुजुर्ग कवि ने पत्रिका के ऊपर से सिर उठाते हुए कहा, ''बड़े जीवटवाले हो, हमने तो पहले ही कहा था। क्या गुर्दा पाया है!''

''भगवान में विश्वास होना चाहिए, सब रास्ते अपने-आप खुल जाते हैं।''

''मन्दिर के लिए लकड़ी कहाँ से मिली?''

हवलदार का निष्ठापूर्ण चेहरा अभी भी गम्भीर था, ''रेलवे-यार्ड में स्लीपरों की कमी है क्या? लकड़ी भी यहीं से ली। गोदाम में स्लीपरों के ढेर रखे हैं। भगवान का हुक्म होता, उठा लाओ दस स्लीपर, और मैं दिन हो या रात, जब तक दस स्लीपर उठवाकर मन्दिर के आँगन में नहीं डलवा लेता, उस वक्त तक दम नहीं लेता था। मालिक का हुक्म हो, तो मैं बैठा कैसे रह सकता हूँ!''

कविगण उसकी बातें सुन रहे थे और कनखियों से एक-दूसरे की ओर देखकर मुस्करा रहे थे।

''कभी किसी ने तुम्हें रोका नहीं?''

''कौन रोकेगा? भगवान के काम में कौन रोक सकता है? मैं अपने घर पर तो लकड़ी-सीमेंट नहीं डलवा रहा हूँ, रोकेगा कौन?'' कहते-कहते हवलदार की आवाज फिर ऊँची हो गई, ''एक रात स्टेशन मास्टर घर पर आया। मैं उसी वक्त खाना खाकर बाहर बीड़ी पीने के लिए खाट पर बैठा था। कहने लगा, 'भाई रतनसिंह, डिविजनल ऑफिसर साहब से किसी ने शिकायत की है कि सीमेंट उठ रहा है। मैं नहीं चाहता, तुम पर कोई आँच आए। यह सरकारी माल है...' मैंने उसी वक्त उसे गले से पकड़ लिया,'' हवलदार ने स्वयं अपना गला पकड़ते हुए कहा, ''मैंने कहा, 'सुन स्टेशन-मास्टर, यह माल न सरकार का है, न तेरे बाप का है, यह माल भगवान का है। जितना माल भगवान कहेंगे, मैं यहाँ से उठाऊँगा। भगवान का घर बन रहा है, मेरा घर नहीं बन रहा है।' मैंने एक ही बार जो स्टेशन-मास्टर का गला दबाया, तो उसकी आँखें निकल आईं। मैंने कहा, 'अब बैठो।' पर वह बैठा नहीं। उन्हीं कदमों वापस लौट गया। मैंने पीछे से आवाज लगाई, 'कुछ चाय-पानी तो पी जाते।' पर उसने मुड़कर देखा तक नहीं।'' और आगे झुककर हवलदार फिर से अपने काले-काले हाथों के पंजे खोलते हुए बोला, ''पाँच-पाँच क्विंटल उठाए हैं इन हाथों ने। दिन-दहाड़े उठाए हैं। भगवान जो काम करवाते हैं, उसके लिए हिम्मत भी देते हैं और सकत भी देते हैं। हम तो साहब, एक ही बात मानते हैं, भगवान में विश्वास होना चाहिए।''

हवलदार की आवाज बराबर ऊँची हो रही थी, वह अपनी रौ में आ रहा था।

''और जब मन्दिर बनकर खड़ा हो गया, तो वाह-वाह साहब, देखते बनता था। जैसे जोत जल रही हो! पहली बार जब भोग लगा, तो मैंने सभी को बुलाया। बड़े-बड़े अफसरान बाला तशरीफ लाए। हमारे सुपरिंटेंडेंट साहब भी तशरीफ लाए। आज उन्हीं के हुक्म से हम आपको लिवाने आए हैं। कहने लगे, 'रतनसिंह, तूने जो

काम कर दिखाया है, वह बड़े-बड़े नहीं कर सकते।' मैंने कहा, 'हुजूर, आपकी दुआ चाहिए, मैं तो चरणों का दास हूँ।' भगत को भगत का आसरा होता है। हमारे सुपरिंटेंडेंट साहब भी बड़े धरमप्रेमी सज्जन हैं, कवियों, विद्वानों का बड़ा मान करते हैं, खुद भी कभी-कभी कविता कहते हैं। कहने लगे, 'रतनसिंह, जनवादी कवि-सम्मेलन हो रहा है, दूर-दूर से कविगण आ रहे हैं। तुम उन्हें लिवा लाओ। देखना, उन्हें किसी बात की तकलीफ नहीं हो।' मैंने कहा, 'हुजूर, पलकों पर बैठाकर लाऊँगा।' भगवान ने चाहा, तो एक दिन सुपरिंटेंडेंट साहब भी मन्दिर खड़ा करेंगे।''

चाय आ गई थी। रतनसिंह हवलदार ने सभी को गिलास उठा-उठाकर दिये। खुद नहीं ली।

''नहीं, मालिक, यह मेरे लिए नहीं है। यह आप मेहमानों के लिए है।'' फिर रेल-मुलाजिम को, जो चाय लाया था, डपटकर बोला, ''बाहर ठहरो। चलो।''

कवि लोग समझ गए कि यह सरकारी चाय पिलाई जा रही है। इसके लिए उन्हें पैसे नहीं देने होंगे। जो पैसे देने का प्रस्ताव किया, तो हवलदार बिगड़ेगा।

उधर रेल-मुलाजिम भी इस डपट से समझ गया था कि सरकारी चाय है। जो पैसों के लिए इसरार किया, तो लेने-के-देने पड़ जाएँगे। इसलिए चाय पी चुकने पर न तो मेहमानों ने पैसों का जिक्र किया, न हवलदार रतनसिंह ने, और न ही रेल-मुलाजिम ने, जो चुपचाप खाली गिलास उठाकर ले गया।

प्लेटफार्म पर मुसाफिरों की भीड़ बढ़ने लगी थी। गाड़ी छूटने में अब ज्यादा देर नहीं थी। उज्जैन को जानेवाले मुसाफिर बराबर पुल पर से उतरकर सीधे गाड़ी की ओर लपके चले आ रहे थे। हवलदार रतनसिंह, हथकड़ी को एक तख्ते पर रखकर फिर डिब्बे के बाहर अपनी ड्यूटी पर तैनात हो गया।

गाड़ी के पिछले डिब्बे या तो फर्स्ट क्लास के थे या खचाखच भरे थे। गठरियों और बच्चों से लदे ग्रामीण इसी डिब्बे की ओर भागे आते, पर हवलदार की कड़कती आवाज सुनकर हड़बड़ाकर आगे बढ़ जाते।

तभी डिब्बे के बाहर शोर होने लगा। हंगामा-सा उठ खड़ा हुआ और लोग इकट्ठे होने लगे। कोई मुसाफिर हवलदार के मना करने के बावजूद डिब्बे के अन्दर बैठने का दुस्साहस कर रहा था। पत्रिका पर झुके बुजुर्ग कवि ने भी आँख उठाकर देखा, हवलदार पाँच-सात आदमियों से घिरा खड़ा था और एक मुसाफिर ऊँची आवाज में बोले जा रहा था, ''तुम मुझे बैठने से नहीं रोक सकते। मेरे पास टिकट है।''

अधेड़ उम्र का कोट-पैंट पहने कोई मुसाफिर था, जो मात्र टिकट के बल पर डिब्बे के अन्दर बैठने का दुस्साहस कर रहा था।

हवलदार चुपचाप खड़ा रमुसाफिर की ओर घूरे जा रहा था।

"तुम कौन हो मना करनेवाले ?" सफेदपोश ने बौखलाकर कहा, "यह डिब्बा मुसाफिरों के लिए है और इसमें बैठने की जगह है।"

हवलदार फिर भी बुत बना खड़ा रहा।

कोट-पैंटवाला मुसाफिर हवलदार को एक ओर को धकेलते हुए डिब्बे की ओर बढ़ा।

"रिजर्व्ड है, तो बाहर लिखा होना चाहिए कि रिजर्व्ड है। इस पर कुछ भी नहीं लिखा है।"

इस पर प्लेटफार्म पर खड़े एक और आदमी ने जोड़ा, "रिजर्व नहीं है। टिकटवाले मुसाफिर को कोई नहीं रोक सकता।"

इस पर कोट-पैंटवाले बाबू का हौसला और बढ़ गया, "मैं तो बैठूँगा। देखता हूँ, तुम कैसे रोकते हो!" कहते हुए वह आगे बढ़ा।

पर दूसरे क्षण हवलदार रतनसिंह ने उसे गलबहियाँ देकर ऐसा धक्का दिया कि वह लुढ़कता हुआ दस कदम दूर जा पहुँचा और मुश्किल से मुँह के बल गिरते-गिरते बचा। इस पर बहुत-से लोग बिगड़ उठे और हवलदार पर चिल्लाने लगे, "तुम वर्दी में हो, तो इसका यह मतलब नहीं कि मुसाफिरों पर हाथ उठा सकते हो।"

"जो आदमी इस डिब्बे के अन्दर घुसने की कोशिश करेगा, उसके साथ ऐसा ही सुलूक होगा।" रतनसिंह बोला और फिर हाथ बाँध दिये, "श्रीमानजी, मैं बार-बार समझा रहा हूँ कि यह डिब्बा आपके लिए नहीं है।"

"इस पर कुछ भी नहीं लिखा है।" दूर खड़ा कोई आदमी चिल्लाया।

"श्रीमानजी, मैंने कह दिया, यहाँ मैं किसी को नहीं बैठने दूँगा। मैं इल्तिजा कर रहा हूँ, यहाँ कोई नहीं बैठे।"

हवलदार के इल्तिजा करने का लहजा ऐसा था, मानो कत्ल करने की धमकी दे रहा हो!

"डिब्बे पर कुछ भी नहीं लिखा है।" किसी ने फिर चिल्लाकर कहा।

"कुछ नहीं लिखा है, तो घुसकर देखो। माँ का दूध पिया है, तो आओ।"

हवलदार के धक्के से कोट-पैंटवाला मुसाफिर लुढ़कता हुआ जहाँ पहुँचा था, वहीं खड़े-खड़े हाँफ रहा था। और अपनी छोटी-छोटी आँखों से हवलदार को घूरे जा रहा था। फिर वह वहीं खड़ा-खड़ा चिल्लाने लगा, "यह गाड़ी नहीं चलेगी।" हाथ ऊँचा उठाकर जोर-जोर से चिल्लाए जा रहा था, मानो नारा लगा रहा हो, "यह गाड़ी नहीं चलेगी! मैं देखूँगा, कैसे चलेगी।" और हाँफता हुआ फिर आगे बढ़ आया।

कुछ लोग हवलदार को समझाने लगे, "आप ही मान जाओ, हवलदार साहब, बैठने दो। एकाध आदमी के बैठने से क्या होता है!"

पर इस पर फौरन ही बुजुर्ग कवि, जो गाहे-बगाहे पत्रिका पर से आँख उठाकर हालात की नजरसानी कर लेते थे, कहने लगे, "अपनी वजह का आदमी है! तुम चुपचाप देखते जाओ।"

बाहर भीड़ अभी भी गाँठ बनाए खड़ी थी कि कोट-पैंटवाला क्या करता है। हवलदार रतनसिंह इस बीच डिब्बे के अन्दर आया और तख्ते पर से लटकती हथकड़ी को जंजीर समेत उठाकर कन्धे पर डालता हुआ नीचे उतर गया।

"मैं इसी डिब्बे में बैठूँगा, वरना यह गाड़ी नहीं चलेगी।" कोट-पैंटवाले का साहस फिर से लौट आया था और कुछ लोगों से बढ़ावा पाकर वह फिर से चिल्लाने लगा था।

हवलदार रतनसिंह ने फिर से हाथ जोड़ दिये, "श्रीमानजी, यहाँ से चले जाओ। आगे डिब्बे बहुत हैं। यहाँ बैठने की कोशिश मत करो।"

इस पर बौखलाया हुआ कोट-पैंटवाला मुसाफिर अपना टिकट हाथ में झुलाता हुआ डिब्बे की ओर बढ़ा, "मैं यहीं बैठूँगा..."

उसके कहने की देर थी कि हवलदार रतनसिंह ने आगे बढ़कर उसे गले से पकड़ लिया और उसे घसीटता हुआ डिब्बे के दरवाजे के पास ले आया।

"चलो अन्दर, मैं तुम्हें डिब्बे में बैठाता हूँ।" और धक्का देकर उसे डिब्बे के अन्दर घुसेड़ दिया, "बक-बक बन्द करो और चलो अन्दर।" और मुसाफिर को इस जोर से धक्का दिया कि वह पहले ही की तरह गिरता पड़ता डिब्बे के कोने तक जा पहुँचा। हवलदार ने भी डिब्बे का दरवाजा बन्द किया और अन्दर आ गया।

"बैठो इधर।" हवलदार ने कड़ककर कहा और एक सीट की ओर इशारा किया।

कुछ कविजन एक ओर को खिसक गए और उसके लिए जगह बना दी।

मुसाफिर डिब्बे के अन्दर पहुँच गया था, और यही वह चाहता था, लेकिन जिस तरह अन्दर फेंका गया था, इसकी कल्पना उसने नहीं की थी। वह तो हवलदार को धता बताकर अन्दर आना चाहता था। वह अन्दर आया भी, पर अपमानित होकर। वह अभी तक समझ नहीं पा रहा था कि उसकी जीत हुई है या हार। उसने खिसियाई-सी नजर से डिब्बे में बैठे लोगों को देखा, पर ये लोग उसकी दुर्गति देख चुके थे और उसके प्रति किसी ने भी सद्‌भावना का संकेत तक नहीं दिया। वह अटपटा-सा महसूस करता हुआ हाँफ रहा था। तभी उसकी नजर हवलदार के कन्धे पर से लटकती हथकड़ी पर पड़ी। हथकड़ी देखकर उसके माथे पर पसीना आ गया और चेहरा पीला पड़ गया। वह फौरन सीट पर बैठ गया और फैली-सी आँखों से हवलदार की ओर देखने लगा। किसी ओर से कोई प्रोत्साहन न पाकर वह निपट अकेला महसूस करने लगा। डिब्बे के अन्दर दहशत-सी छा

गई थी जबकि डिब्बे के बाहर भीड़ छँट गई थी और सब लोग जा चुके थे, जो प्लेटफार्म पर उसका समर्थन करते रहे थे।

सहसा वह उठ खड़ा हुआ।

''मेरा सामान पीछे पड़ा है, मैं अपना सामान ले आऊँ।'' उसने लड़खड़ाती-सी आवाज में कहा।

हवलदार ने उसे सिर से पाँव तक देखा और फिर कड़ककर बोला, ''जाओ और सामान लेकर फौरन यहाँ पहुँचो।''

मुसाफिर लुढ़कता हुआ डिब्बे में से उतर गया।

मुसाफिर उतर गया था और सारी बात ही सिर से पैर तक बदल गई थी।

उसके चले जाने के बाद हवलदार रतनसिंह कवियों की ओर मुखातिब हुआ, ''मालिक का हुक्म हो, तो इस गाड़ी को तोड़कर रख दूँ। यह गाड़ी चीज ही क्या है, मैं इसके टुकड़े-टुकड़े कर दूँ। भगवान चाहेंगे, तो मैं घूँसे मार-मारकर गाड़ी को तोड़ दूँगा। आप भगवान की ताकत को क्या समझते हैं!''

हवलदार रतनसिंह सचमुच महसूस कर रहा था कि भगवान की शक्ति उसके शरीर में आ गई है और वह अपने दोनों हाथों से गाड़ी को तोड़-फोड़ सकता है।

''मैंने उसे समझाया, उसकी मिन्नत की, श्रीमानजी, यहाँ विद्वान लोग बैठे हैं, उनकी सेवा करना हमारा फर्ज है, पर वह अपना टिकट ही झुलाए जा रहा था, अब झुलाए टिकट!''

फिर हवलदार ने खिड़की में से ऊपर-नीचे देखा और उठकर दरवाजे के पास चला गया।

''साला अभी तक नहीं लौटा! पीछे की ओर गया था न?''

''तुमने उसे खूब खदेड़ा हवलदार, वाह-वाह, क्या कहने हैं! बड़े पहुँचे हुए आदमी हो...'' बुजुर्ग दुपट्टेवाले कवि ने फिर से पत्रिका पर से आँखें उठाकर देखा।

''हम तो विद्वानों की सेवा कर रहे हैं। आपके दास हैं। आपकी सेवा का पुण्य कमा रहे हैं।''

''गाड़ी छूटनेवाली है। अगर वह नहीं लौटा तो...''

''उसका बाप भी लौटेगा,'' हवलदार रतनसिंह गुस्से से बोला, ''अब नहीं आएगा, तो अगले स्टेशन पर हथकड़ी डालकर लाऊँगा।''

गाड़ी ने सीटी दी। प्लेटफार्म पर खड़े मुसाफिर लपक-लपककर डिब्बे में चढ़ने लगे। हवलदार अब फिर से दरवाजे में खड़ा पीछे की ओर देख रहा था, जिस ओर मुसाफिर अपना सामान लाने गया था।

''अब वह नहीं आएगा, हवलदार, वह तुम्हारे डर के मारे गाड़ी पर चढ़ा ही नहीं होगा। अपने घर चला गया होगा।''

"आएगा हुजूर, अगर उसे जान प्यारी है, तो जरूर आएगा। तब वह एक मुसाफिर था साहब, अब मुजरिम है। अब वह मेरी निगरानी में बैठेगा।"

गाड़ी हौले-हौले सरकने लगी। प्लेटफार्म पीछे छूटने लगा। हवलदार अभी भी दरवाजे में खड़ा था, लेकिन अब उसने पीछे की ओर देखना बन्द कर दिया था; बल्कि अब उसकी आँखें सामने की ओर लगी थीं, जहाँ कीचभरे मैदान के पीछे नागदा की बस्ती फैली थी।

गाड़ी ने रफ्तार पकड़ी, बस्ती पीछे छूटती जा रही थी...सहसा हवलदार ने कविजनों को सम्बोधन करके कहा, "वह रहा हुजूर, मालिक का मन्दिर! साफ दिख रहा है न? बीस मील दूर से भी इसका कलश चमचमाता है। गाँव-गाँव से नजर आता है।"

कवियों ने खिड़कियों से झाँककर बाहर की ओर देखा। मटमैले घरों के झुरमुट के पीछे सचमुच मन्दिर का कलश चमक रहा था, और उसका शिखर सिर उठाए खड़ा था। मन्दिर ऊँचे आसन पर बनाया गया था, जिससे आसपास के टूटे-फूटे मकानों के बीच वह प्रभावशाली लग रहा था। स्टेशन का सबसे बढ़िया सीमेंट और जयपुर का लाल पत्थर और रेल की पटरी के स्लीपर उसके निर्माण में लगे थे। कैलाश के ऊपर पीतल का कलश अस्तप्राय सूर्य के प्रकाश में यों चमक रहा था, मानो सोने का बना हो!

हवलदार रतनसिंह ने दोनों हाथ जोड़कर माथे पर रख, नतमस्तक हो मन्दिर को नमस्कार किया। कन्धे पर लटकती हथकड़ी बज उठी। वह बार-बार नमस्कार करता, हथकड़ी बार-बार बज उठती।

गलमुच्छे

मैं लगभग बीस बरस के बाद उससे मिलने जा रहा था। आम तौर पर मैं पुराने दोस्तों से मिलने से कतराता हूँ। उनसे मिलने पर पुरानी सुखद स्मृतियों का प्रभाव बहुत-कुछ टूट-फूट जाता है, और वर्तमान की वास्तविकता भी कहीं-न-कहीं मन में अकुलाहट-सी पैदा करती है। चेहरे पर समय के साये, खिचड़ी बाल, धूसर चेहरा देखकर मन को कोफ्त होती है। फिर आँखों के भाव में पुरानी सहजता के स्थान पर अनुभव का पैनापन आ चुका होता है, संशय का भाव आ चुका होता है, और आँखें बार-बार एक दूसरे को तौलती-सी नजर आती हैं कि तुम कहाँ तक पहुँचे। और धीरे-धीरे सारा उत्साह और स्नेह एक प्रकार की ठंडी औपचारिकता में सिमटकर रह जाता है।

पर यहाँ बात दूसरी थी। ज्यों-ज्यों मेरे कदम उसके घर की ओर उठ रहे थे, मेरा उत्साह बढ़ रहा था। हमने जिन्दगी एक साथ शुरू की थी और वर्षों एक साथ, एक यूनियन का काम करते रहे थे, और मिलकर नाटक भी खेलते रहे थे। उन दिनों की बातें याद करते हुए मन बार-बार पुलक उठता था। फिर धीरे-धीरे वह यूनियन के काम से दूर होता गया था और अपने व्यवसाय की ओर ज्यादा ध्यान देने लगा था। इधर मैंने कोई धन्धा नहीं अपनाया था, मैं आज भी पहले की तरह यूनियन का ही काम किए जा रहा था। फिर दसियों वर्ष बीत गए थे। अपने व्यवसाय में उसने अच्छा नाम पैदा कर लिया था। अब वह एक इंस्टीट्यूट का डायरेक्टर था, जबकि मैं पहले की ही भाँति यूनियन और पार्टी के ही काम में लगा हुआ था।

उन दिनों हमारे बीच बड़ी बहसें हुआ करती थीं, विशेषकर उस समय जब वह यूनियन का काम छोड़कर अपने व्यवसाय में अधिक रुचि लेने लगा था। मैं यूनियन और पार्टी के काम में जिन्दगी बसर करना चाहता था, जबकि वह सबसे पहले अपने व्यवसाय में जम जाना चाहता था। मुझे उसका निर्णय गलत और उसे मेरा निर्णय गलत नजर आता था।

'हमारे समाज में उन्हीं लोगों की बात सुनी जाती है, जिनकी कोई पोजीशन

हो।' वह कहा करता था, 'बड़े-बड़े डॉक्टर, बड़े-बड़े वकील, बड़े-बड़े विद्वान अपनी पोजीशन के कारण जनता की सेवा भी ज्यादा अच्छी तरह से कर सकते हैं।'

मैं उससे झगड़ने लगता, मैं उसे यूनियन के प्रति गद्दार कहता, और वह मुझे परले दर्जे का बेवकूफ, आदर्शवादी और न जाने क्या-क्या कहा करता था!

सड़क पर चलते हुए, रह-रहकर मन में सवाल उठता, क्या सचमुच उसने जिन्दगी का सही रास्ता चुना था और मैंने गलत? क्या सचमुच मैं परले दर्जे का बेवकूफ साबित हुआ हूँ, और वह दानिशमन्द?

फिर मुझे वे दिन याद आने लगे जब हम दोनों पर यूनियन बनाने का जुनून सवार था, और हम बिना किसी बात की चिन्ता किए एक जगह से दूसरी जगह, एक शहर से दूसरे शहर, घूमते-फिरते थे। मुझे वह दिन याद आया, जब मैं पिछली बार उससे मिला था। मुसाफिरों से खचाखच भरे थर्ड क्लास के डिब्बे में वह दब-घुसड़कर बैठा, कोई पत्रिका पढ़ रहा था। मुझे याद नहीं, कौन-सा स्टेशन था और गाड़ी किस ओर जा रही थी। मन पर अमिट छाप छोड़नेवाली घटनाएँ क्षणभर में घट जाती हैं। डिब्बे की मद्धिम-सी रोशनी में वह चुपचाप बैठा पत्रिका पढ़ रहा था और गोद में उसने पुस्तकों का एक बंडल रखा हुआ था। मुझे देखते ही वह लपककर बाहर आ गया था।

'बैठे रहो, पागल नहीं बनो,' मैं चिल्लाया था, 'एक बार सीट छोड़ दी तो फिर नहीं मिलेगी।'

पर वह बाहर पहुँच गया था। 'तुम चिन्ता नहीं करो,' वह कह रहा था, 'ये लोग मुझे पलकों पर बैठाएँगे, और अगर नहीं बैठाएँगे तो मैं खड़ा रहूँगा। बारह घंटे का सफर ही तो है। मैं सात किताबें साथ में ले आया हूँ, रातभर पढ़ता रहूँगा।' फिर अपना तकिया-कलाम दोहराता हुआ बोला था, 'लाले दी जान, तू परवाह नहीं कर। किसी बात की चिन्ता नहीं कर। अब चल, कहीं पर पकौड़े खाएँ, बहुत मन कर रहा है। तीन दिन से पकौड़े नहीं खाए।'

'लाले दी जान' और 'परवाह नहीं कर' उसका तकिया-कलाम हुआ करता था, और पकौड़े खाना उसका व्यसन। सड़क पर चलते हुए उसे कहीं भी पकौड़ों की गन्ध आ जाती तो चप्पल झाड़कर भाग खड़ा होता। 'परवाह नहीं, देखा जाएगा...।'

मुझे उसके कपड़ों की याद आई और मैं खिलखिलाकर हँस दिया। अगर कुर्ता साफ होता तो पाजामा मैला और पाजामा साफ होता तो कुर्ता मैला। कहा करता था, 'तू जानता है, मैं झंग का रहनेवाला हूँ। झंग का नाम कभी सुना है? झंग के लोग कभी पाजामा और कुर्ता एक साथ नहीं बदलते। पाजामा मैला होता है तो पाजामा बदल लेते हैं, कुर्ता मैला होता है तो कुर्ता। अब कभी मुझसे नहीं पूछना कि मैं धुला हुआ जोड़ा क्यों नहीं पहनता...।'

उसके घर का भी यही हाल था। चीजें बिखरी हुईं, दीवारों पर जाले, अपना बिस्तर तक नहीं बनाता था। रात के कपड़े जहाँ उतारे, वहीं फर्श पर पड़े हैं।

'यह घर है, अस्पताल नहीं,' वह कहा करता, 'रात को फिर इन्हीं कपड़ों को पहनता हूँ। मेरे पास इतना समय नहीं है कि पहले इन्हें खूँटियों पर टाँगूँ और फिर पहनने के लिए खूँटियों पर से उतारता फिरूँ। पाजामा जैसे जिस्म पर से उतरे, वैसे ही फर्श पर पड़ा रहे, 8 का अंक बनाता हुआ। रात को तुम लौटो, उसी 8 के अंक पर खड़े हो जाओ और पाजामा ऊपर खींच लो...!'

बड़ा हँसमुख, जिन्दादिल और उत्साही जीव हुआ करता था। उन दिनों हर तीसरे दिन झोला लटकाए मेरे घर पहुँच जाता। दहलीज पर कदम रखते ही मेरी माँ को पुकारकर कहता, 'माँजी, दाल में थोड़ा और पानी डाल दें, मैं आ गया हूँ।'

ऐसा हुआ करता था मेरा यार। अब न जाने कैसा होगा? मेरे बहुत-से पुराने साथी जिन्दगी के बहुत-से मोड़ काट चुके हैं; जबकि मैं एक तरह से, सीधी-सपाट सड़क पर ही चलता रहा हूँ और अब भी चल रहा हूँ। इसीलिए कभी-कभी लगता है, जैसे मैं खड़ा हूँ, और ऐन उसी जगह पर खड़ा हूँ, जहाँ आज से पच्चीस बरस पहले खड़ा था, जबकि दुनिया तेजी से आगे बढ़ती चली गई है। पर कभी-कभी बिल्कुल इसके उलट भास होने लगता है कि मैं तो चल रहा हूँ, पर मेरे साथी अपने-अपने स्थान पर पहुँचकर रुक गए हैं और उन्होंने चलना छोड़ दिया है। ऐसे समय में अक्सर मन में सवाल उठा करता है, 'क्या जिन्दगी में सचमुच मंजिल नाम की कोई चीज होती है या सतत चलते रहने में ही जीवन की सार्थकता है?'

पर उसके घर के निकट पहुँचने पर मुझे अजीब-सा संकोच होने लगा। मैं बिना सूचना दिये उसके घर पर जा पहुँचूँगा, क्या मालूम, वह घर पर न मिले! क्या मालूम, उसके घर पर मेहमान उतरे हुए हों! मैं जब झोला लटकाए उसके घर पर पहुँचूँगा तब वह क्या सोचेगा? वह कुछ भी सोचे, मैं तो उसे बाँहों में भर लूँगा।

मैंने यदा-कदा अखबारों में उसकी चर्चा पढ़ी थी। उसके दो-एक लेख भी पढ़े थे, उनसे प्रभावित भी हुआ था। उसकी पोजीशन का मुझ पर रौब रहा है, ऐसा नहीं था; हाँ, उसकी विद्वत्ता का कुछ रौब जरूर रहा होगा, कि मैं संकोच महसूस करने लगा था।

जब मैं उसके घर पहुँचा, तब रात के नौ बज रहे थे। अपनी इंस्टीट्यूट की बगल में ही उसका बँगला था। बजरीवाले रास्ते पर मैं उसके बँगले की ओर बढ़ रहा था। आगे-आगे लैम्प उठाए उसके इंस्टीट्यूट का चौकीदार मुझे रास्ता दिखा रहा था। मैं बजरी पर चलता जा रहा था, जब मुझे लगने लगा, जैसे मेरे कपड़ों से बू आ रही है! मुझे यहाँ आने से पहले स्नान करके आना चाहिए था और कपड़े बदलकर आना चाहिए था। फिर मेरे अन्दर से ठहाका-सा उठा। मैं उससे अपने लिए कुछ माँगने तो नहीं जा रहा हूँ। मैं तरह-तरह के अमीरजादों से, बड़े-बड़े

अफसरों से बेधड़क मिलता हूँ। यूनियन के काम में मुझे तरह-तरह के लोगों से मिलना पड़ता है, पैसे माँगने और चन्दे उगाहने पड़ते हैं। मुझे कभी खयाल नहीं आया कि मेरे कपड़े मैले हैं या उजले। फिर आज यह संकोच कैसा?

वह घर पर नहीं था। किसी मीटिंग में भाग लेने गया हुआ था। मैं बरामदे के बाहर ठिठका खड़ा रहा। चौड़ा बरामदा, जालीदार दरवाजे, बड़े बँगले की चुप्पी। न दो कोठरियोंवाला पुराना घर था और न पहले-सी गरमा-गरमी।

नौकर के साथ मुझे बात करते सुन अन्दर से उसकी पत्नी चली आई। मैंने अपना परिचय दिया तो वह बड़े स्नेह से आगे बढ़ आई।

"आइए न, आप बाहर क्यों खड़े हैं?" वह बोली, और नौकर से मेरा झोला ले लेने को कहा। जाहिर है, घर में मेरी चर्चा होती रहती होगी।

"इनका कोई वक्त नहीं, किसी मीटिंग में गए हैं। कह गए हैं कि आठ बजे तक लौट आऊँगा, पर अब दस बजना चाहते हैं। आप बैठिए। अब तो आते ही होंगे।"

और मुझे बैठक में बिठाकर वह घर के अन्दर चली गई। मैं आश्वस्त हो गया। पराये घर में नहीं, अपने घर में ही आया हूँ।

एक आसूदा आदमी के घर की बैठक थी—कालीन, सोफा, मेज-कुर्सियाँ! दरवाजे के पास, दाएँ हाथ, एक स्टूल पर एक ट्रे रखी थी, जिसमें बहुत-से विजिटिंग-कार्ड छितरे पड़े थे। कमरे में प्रवेश करते समय सबसे पहले उन्हीं पर नजर जाती थी। मैं कुतूहलवश उठकर उन्हें देखने लगा—गवर्नर के सेक्रेटरी का कार्ड था, कुछ विदेशी व्यक्तियों के कार्ड थे, बड़े-बड़े लोगों के कार्ड थे। मैं मुस्करा दिया। इसने सब कार्ड सँभालकर रखे हुए हैं और ट्रे को ऐसी जगह पर रखा है कि बैठक में प्रवेश करनेवाले की नजर सबसे पहले उन्हीं पर जाए।

दीवारों पर अनेक चित्र टँगे थे। दाएँ हाथ की दीवार पर एक चित्र में राष्ट्रपति राजेन्द्र प्रसाद के साथ मेरा मित्र खड़ा बातें कर रहा था। इस चित्र को सबसे बड़े आकार में फ्रेम करवाया गया था। बाएँ हाथ की दीवार पर एक मानपत्र फ्रेम में टँगा हुआ था, जो इसे कभी भेंट किया गया था। खिड़की के पास एक मेज पर बढ़िया कलमदान रखे थे।

मैं अपने मित्र के वर्तमान जीवन से परिचय पा रहा था, जब उसकी पत्नी फिर दरवाजे में आकर खड़ी हो गई।

"गुसल तैयार है, आप नहा-धो लीजिए। वह आते ही होंगे।"

मैं उठ खड़ा हुआ।

"है तो मजे में, मेरा दोस्त?" मैंने उछाह से कहा।

"आप खुद देख लेना जी!" उसने मुस्कराकर कहा और इस आत्मीयता के प्रति मेरे अधिकार का जायजा लेने के लिए मुझे सिर से पाँव तक देख गई।

बैठक की बगल में ही गुसलखाना था। मैंने अपने झोले में से कुर्ता-पाजामा निकाले और नहाने चला गया।

मैं नाहक ही संकोच कर रहा था। आदमी की पोजीशन भले ही बदल जाए, विचार नहीं बदलते। जवानी में जिस लगन से काम किया करता था, उसे कैसे भूल पाया होगा ? और फिर विचारों की समानता ही, हमें एक-दूसरे से जोड़नेवाली कड़ी नहीं थी, गहरी मैत्री भी थी।

नल में से पानी इस तेजी से बह रहा था कि कानों पड़ी आवाज सुनाई नहीं देती थी। तभी मुझे लगा, जैसे कोई दरवाजा खटखटा रहा है! मैंने नल बन्द किया।

बाहर से आवाज आई, "निकल बाहर! मैं कितनी देर से यहाँ बैठा हूँ!"

मेरे यार की आवाज थी। मेरा तन-बदन पुलक उठा। मेरे सब भ्रम इस एक वाक्य ने दूर कर दिये।

मैं बाहर निकला तो हम गले लगकर मिले। वह पहले से दुबला गया था। अधिकांश बाल सफेद हो चुके थे, मुँह थोड़ा पिचक गया था, पर चेहरे पर पहली-सी बशाशत थी।

"अब मैं तेरे साथ समझूँगा, साले! तू समझता क्या है!" उसने कहा और मुझे गलबहियाँ देकर नीचे गिराने का अभिनय करने लगा।

"बैठ, तेरा चेहरा तो देखूँ! बता, इतने बरस कहाँ-कहाँ ठोकरें खाता फिरा है ?"

तभी उसकी पत्नी और जवान बेटा अन्दर चले आए और बड़ी दिलचस्पी से हमारी बातें सुनने लगे।

"वह दिन याद है, साले, जब अम्बाला शहर में मीटिंग के बाद हम इतने थक गए थे कि वहीं पंडाल में बिछी दरियों पर सो गए थे ? हाय, कैसे दिन थे! कुर्बान जाऊँ! वे दिन याद आते हैं तो जी चाहता है, भागकर तेरे पास पहुँच जाऊँ।"

वह भावुक हो रहा था।

"सुबह उठकर हमने दरियाँ लपेटकर बैलगाड़ी पर रखीं और मेजों-दरियों के अम्बार पर हम दोनों चढ़कर बैठ गए। और गलियों-बाजारों में से होते हुए बैलगाड़ी ग्यारह बजे के करीब सदर बाजार में पहुँची थी। याद है ?" फिर पत्नी की ओर घूमकर बोला, "कुसुम, बैलगाड़ी पर हम दोनों सामान के ढेर पर बैठे थे, और धीरे-धीरे गली-गली चले जा रहे थे।"

उसकी पत्नी मुस्करा रही थी और मेरी ओर देख रही थी। "हैंज्जी, यह ठीक है ?" मानो उसे विश्वास नहीं हो पा रहा हो कि उसका पति कभी बैलगाड़ी में लदे सामान पर बैठा गली-गली घूमता फिरा था।

उस रात की याद मुझे भी आई और मुझे अच्छा लगा, लेकिन जिस भावुकता से वह उसे याद कर रहा था, वह मुझे थोड़ा अजीब-सा लगा। मीटिंगें अब भी होती

हैं, और मैं अब भी कभी-कभी थक जाने पर पंडाल में ही सो जाता हूँ। कल रात ही मैं एक जलसे के बाद देर तक दरियाँ उठवाता और छकड़े पर लदवाता रहा था। इसमें भावुक होने की क्या बात है!

खाना खाने बैठे तो मेज व्यंजनों से भरी थी। मैं रात देर से पहुँचा, फिर भी उसकी पत्नी ने बड़े चाव से खाना तैयार करवाया था। मुर्ग था, दो-तीन तरह की सब्जियाँ थीं, दाल थी, सलाद था, जाने क्या-क्या था!

''इतना तरद्दुद करने की क्या जरूरत थी? हम तो रूखी-सूखी खाने के आदी हैं।''

मैं उसके सामनेवाली कुर्सी पर बैठा था। उसकी आँखें मुझ पर लगी थीं। मुझे लगा, जैसे वह दूर से देख रहा है और उसकी आँखों में तटस्थता का-सा भाव है। पर क्षण-भर बाद ही उसकी आँखें स्नेहसिक्त हो गईं।

''मेरी जिन्दगी के वे बेहतरीन दिन थे। ऐसे दिन कभी लौटकर नहीं आएँगे।''

उसने भावविह्वल होकर कहा और उसकी आँखें भीग गईं।

''काश, वे दिन लौट आएँ!'' उसने सिर हिलाकर कहा। उसने जरूर गहरी भावना से कहा होगा, लेकिन मुझे लगा जैसे, उसने पहला झूठ बोला है।

मेरे मित्र की आँखें मेरी ओर देखती हुई फिर एक बार उचट गईं और लगा, जैसे वह मुझे दूर से देख रहा है, पर शीघ्र ही बाद वह फिर मेरे पास लौट आया।

''कोई फिक्र-फाका नहीं था। बुचका उठाते थे, कभी अमृतसर जा पहुँचते थे, कभी शिमला। मैंने कई बार रातभर खड़ा रहकर सफर किया है। एक बार तो मैंने आधा सफर, जनवरी महीने की सर्दी में, डिब्बे के पायदान पर खड़े-खड़े काट दिया था।''

अपनी यादों में वह डूबता जा रहा था। और मुझे कुछ-कुछ अनोखा लग रहा था। इस तरह के सफर मेरी रोज की जिन्दगी के आज भी अंग हैं। क्या सचमुच यह फिर से यूनियन का काम कर पाने के लिए तरस रहा है?

''अमृतसर स्टेशन के सामने उन दिनों बहुत-से ढाबे हुआ करते थे। एक आने में एक रोटी मिला करती थी, और दाल-प्याज मुफ्त। यह और मैं चार-चार रोटियाँ फाड़ा करते थे, चवन्नी-चवन्नी में काम चल जाया करता था।''

अबकी बार उसकी पत्नी ने उचटती आँखों से मेरी ओर देखा, पर नजर मिलते ही बड़े स्नेह से मुस्करा दी। उस वक्त न जाने क्यों, अपनी फटी चप्पलों का खयाल आ गया। दाएँ पैर की चप्पल का तला रास्ते में उखड़ गया था और मैं उसे ठीक नहीं करवा पाया था और लगभग पैर घसीटता हुआ यहाँ पहुँचा था।

''अब ढाबों पर भी खाना महँगा हो गया है।'' मैंने कहा, ''पिछले मंगल को मैं अमृतसर में था। मैं अब भी कभी-कभी ढाबे पर खाना खाता हूँ। पौने दो रुपए लग गए थे।''

इस पर मेरे मित्र ने अपनी पत्नी को सम्बोधन करके कहा, ''इसकी शक्ल-सूरत पर नहीं जाओ। यह बड़ा पहुँचा हुआ आदमी है। गणित में इसने एम.ए. पास किया था।''

उसकी पत्नी की मुस्कराती आँखें वास्तव में मुझे तौल रही थीं, मेरी बिसात को तौल रही थीं।

पति की टिप्पणी सुनकर उसने सिर हिला दिया।

''दरअसल इसमें पार्टी का दोष है। जो आदमी जिस काम के काबिल हो, उसे उस काम पर लगाना चाहिए। अब एम.ए. पास लोगों से मीटिंगों का प्रबन्ध करवाना, उनसे दरियाँ उठवाना और इश्तहार बँटवाना तब भी गलत था और आज भी गलत है...।''

''आप लोग इश्तहार भी बाँटते थे?'' उसकी पत्नी ने पूछा।

''जरूर बाँटते थे। मैं खुद बाँटता रहा हूँ। अंग्रेजी अखबार का दफ्तर है न, वह उन दिनों अम्बाला से निकला करता था। मैंने खुद एक बार उसकी दीवार पर दस बड़े-बड़े पोस्टर लगाए थे।''

पत्नी की आँखें फैल गईं।

''पर आपने कभी बताया तो नहीं?''

इस पर वह तर्जनी हिलाता हुआ आवेश में कहने लगा, ''ठीक आदमी को ठीक स्थान पर लगाना चाहिए। तुम्हें जरूर उन्हें सेक्रेटेरिएट में ले लेना चाहिए था।''

मैं चुपचाप सुन रहा था। प्रदेश-भर की यूनियनों का मैं संचालक था। पार्टी की सर्वोच्च समिति का सदस्य भी था। लेकिन मैंने उसकी बात को काटना ठीक नहीं समझा, क्योंकि मेरे काम में कोई मूल परिवर्तन नहीं आया था।

वह कह रहा था, ''हम-तुम तो कोई भी काम कर लेते, लेकिन निस्स्वार्थ सेवा से पार्टियाँ नहीं चलतीं, देश के काम नहीं होते। देश के कर्णधारों से भी एक बहुत बड़ी भूल हुई थी। उन्होंने कार्यकर्ताओं की ओर कोई ध्यान नहीं दिया। उन्होंने समझा था कि वह अपने व्यक्तित्व के बल पर देश को आगे खींच ले जाएँगे। मैंने एक लेख भी इस मजमून को लेकर लिखा है—'इंडियन पॉलिटिक्स एन ऐसेसमेंट'। मैं तुम्हें पढ़ने के लिए दूँगा। मैंने उसमें भी यही बात उठाई है कि अगर हमारे राष्ट्रीय नेता कार्यकर्ताओं की ओर अधिक ध्यान देते तो कांग्रेस को सच्चे मानों में एक प्रभावशाली जमात बना देते...'' फिर उसने बेटे को सम्बोधन करके कहा, ''जाओ बेटा, मेरे कमरे में दाएँ हाथ की अलमारी में वह नीले कवरवाली किताब रखी है—'व्यू एंड रिव्यू', उसी में मेरा लेख है।...मुझे उस लेख पर कुछ नहीं तो तीस-चालीस चिट्ठियाँ आई होंगी।''

लड़का अनमने ढंग से उठा, पर उसकी माँ ने रोक दिया।

"अभी क्या जल्दी है, खाना खा लो, बाद में दिखा देना।"

जिस अनमने ढंग से लड़का उठा था, उसी अनमने ढंग से बैठ गया।

"पार्टी को चाहिए था कि तुम्हें किसी पत्रिका का सम्पादक बना देती, या तुम्हें केन्द्रीय कार्यालय में रखती।" मैं मुस्करा दिया। इस पर उसने तर्जनी हिलाते हुए कहा, "पार्टी का नजरिया ठीक है, लेकिन कार्यरूप देने में वह बार-बार भूलें करती है। मैंने पार्टी के प्रधान से इस बात का जिक्र भी किया था। एक मीटिंग में हम दोनों अध्यक्ष मंडल में बैठे थे। ज्यादा बात तो नहीं हो सकी, मौका ऐसा न था, लेकिन दो-एक बातें मैंने उनसे कह दीं। एक तो मैंने उनसे कहा कि पार्टी के कार्यकर्ताओं की सैद्धान्तिक सूझ अच्छी होनी चाहिए। मैंने उनसे कहा था कि इस दिशा में एक व्याख्यान-माला दे सकता हूँ। दूसरे, किसी कार्यकर्ता को भी सारा वक्त शहर में नहीं रखना चाहिए, उसे जरूर फैक्टरियों में और देहात में भेजना चाहिए, ताकि उनकी जानकारी और अनुभव बढ़ें...!"

वह कहे जा रहा था। जिस आत्मविश्वास, स्पष्टता और निश्चयात्मकता से वह बात कर रहा था, मुझे लगा, जैसे उसने जीवन का सत्य पा लिया है। जिस मंजिल की ओर आज से पच्चीस बरस पहले निकला था, उस पर वह कब का पहुँच चुका है, और पहुँचते ही उसकी नजर में सब बात साफ हो गई है, कहीं कोई गुंझल नहीं, कहीं कोई अड़चन, कहीं कोई धुँधलापन नहीं रह गया है। सारी बात साफ होकर हाथ की हथेली पर आ गई है और जीवन के बारे में इसका दर्शन भी बन गया है, जिसमें सब प्रश्नों के उत्तर और सब समस्याओं का समाधान मिल जाता है। डायरेक्टर बनने के साथ-ही-साथ यह पथ-प्रदर्शक बन गया है।

उसकी आवाज उत्तरोत्तर ऊँची होती जा रही थी। पर जब वह बड़ी प्रभावशाली आवाज में समाज के अन्दर पाए जानेवाले मूल अन्तर्विरोध की बात कर रहा था तब उसका बेटा उठकर बाहर चला गया। कनखियों से उसने उसे जाते देखा, क्षण-भर के लिए ठिठका भी, लेकिन फिर अपना प्रवचन जारी कर दिया, "पार्टी-स्कूल के बारे में तो तुम जरूर पार्टी से बात करना," उसने कहा, फिर तनिक रुककर कहने लगा, "तुम मत कुछ कहना। मैं खुद ही बात करूँगा। मैंने अध्यक्ष से एक बार इसका जिक्र किया भी था।"

पार्टी के मामलों में मैंने कभी अध्यक्ष तक पहुँचने की जरूरत नहीं समझी थी, जबकि मेरा दोस्त उससे टेलीफोन पर भी बात कर सकता था।

मैंने देखा कि उसकी पत्नी जम्हाइयाँ लेने लगी है। जब भी मेरा मित्र कोई नया सुझाव या कोई नया विचार पेश करता तो वह मुँह फेर लेती, हालाँकि एक ठंडी-सी मुस्कान सारा वक्त उसके होंठों पर बनी रहती।

वातावरण बोझिल हो रहा था। मेरे मित्र को इसका भाव फौरन हो गया। बात बदलकर कहने लगा, "क्या खयाल है, अगर मैं दाढ़ी रख लूँ? छोटी-सी तोंद के

साथ दाढ़ी खूब फबती है। खिचड़ी दाढ़ी और मोटे फ्रेम वाली ऐनक!'' वह चहकने लगा था। ''सफाचट चेहरा रखने का आजकल रिवाज नहीं है। आजकल दाढ़ी का चलन है।'' उसने तोंद पर हाथ फेरा, वैसे ही, जैसे जिन्दगी में आश्वस्त आदमी हाथ फेरते हैं, ''या फिर गलमुच्छे! गलमुच्छे तो मैं जरूर रखूँगा। आजकल कोई सिर के बाल बढ़ा रहा है, तो कोई दाढ़ी रख रहा है, मैं मीटिंगों में अध्यक्ष की कुर्सी पर रुंड-मुंड-सा जा बैठता हूँ, यह क्या हुआ! अगली बार जब मिलेंगे तब तुम्हारे दोस्त के गलमुच्छे होंगे...।''

उसकी पत्नी ने जम्हाई ली और उठने को हुई।

खाना खा चुकने के बाद वह मुझे अपने अध्ययन-कक्ष में ले गया। दीवारों के साथ किताबों से ठसाठस भरी अलमारियाँ रखी थीं। एक बड़ी मेज के पीछे घूमनेवाली, गोल, काले चमड़े की कुर्सी थी। मेज के ऊपर हरे शेडवाला लैम्प झुका हुआ था। अन्दर घुसते ही मुझे लगा कि अगर मैं बैठ गया तो बैठते ही सो जाऊँगा। इसलिए खड़े रहना ही हितकर समझा।

''यह कुर्सी मैंने दो बरस पहले बनवाई थी।'' वह कहने लगा, ''तेरह सौ में बनकर आई। पर बैठने और काम करने में बड़ा आराम रहता है। मेरी आदत है, मैं हर चीज को अपने नजदीक रखना चाहता हूँ, मैं नहीं चाहता कि मुझे बार-बार उठना पड़े।''

पीछे खड़ी उसकी पत्नी सहसा बोल उठी, ''इसमें बैठते ही ऊँघने लगते हैं। जब भी मैं इस कमरे में आई हूँ, इसमें बैठे सो रहे होते हैं।''

''अरे, अब ऊँघने के ही दिन हैं या जागते रहने के? जितना काम जिन्दगी में मैंने किया है, कोई माई का लाल करके तो दिखाए।'' वह अपनी उपलब्धियाँ गिनाने जा ही रहा था, जब उसकी पत्नी एक अलमारी की ओर घूम गई।

उसने मेज पर से वह पुस्तक उठाई, जिसे निकाल लाने के लिए उसने अपने बेटे से कहा था। और उसमें से कुछ अंश पढ़कर सुनाने लगा।

सुनाते समय उसकी आवाज ऊँची होती गई, और तर्जनी एक-एक वाक्य पर झटका दे-देकर हिलने लगी। मुझे लगा, जैसे पिस्तौल की नली उसने मेरी छाती पर तान दी है, और दनादन शब्दों की बौछार करने लगा है।

इस बीच उसकी पत्नी दबे पाँव कमरे में से निकल गई।

वह पढ़ रहा था और मेरे मन में रह-रहकर द्विविधा-सी उठ रही थी—इससे कहूँ या न कहूँ? बार-बार स्थिति की विडम्बना की ओर ध्यान जाता था और मन विचलित-सा हो उठा था।

वह अंश पढ़ चुका था। पढ़ चुकने के बाद भी तर्जनी हिलाता व्याख्या करता रहा था। फिर उसने मोटे फ्रेमवाला चश्मा आँखों पर से उतारा और तोंद पर हाथ फेरता हुआ चमड़े की घुमाऊ-कुर्सी में बैठ गया।

मैंने आगे बढ़कर कहा, "मैं एक खास काम से तुम्हारे पास आया हूँ।"

"कहो, क्या है? तुमने अभी तक बताया क्यों नहीं?" उसने किताब मेज पर रखते हुए कहा।

"हमारे यहाँ बीस तारीख को एक जलसा है। 'आज की स्थिति और हमारा कर्तव्य' के विषय पर। हम चाहते हैं कि तुम जलसे की सदारत करो। मुझे इसीलिए तुम्हारे पास भेजा गया है।"

उसने अनमने भाव से मेरी ओर देखा, "क्या इसी काम से मिलने आए हो?"

"मुख्य काम तो तुमसे मिलना था, पर साथ में यह काम भी था।"

"अब तुम आए हो, तो मैं इनकार नहीं कर सकता। कब है तुम्हारा यह सम्मेलन?"

"बीस को।"

"इसी महीने की?"

"हाँ।"

"विषय कौन-सा है?"

मैंने विषय दोहरा दिया।

"मेरा लेख इस विषय पर पढ़ा था?"

"नहीं, मेरी नजर से नहीं गुजरा।"

"मैंने बुद्धिजीवियों के दायित्व पर बहुत-कुछ लिखा है।"

"मैं जरूर पढ़ूँगा।"

"और कौन-कौन लोग होंगे इस सम्मेलन में?"

"आप अध्यक्षता करेंगे। और डॉ. ...और डॉ. ...और डॉ. ... और डॉ. ..." मैंने नाम गिना दिये।

वह अपनी चमड़ेवाली कुर्सी को हल्के-हल्के घुमाने लगा।

"एक बात करना।"

"कहो।"

"जलसे से दो दिन पहले याद-दहानी का तार मुझे भेज देना। अगर कोई मुझे आकर लिवा ले जाए तो थोड़ा आराम रहेगा।"

"मैं खुद आकर तुम्हें लिवा ले जाऊँगा।"

"नहीं, तुम खुद क्यों तकलीफ करोगे! किसी नौजवान कार्यकर्ता को भेज देना! किराया-विराया तो देते हो न? तुम जानते हो, यह उम्र भटकने की तो नहीं है।"

"जितनी हमारी तौफीक होगी, जरूर देंगे।"

"आमतौर पर मैं हवाई-जहाज का किराया लेता हूँ, मगर तुम्हारी संस्था के पास इतने पैसे कहाँ होंगे?"

‘‘संस्था जितनी हमारी है, उतनी ही तुम्हारी,’’ मैंने कहा, ‘‘हमसे जो बन पड़ा, हम जरूर करेंगे!’’

मैं ठिठका खड़ा रहा। फिर दृढ़ निश्चय के साथ बोला, ‘‘तुम्हारी इजाजत हो तो मैं चलूँगा, मुझे दो-एक काम और भी निपटाने हैं।’’

‘‘यह क्या बदतमीजी है ? अभी तो हम दो बातें भी नहीं कर पाए। तुम इतनी दूर से आए हो!’’

जिस आग्रह से उसने मुझे रुकने को कहा, उसी से मुझे भास हो गया था कि वह दूसरी बार झूठ बोल रहा है।

मैंने बैठक में से झोला उठाया और खुली हवा में आ गया। उसका बँगला पीछे छूटने लगा। मेरा मन उद्विग्न-सा था। लगता था, कहीं कुछ टूट गया है, पर साथ-ही-साथ इस बात का आश्वासन भी था कि उसने जलसे की सदारत करना कबूल कर लिया है!

खँडहर

कश्मीर की यात्रा करते समय हम लोग सीधे श्रीनगर में नहीं पहुँचे। शरत को प्राचीन मन्दिरों, स्मारकों के खँडहर देखने की धुन थी। इसलिए हम सबसे पहले घाटी में इधर-उधर घूमते रहे—मार्तंड-मन्दिर और अवन्तीपुर के खँडहर देखते रहे। शरत ने 'राजतरंगिणी' पढ़ रखी है। उसे प्राचीन वास्तुकला का भी ज्ञान है। प्राचीन कला और इतिहास के मोह में डूबा हुआ वह हर पुरानी चीज को आँखें फाड़-फाड़कर देखता है। उसे कश्मीर में केवल अतीत के अवशेष ही नजर आ रहे थे। कश्मीरियों के पहरावे में उसे यूनानी पहरावे की छाप नजर आई। उनकी भाषा में उसे विभिन्न भाषाओं के शब्दों की अनुगूँज सुनाई देती। वर्तमान की प्रत्येक आकृति के पीछे अतीत झाँक रहा था। मार्तंड मन्दिर देखने गए तो हमारी आँखों के सामने तो प्राचीन मन्दिर का कंकालमात्र खड़ा था, टूटा-फूटा, लेकिन शरत की आँखों के सामने, मन्दिर के भग्नावशेष न रहकर मानो एक समूचा, भव्य, अंग-अंग में पूर्ण मन्दिर खड़ा था। उसे प्रवेशद्वार से लेकर गर्भ-प्रदेश तक, मन्दिर का एक-एक स्तम्भ, एक-एक मूर्ति, दीवारों पर बना एक-एक उत्खनन चित्र जैसे साफ नजर आ रहे थे, हालाँकि मन्दिर के खँडहरों में एक भी मूर्ति नहीं बची थी और कुछेक स्तम्भों को छोड़कर सब-के-सब जमीन पर गिर पड़े थे।

"तुमने देखा, यह प्रवेशद्वार मेहराबी शक्ल का बनाया गया था। मेहराबी शक्ल के द्वार प्राचीन भारत में नहीं बनाए जाते थे। यह कला हमने बाहर से ली है..."

मैं नहीं जानता, उसे इस इतिहास में केवल बौद्धिक रस मिलता है या भावना के स्तर पर भी वह इसमें डूबा हुआ है। इतना स्पष्ट है कि वह अतीत के मोह में मतवाला बना घूम रहा है।

शरत की पत्नी को अतीत में कोई विशेष रुचि नहीं थी—न मन्दिरों में, न इतिहास में। उसे घूमने में रुचि थी, फूलों के गुच्छे इकट्ठे करने में। जहाँ कहीं कोई कश्मीरी परिवार बैठा मिलता, उसके पास जा बैठती, उनकी समावार में से चाय लेकर पीती, उनकी बाकरखानियाँ खाती।

श्रीनगर पहुँचते न पहुँचते उसने कश्मीरी चलन की अनेक चीजें इकट्ठी कर ली थीं। कभी-कभी किसी कश्मीरी बच्चे को उँगली से लगाए आ रही होती, कभी कश्मीरी युवतियों की पोशाक पहने हँसती-चहकती आ रही होती। वह इन्हीं में मस्त थी। जिन दिनों हम श्रीनगर में रह रहे थे, उन दिनों वह हमसे अलग घूमने निकल जाती। शिकारा लेकर झील में निकल जाती, और खुली झील में जाने की बजाय छोटे-छोटे जल-मार्गों में जा पहुँचती, कश्मीरियों के घरों में झाँकती फिरती, तरह-तरह के लोगों से दोस्ती गाँठती फिरती।

मेरी कैफियत इन दोनों से अलग थी। मेरा बचपन और लड़कपन श्रीनगर में बीता था, और अब मैं लगभग तीन वर्ष के बाद श्रीनगर में लौटा था। श्रीनगर में प्रवेश करते ही एक विचित्र-सा उन्माद मुझ पर छाने लगा। और मैं गहरी भावनाओं के गर्त में जैसे गिरने लगा। अमीराकदल का पुल लाँघकर हम मुंशीबाग की ओर मुड़े ही थे कि मेरा दिल बैठने लगा। एक-एक दुकान परिचित थी। इस इलाके के चप्पे-चप्पे से मेरी यादें जुड़ी थीं—नानवाइयों की दुकानों की परिचित गन्ध से, नदी के पानी से उठनेवाली विशेष गन्ध से। और मेरा रोम-रोम व्याकुल होने लगा। यदि किसी नगर में आपका बचपन बीता है तो भूलकर भी वर्षों बाद उसमें नहीं जाइए, एक-एक याद आपको तड़पाएगी। कभी कोई याद फूल की महक की तरह सराबोर कर जाती, कभी कोई याद काँटा बनकर दिल में चुभ जाती।

पुराने घर के अन्दर घुसने पर दिल में टीस उठी, मकान जर्जर हो रहा था। बरामदे के फर्श में दरारें पड़ गई थीं। छतों, दीवारों, खिड़कियों और दरवाजों पर महाकाल के दाँतों के निशान थे। बाहरवाली पत्थर की दीवार के अन्दर जगह-जगह घास उग आई थी। मैं कहाँ पहुँच गया हूँ? यह वह घर तो नहीं है जहाँ मेरा बचपन बीता था! पर नहीं, वही घर था, केवल अब माँ नहीं थी, भाई और बाप नहीं थे, छोटी बुआ नहीं थी, जिसकी हँसी से यह घर गूँजा करता था। काल का पिंजरा बना यह घर मेरे सामने खड़ा था।

माँ घबराने लगी है। अभी बाप-बेटा में बात बढ़ जाएगी। 'इस घर में कलह मुझे अच्छी नहीं लगती। मैं कहती हूँ, बेटा, तुम्हीं मान जाओ।'

इस पर सहसा पिताजी हँस देंगे।

'मैंने क्या कहा है? मैंने कुछ भी नहीं कहा। जैसे इसका मन आए, बनवाए। हमें कितने दिन इस घर में बैठे रहना है। इनका घर है, इनकी दौलत है।'

मैं दरवाजा खोलकर अन्दर जाता हूँ। मेरे अन्दर कदम रखते ही जैसे सभी लोग—माँ, पिताजी, भाई, छोटी बुआ—जैसे पंख लगाकर उड़ गए हैं। कमरे में अँधेरा है, और जाले-ही-जाले हैं और सीलन की बू आ रही है। मैं आगे बढ़कर खिड़की खोल देता हूँ। खिड़की पर अभी भी नीले रंग के पर्दे टँगे हैं। लेकिन मेरा हाथ लगने पर पर्दा भुरभुराकर फट गया है।

पासवाली दीवार पर छह खूँटियों का फलक, जिसे भाई ने डिजाइन किया था, एक कील के सहारे नीचे लटक रहा है। अब मैं इसे उठाकर दीवार के साथ लगाऊँगा भी तो नहीं लग पाएगा, क्योंकि दीवार का पलस्तर टूट गया है।

दीवार में लगी अलमारी अधखुली पड़ी है। मैं उसका पल्ला खोलकर अन्दर देखता हूँ। एक लकड़ी की ट्रे रखी है। एक सिरा टूटा हुआ। उसमें धातु की बड़ी चायदानी रखी है। इसमें से एक ही बारी में दस-बारह प्याले चाय के निकल आया करते थे।

दरवाजे की चौखट पर अभी भी चाकू की खरोंचें मौजूद हैं—छोटी-छोटी रेखाएँ, एक के ऊपर दूसरी। मेरे जन्म-दिन पर हर साल मुझे इस चौखट के साथ सटाकर खड़ा कर दिया जाता था, और एक नई रेखा खोद दी जाती थी।

'बस जी, अब मुँह धोकर रहो। इस साल तुम एक इंच भी लम्बे नहीं हुए। अब जिन्दगी-भर ठिंगने ही बने रहोगे...'

छोटी बुआ मेरा कद मापती हुई कह रही है और खिलखिलाकर हँसने लगी है।

अतीत की यादों में कोई शृंखला नहीं, शरद के पत्तों की तरह सरसराती एक ही रेले में बढ़ती चली जाती हैं। एक दृश्य उभरता है और उभरते ही खंड-खंड हो जाता है। पर यादों के इस भँवर में मैं खो गया हूँ, और खोता जा रहा हूँ।

पिछले बरामदे के बेंच पर कोई बैठा गा रहा है। धीमी-धीमी खरज-सी आवाज। छोटी बुआ गा रही है। दोनों टाँगें बेंच के ऊपर चढ़ाए हुए।

बुआ बेपरवाह तबीयत की है। सारा वक्त हँसती रहती है, लेकिन जब भी गाती है तो अवसाद-भरा गीत गाती है :

किधरों आइयाँ नी बेड़ियाँ, सौदागर राँझा,
किधरों आए मल्लाह, नी हीरे?
पूर्बों आइयाँ नी बेड़ियाँ, सौदागर राँझा
पच्छमों आए मल्लाह, नी हीरे...

वह गाती है तो सचमुच लगता है, सौदागरों की नावें पूर्व की ओर से आकर पश्चिम की ओर चली गई हैं, कहीं पर भी उनका ठौर-ठिकाना नहीं है। राँझा और हीर भी कहाँ से आए थे, कहाँ चले गए?

छोटी बुआ क्या इसीलिए इतना अवसाद-भरा गीत गा रही है, क्योंकि खुद चलने की तैयारी कर रही है? क्या सचमुच इसे इस बात का भास हो गया है कि वह जा रही है? नहीं, उसे कुछ भी मालूम नहीं। वह आज भी सबके साथ घूमने जाएगी, घरवालों के लिए छोटे-मोटे तोहफे खरीदती फिरेगी। वह किसी बात का बुरा नहीं मानती। उससे कुछ खो जाए, कुछ टूट जाए तो माँ के गले से लिपटकर माफी माँग लेती है। उसके माथे पर कभी शिकन नहीं आई। पर जब कभी वह

अकेली बैठी गाने लगती है तो माँ दाँतों तले होंठ दबा लेती है, क्योंकि जब छोटी बुआ अपना दर्द बर्दाश्त नहीं कर सकती तो गाने लगती है।

मैं उसके पास जाऊँगा तो वह गाना बन्द कर देगी और हँसने लगेगी और साथ हँसी-मजाक करने लगेगी।

कभी-कभी माँ उसके पास जा बैठती है और उसे समझाने लगती है, व्यवहार के सबक सिखाने लगती है।

'तू उसकी मान-मनौवल करना छोड़ दे। आदमी की जितनी ज्यादा मान-मनौवल करो उतना ज्यादा वह अकड़ता है। कभी-कभी रूठ जाया कर। उसके साथ बोला भी नहीं कर। कुछ देर के लिए घर से निकल जाया कर, उसे भी मालूम हो कि तू मान-अभिमानवाली लड़की है।'

छोटी बुआ, हिरनी-जैसी बड़ी-बड़ी आँखों से माँ के चेहरे की ओर देख रही है।

'वह मेरे साथ बोले तो मैं बोलूँ भी नहीं? मैं तो दिन-भर उसकी राह देखती रहती हूँ। वह आए तो मैं घर से निकल जाया करूँ? यह कैसे हो सकता है?'

'तू तो पागल हुई जा रही है। मर्द को काबू में करना सीख।' फिर माँ फुसफुसाकर कहती है, 'रात को जब वह कभी तेरे पास आए तो पीठ मोड़ लिया कर।'

'हाय, वह थककर जो आता है। मैं इनकार कैसे कर दूँ? मैं कहती हूँ, इससे अगर इसे खुशी मिलती है तो मुझे सब मंजूर है...'

माँ ने लम्बी साँस खींची है और बार-बार सिर हिला रही है।

'सारी जिन्दगी तड़प-तड़पकर गुजारेगी, अगर अपना भला नहीं सोचेगी।'

और धीमी आवाज में छोटी बुआ कह रही है, 'इससे ज्यादा और क्या तड़पूँगी! तुम क्या जानो, इस तड़पने में कितना सुख है!'

माँ फिर सिर हिला रही है।

'मर्द सिर को चढ़ गया है, तेरा अब कोई इलाज नहीं। तू अपना घर उजाड़कर रहेगी।'

जवानी का प्रेम घुन की तरह बुआ का कलेजा चाट रहा था।

पर अब बेंच खाली है। इसका रंग-रोगन उड़ चुका है। हिलाओ तो इसकी सब चूलें हिलने लगती हैं। छोटी बुआ यहाँ पर नहीं है।

लगता है, रात हो गई है। यहाँ पर खड़े-खड़े वह कमरा दाईं ओर गलियारे के पार पड़ता है, जिसमें बुआ अपने पति के साथ रहा करती थी। खिड़की का पर्दा धीरे-धीरे हिल रहा है और चारों ओर चाँदनी छिटकी है। क्या आज रात फिर बुआ बिस्तर पर से उठकर सोए-सोए चलने लगेगी?...कमरे में हरकत है। कोई चल रहा है। बुआ ही है। सफेद लम्बा कुर्ता पहने है और सोए-सोए चलने लगी है। आकाश से उतरी अप्सरा-सी लगती है। वह कुछ भी देख नहीं पा रही है। वह कमरा लाँघ

आई है और अब गलियारा लाँघ रही है। गलियारे की बड़ी-बड़ी खिड़कियाँ खुली हैं। अगर बुआ नींद में बाईं ओर को जरा भी झुके तो सीधी नीचे जा गिरेगी। लगता है, बुआ अभी गिरी कि गिरी। वह सीढ़ियों की ओर बढ़ती जा रही है। जब भी वह नींद में चलती है तो सदा सीढ़ियों की ओर जाती है।

पर उसके पीछे कोई जा रहा है। कमरे में हरकत है। छोटे फूफा लपककर उसके पीछे जा रहे हैं। बुआ के पास पहुँचकर रुक गए हैं और धीरे-धीरे आगे बढ़ने लगे हैं ताकि बुआ जाग नहीं जाए। पास पहुँचकर उन्होंने बुआ को अपनी बाँहों में ले लिया है। बुआ ने सोए-सोए ही ठंडी साँस भरकर अपना सिर फूफा के कन्धे पर रख दिया है। पति के कन्धे पर सिर रखे छोटी बुआ, किसी मादक सपने में खोई-सी धीरे-धीरे अपने बिस्तर की ओर आने लगी है। फूफा उसे बड़े धैर्य से थामे लिये जा रहे हैं। पर जब बुआ फिर बिस्तर पर लेट गई है तो फूफा ने उसी का दुपट्टा लेकर उसे पलंग के साथ बाँध दिया है ताकि बुआ सोए-सोए फिर पलंग पर से नहीं उठे।

दोनों के बीच कैसा नाटक चल रहा है—विडम्बनापूर्ण, दर्द-भरा!

बुआ सुबह उठेगी और अपने को बँधा पाएगी तो पहला सवाल पति से यही पूछेगी, 'क्या तुम्हें रात को फिर मेरे कारण परेशान होना पड़ा था?' उसकी बड़ी-बड़ी आँखें पति के चेहरे पर लगी होंगी, 'तुम रात को मुझे किसी कोठरी में बन्द कर दिया करो। वहाँ पर मैं उठूँ भी तो ठोकरें खा-खाकर जाग जाया करूँगी। तुम्हें मेरे कारण परेशान नहीं होना पड़ेगा।'

मैं कमरे की ओर बढ़ता हूँ। बुआ का कमरा खाली पड़ा है। न बुआ के कपड़े पलंग पर बिखरे हैं, न ही उसके व्यक्तित्व का प्रकाश कमरे में छिटका है। यहाँ भी टूटा-फूटा फर्नीचर पड़ा है, एक दराजोंवाली अलमारी, दो लम्बे-लम्बे ट्रंक जिनमें पुरानी चीजें भरी हैं। ठीक उस पलंग के ऊपर जिस पर से उठकर रात को बुआ चलने लगती थी, बुआ की एक तस्वीर टँगी है। इस पर का सुनहरा फ्रेम काला पड़ चुका है, और तस्वीर की दफ्ती फ्रेम के बाहर झाँक रही है। बुआ के मरने के बाद फूफा ने ही इसे सुनहरे फ्रेम में जड़वाया था।

लेकिन अब इस कमरे में जैसे मौत के साये डोलने लगे हैं—छोटी बुआ की मौत के।

बुआ पलंग पर बैठी मेरी माँ से कह रही है, 'मुझे गर्भ है। तीसरा महीना चल रहा है।'

'सच?'

'हाँ, तो!'

'तूने बताया क्यों नहीं? तेरे मुँह में घी-शक्कर! कितनी अच्छी खबर सुनाई है! किसी डॉक्टर को दिखाया है?'

'नहीं, इसमें डॉक्टर को दिखाने की क्या जरूरत है?' फिर माँ का बाजू पकड़कर बड़े आग्रह से कह रही है, 'मैं खुद ही तुमसे कहनेवाली थी। तुम मुझे दवाई ला दो न, जिससे यह गर्भ गिर जाए।'

'हट पगली, ऐसी पागलों जैसी बातें नहीं करते!'

'इन्हें बच्चा होना पसन्द नहीं है। कहते हैं—अभी क्या जल्दी है, बाद में ले लेंगे और इधर मेरे गर्भ हो गया है।'

'हट! उसे प्यार करती है और उसी के बच्चे को मार डालेगी? तू उसकी बात सुन छोड़ा कर। बच्चा आएगा तो उसका मन भी तेरे बारे में बदल जाएगा।'

'मुझे नहीं मालूम। तू कहीं से दवा ला दे जिससे गर्भ गिर जाए।'

'खबरदार जो ऐसी बात फिर मुँह पर लाई!'

माँ ने डाँट दिया है। माँ सिर से पाँव तक काँप रही है। छोटी बुआ के सामने अपने को लाचार समझती है और उसके बारे में अन्दर-ही-अन्दर भय खाने लगती है...।

बुआ आज फिर पलंग पर पड़े-पड़े गाने लगी है। उसका चेहरा पीला पड़ गया है और वह दुबला गई है।

किधरों आइयाँ नी बेड़ियाँ, सौदागर राँझा
किधरों आए मल्लाह, नी हीरे...

माँ कहती है, जहर सिर को चढ़ गया है और बार-बार हाथ मलती है कि क्यों न वक्त रहते कुछ कर लिया। शायद बुआ बच जाती।

सीढ़ियों पर किसी के चढ़ने की आवाज आ रही है। शरत की पत्नी है—रचना। ये लोग सीढ़ियाँ भी चढ़ते हैं तो दौड़कर, हँसते-चहकते हुए। रचना दूर से ही बोलने लगी है।

"तुम्हें क्या हो गया है? कश्मीर में घूमने आए हो या सारा वक्त इस घर में पड़े रहने के लिए? मेरा तो यहाँ दम घुटता है। दो दिन और इस घर में रही तो बीमार पड़ जाऊँगी।"

फिर मुझे बुआ की तस्वीर की ओर देखते हुए पाकर उसने सिर उधर उठाया।

"ओ, यही तुम्हारी बुआ हैं जिनकी तुम बातें सुनाया करते हो?" फिर सिर झटककर बोली, "यह तो कोई खास सुन्दर नहीं हैं। तुम कहते थे, बड़ी सुन्दर थी तुम्हारी बुआ! बाल भी कैसे काढ़े हैं—बिल्कुल आर्या स्कूल की बहिनजी लगती हैं...पर चलो, तुम यहाँ से चलो, हम लोग आज गुलमर्ग को जा रहे हैं। हमने सारा इन्तजाम कर लिया है, निकलो यहाँ से...।"

काफी चटकीला-सा ढेर इकट्ठा कर लिया गया था। कश्मीरी समावार, काँगड़ी, हरे और लाल रंग का एक फिरन जो कश्मीरी औरतें कपड़ों के ऊपर पहनती हैं। एक हुक्का भी उठा लाई है। छाल के जूते और न जाने क्या-क्या!

हफ्ता-भर इस घर के बाहर घाटी में घूमने के बाद हम इसी घर में लौट आए। अब वापस रवानगी के दिन थे। रचना अपनी मनपसन्दी की चीजें खरीद रही थी, और कमरे के एक ओर उनका ढेर लगाए जा रही थी। शरत अब दिन-भर संग्रहालय में रहने लगा था, या फिर शहर के अन्दर किसी खँडहर को देखने अकेला निकल जाता और शाम को लौटता।

आखिर सब सामान बाँधा जाने लगा। हमने निश्चय किया कि एक-एक सूटकेस में हम अपना-अपना सामान बाँध लें। अगर किसी के पास कम या ज्यादा सामान हुआ तो आपस में बाँट लेंगे।

मेरे सामान पर नजर पड़ते ही रचना खिलखिलाकर हँस पड़ी।

''तुम यह सब ले जा रहे हो?''

''हाँ, तो।''

''यह कूड़े का ढेर तुमने कहाँ से जमा किया? क्या सचमुच इसे अपने साथ ले जाओगे?''

''क्यों नहीं, तुम्हें क्या एतराज है?''

पर वह हँसती हुई आगे बढ़ आई और एक-एक चीज उठाकर देखने लगी।

''ये टूटी हुई खूँटियाँ! इन्हें भी साथ ले जाओगे?'' और वह हँसी से लोट-पोट होने लगी, ''ये किसलिए? इनमें से तीन के सिरे टूटे हुए हैं। इन्हें क्या करोगे?''

फिर नीचे झुककर उसने ढेरी पर से घर की पुरानी चायदानी उठा ली।

''इसे क्या करोगे? इसमें तुम लोग चाय पिया करते थे? मगर अब तो इसमें छेद-ही-छेद हैं। इसे भी ले चलोगे?'' और वह फिर जोर से हँस दी।

अब की बार झुकी तो नीचे छोटी बुआ की तस्वीर थी।

''इसे भी ले जाओगे? फ्रेम टूट गया है और तस्वीर को जगह-जगह से कीड़ा खा गया है। इसे उठाने में क्या तुक है?'' पर फिर मेरी ओर देखकर सँभल-सी गई। ''तुम्हें इतनी ज्यादा प्यारी है तो बेशक ले चलो, मैं कुछ नहीं कहती। लेकिन पुरानी चीजें ढोने में क्या तुक है? कहाँ तक इन्हें ढोते फिरोगे? यह घर भी तो कुछेक साल का मेहमान रह गया है।''

''यह मेरी बुआ की तस्वीर है, रचना, तुम नहीं जानतीं।''

''मैं जानती हूँ, और हर घर में एक-न-एक ऐसी बुआ रहती है, और जब से दुनिया बनी है, रहती आई है। तुम किस-किस बुआ की तस्वीर टाँगते फिरोगे? और सच पूछो तो तुम्हारी बुआ के प्रति मेरे दिल में बहुत श्रद्धा भी नहीं है। ऐसा प्यार भी क्या, नाहक अपनी जान ले ली! इसमें क्या तुक है? पर खैर, मैं कुछ नहीं कहती। ले जाना चाहते हो तो जरूर ले चलो। मैंने तो इसीलिए कहा था कि सूटकेसों में जगह कम होगी। कूड़ा ढोने से क्या लाभ?''

तभी शरत कमरे में आया। मुस्करा रहा था और दोनों हाथ पीठ पीछे किए हुए था। उसके होंठों पर सारा वक्त उजली-सी मुस्कान खेलती रहती है।

पास आकर बोला, "आपको एक चीज दिखाऊँ? बड़ी मुश्किल से मुझे मिली है।"

उसने हाथ आगे बढ़ाया। किसी खँडहर में से उठाया हुआ पत्थर का एक फलक था। किसी मूर्ति का टुकड़ा था, जगह-जगह से टूटा हुआ। किसी पुरानी दीवार में सजावट के लिए बनाए गए किसी उत्खनन-चित्र का टुकड़ा था। बड़ा कलापूर्ण, बड़ा सुन्दर, भले ही आकृति साफ नहीं थी। लगता था, कोई प्रेमिका अपने प्रेमी पर झुकी हुई है।

"हाय, इसे तो हम जरूर ले चलेंगे!" रचना चहककर बोली, "यह तुम्हें कहाँ से मिला?"

"हारवन के पास से मिला है। बाढ़ में बहुत-कुछ कीच के नीचे दब गया है। लेकिन कुछेक पत्थर लुढ़ककर नीचे आ गए जान पड़ते हैं। उन्हीं में यह फलक भी था। गुप्तकाल का है। किसी दीवार का पत्थर रहा होगा।"

"किसी ने देखा तो नहीं तुम्हें उठाते हुए? तुम जानते हो, इसकी मनाही है।"

"सड़क के किनारे पड़ा था। जो मनाही थी तो उठाकर संग्रहालय में रखते, वहाँ क्यों पड़ा रहने दिया?"

"हाय, कितना सुन्दर है!" रचना उसे अभी भी बड़े अचरज और विस्मय से देखे जा रही थी, "लेकिन भारी बहुत है। सूटकेस में आएगा नहीं।...लेकिन कोई बात नहीं, इसे झोले में डालकर हाथ में ले लेंगे।" फिर उसकी नजर मेरी चीजों पर पड़ी, तो झेंपकर सफाई देती हुई-सी बोली, "इसे तो ले जाना ही होगा न! इसे नहीं छोड़ सकते न!"

मैं चुप रहा। कहता भी तो क्या!

वाङ्चू

तभी दूर से वाङ्चू आता दिखाई दिया।

नदी के किनारे, लालमंडी की सड़क पर धीरे-धीरे डोलता-सा चला आ रहा था। धूसर रंग का चोगा पहने था और दूर से लगता था कि बौद्ध-भिक्षुओं की ही भाँति उसका सिर भी घुटा हुआ है। पीछे शंकराचार्य की ऊँची पहाड़ी थी और ऊपर स्वच्छ नीला आकाश। सड़क के दोनों ओर ऊँचे-ऊँचे सफेदे के पेड़ों की कतारें। क्षण-भर के लिए मुझे लगा, जैसे वाङ्चू इतिहास के पन्नों पर से उतरकर आ गया है। प्राचीनकाल में इसी भाँति देश-विदेश से आनेवाले चीवरधारी भिक्षु पहाड़ों और घाटियों को लाँघकर भारत में आया करते होंगे। अतीत के ऐसे ही रोमांचकारी धुँधलके में मुझे वाङ्चू भी चलता हुआ नजर आया। जब से वह श्रीनगर में आया था, बौद्ध विहारों के खँडहरों और संग्रहालयों में घूम रहा था। इस समय भी वह लालमंडी के संग्रहालय में से निकलकर आ रहा था, जहाँ बौद्धकाल के अनेक अवशेष रखे हैं। उसकी मन:स्थिति को देखते हुए लगता, वह सचमुच ही वर्तमान से कटकर अतीत के ही किसी कालखंड में विचर रहा था।

"बोधिसत्वों से भेंट हो गई?" पास आने पर मैंने चुटकी ली।

वह मुस्करा दिया, हल्की टेढ़ी-सी मुस्कान, जिसे मेरी मौसेरी बहन डेढ़ दाँत की मुस्कान कहा करती थी, क्योंकि मुस्कराते वक्त वाङ्चू का ऊपर का होंठ केवल एक ओर से थोड़ा-सा ऊपर को उठता था।

"संग्रहालय के बाहर बहुत-सी मूर्तियाँ रखी हैं। मैं वही देखता रहा।" उसने धीमे से कहा, फिर वह सहसा भावुक होकर बोला, "एक मूर्ति के केवल पैर ही पैर बचे हैं..."

मैंने सोचा, आगे कुछ कहेगा, परन्तु वह इतना भावविह्वल हो उठा था कि उसका गला रुँध गया और उसके लिए बोलना असम्भव हो गया।

हम एक साथ घर की ओर लौटने लगे।

"महाप्राण के भी पैर ही पहले दिखाए जाते थे।" उसने काँपती-सी आवाज

में कहा और अपना हाथ मेरी कोहनी पर रख दिया। उसके हाथ का हल्का-सा कंपन धड़कते दिल की तरह महसूस हो रहा था।

"आरम्भ में महाप्राण की मूर्तियाँ नहीं बनाई जाती थीं न! तुम तो जानते हो, पहले स्तूप के नीचे केवल पैर ही दिखाए जाते थे। मूर्तियाँ तो बाद में बनाई जाने लगी थीं।"

जाहिर है, बोधिसत्व के पैर देखकर उसे महाप्राण के पैर याद हो आए थे और वह भावुक हो उठा था। कुछ पता नहीं चलता था, कौन-सी बात किस वक्त वाङ्‌चू को पुलकाने लगे, किस वक्त वह गद्‌गद होने लगे।

"तुमने बहुत देर कर दी। सभी लोग तुम्हारा इन्तजार कर रहे हैं। मैं चिनारों के नीचे भी तुम्हें खोज आया हूँ।" मैंने कहा।

"मैं संग्रहालय में था..."

"वह तो ठीक है, पर दो बजे तक हमें हब्बाकदल पहुँच जाना चाहिए, वरना जाने का कोई लाभ नहीं।"

उसने छोटे-छोटे झटकों के साथ तीन बार सिर हिलाया और कदम बढ़ा दिये।

वाङ्‌चू भारत में मतवाला बना घूम रहा था। वह महाप्राण के जन्मस्थान लुंबिनी की यात्रा नंगे पाँव कर चुका था—सारा रास्ता हाथ जोड़े हुए। जिस-जिस दिशा में महाप्राण के चरण उठे थे, वाङ्‌चू मंत्रमुग्ध-सा उसी-उसी दिशा में घूम आया था। सारनाथ में, जहाँ महाप्राण ने अपना पहला प्रवचन किया था और दो मृगशावक मंत्रमुग्ध-से झाड़ियों में से निकलकर उनकी ओर देखते रह गए थे। वाङ्‌चू एक पीपल के पेड़ के नीचे घंटों नतमस्तक बैठा रहा था, यहाँ तक कि उसके कथनानुसार उसके मस्तक में अस्फुट-से वाक्य गूँजने लगे थे और उसे लगा था, जैसे महाप्राण का पहला प्रवचन सुन रहा है। वह इस भक्तिपूर्ण कल्पना में इतना गहरा डूब गया था कि सारनाथ में ही रहने लगा था। गंगा की धारा को वह दसियों शताब्दियों के धुँधलके में पावन जलप्रवाह के रूप में देखता। जब से श्रीनगर में आया था, बर्फ के ढके पहाड़ों की चोटियों की ओर देखते हुए अक्सर मुझसे कहता—वह रास्ता ल्हासा को जाता है न, उसी रास्ते बौद्ध-ग्रन्थ तिब्बत में भेजे गए थे। वह उस पर्वतमाला को भी पुण्य-पावन मानता था क्योंकि उन पर बिछी पगडंडियों के रास्ते बौद्ध-भिक्षु तिब्बत की ओर गए थे।

वाङ्‌चू कुछ वर्षों पहले वृद्ध प्रोफेसर तान-शान के साथ भारत आया था। कुछ दिनों तक तो वह उन्हीं के साथ रहा और हिन्दी और अंग्रेजी भाषाओं का अध्ययन करता रहा, फिर प्रोफेसर शान चीन लौट गए और वह यहीं बना रहा और किसी बौद्ध सोसाइटी से अनुदान प्राप्त कर सारनाथ में आकर बैठ गया। भावुक, काव्यमयी प्रकृति का जीव, जो प्राचीनता के मनमोहक वातावरण में विचरते रहना

चाहता था...वह यहाँ तथ्यों की खोज करने नहीं आया था। वह तो बोधिसत्वों की मूर्तियों को देखकर गद्‌गद होने आया था। महीने-भर से संग्रहालयों के चक्कर काट रहा था, लेकिन उसने कभी नहीं बताया कि बौद्ध-धर्म की किस शिक्षा से उसे सबसे अधिक प्रेरणा मिलती है। न तो वह किसी तथ्य को पाकर उत्साह से खिल उठता, न उसे कोई संशय परेशान करता। वह भक्त अधिक और जिज्ञासु कम था।

मुझे याद नहीं कि उसने हमारे साथ कभी खुलकर बात की हो, या किसी विषय पर अपना मत पेश किया हो। उन दिनों मेरे और मेरे दोस्तों के बीच घंटों बहसें चला करतीं—कभी देश की राजनीति के बारे में, कभी धर्म मे बारे में, लेकिन वाङ्‌चू इनमें कभी भाग नहीं लेता था। वह सारा वक्त धीमे-धीमे मुस्कराता रहता और कमरे के एक कोने में दुबककर बैठा रहता। उन दिनों देश में वलवलों का सैलाब-सा उठ रहा था। स्वतंत्रता-आन्दोलन जोरों पर था और हमारे बीच उसी की चर्चा रहती—कांग्रेस कौन-सी नीति अपनाएगी, आंदोलन कौन-सा रुख पकड़ेगा। क्रियात्मक स्तर पर तो हम लोग कुछ करते-कराते नहीं थे, लेकिन भावनात्मक स्तर पर उसके साथ बहुत-कुछ जुड़े हुए थे। इस पर वाङ्‌चू की तटस्थता कभी हमें अखरने लगती, तो कभी अचम्भे में डाल देती। वह हमारे देश की ही गतिविधि के बारे में नहीं, अपने देश की गतिविधि में भी कोई विशेष दिलचस्पी नहीं लेता था। उसके अपने देश के बारे में भी पूछो, तो मुस्कराता सिर हिलाता रहता था।

कुछ दिनों से श्रीनगर की हवा भी बदली हुई थी। कुछ मास पहले यहाँ गोली चली थी। कश्मीर के लोग महाराजा के खिलाफ उठ खड़े हुए थे। और अब कुछ दिनों से शहर में एक नई उत्तेजना पाई जाती थी। नेहरू जी श्रीनगर आनेवाले थे और उनका स्वागत करने के लिए नगर को दुलहन की तरह सजाया जा रहा था। आज ही दोपहर को नेहरू जी श्रीनगर पहुँच रहे हैं। नदी के रास्ते नावों के जुलूस की शक्ल में उन्हें लाने की योजना थी और इसी कारण मैं वाङ्‌चू को खोजता हुआ उस ओर आ निकला था।

हम घर की ओर बढ़े जा रहे थे, जब सहसा वाङ्‌चू ठिठककर खड़ा हो गया।

"क्या मेरा जाना बहुत जरूरी है? जैसा तुम कहो..."

मुझे धक्का-सा लगा। ऐसे समय में, जब लाखों लोग नेहरू जी के स्वागत के लिए इकट्ठे हो रहे थे, वाङ्‌चू का यह कहना कि अगर वह साथ न जाए, तो कैसा रहे, मुझे सचमुच बुरा लगा। लेकिन फिर स्वयं ही कुछ सोचकर उसने अपने आग्रह को दोहराया नहीं और हम घर की ओर साथ-साथ जाने लगे।

कुछ देर बाद हब्बाकदल के पुल के निकट लाखों की भीड़ में हम लोग खड़े थे—मैं, वाङ्‌चू तथा मेरे दो-तीन मित्र। चारों ओर, जहाँ तक नजर जाती, लोग-ही-लोग थे—मकानों की छतों पर, पुल पर, नदी के ढालवाँ किनारों पर। मैं बार-बार कनखियों से वाङ्‌चू के चेहरे की ओर देख रहा था कि उसकी क्या प्रतिक्रिया हुई

है कि हमारे दिल में उठनेवाले वलवलों का उस पर क्या असर हुआ है। यों भी यह मेरी आदत-सी बन गई है, जब भी कोई विदेशी साथ में हो, मैं उसके चेहरे का भाव पढ़ने की कोशिश करता रहता हूँ कि हमारे रीति-रिवाज, हमारे जीवन-यापन के बारे में उसकी क्या प्रतिक्रिया होती है। वाङ्चू अधमुँदी आँखों से सामने का दृश्य देखे जा रहा था। जिस समय नेहरू जी की नाव सामने आई, तो जैसे मकानों की छतें भी हिल उठीं। राजहंस की शक्ल की सफेद नाव में नेहरू जी स्थानीय नेताओं के साथ खड़े हाथ हिला-हिलाकर लोगों का अभिवादन कर रहे थे। और हवा में फूल ही फूल बिखर गए। मैंने पलटकर वाङ्चू के चेहरे की ओर देखा। वह पहले ही की तरह निश्चेष्ट-सा सामने का दृश्य देखे जा रहा था।

"आपको नेहरू जी कैसे लगे?" मेरे एक साथी ने वाङ्चू से पूछा।

वाङ्चू ने अपनी टेढ़ी-सी आँखें उठाकर उसके चेहरे की ओर देखा, फिर अपनी डेढ़ दाँत की मुस्कान के साथ कहा, "अच्चा, बहुत अच्चा!"

वाङ्चू मामूली-सी हिन्दी और अंग्रेजी जानता था। अगर तेज बोलो, तो उसके पल्ले कुछ नहीं पड़ता था।

नेहरू जी की नाव दूर जा चुकी थी लेकिन नावों का जुलूस अभी भी चलता जा रहा था, जब वाङ्चू सहसा मुझसे बोला, "मैं थोड़ी देर के लिए संग्रहालय में जाना चाहूँगा। इधर से रास्ता जाता है, मैं स्वयं चला जाऊँगा।" और वह बिना कुछ कहे, एक बार अधमिची आँखों से मुस्कराया और हल्के से हाथ हिलाकर मुड़ गया।

हम सभी हैरान रह गए। इसे सचमुच जुलूस में रुचि नहीं रही होगी, जो इतनी जल्दी संग्रहालय की ओर अकेला चल दिया है।

"यार, किस बूदम को उठा लाए हो? यह क्या चीज है? कहाँ से पकड़ लाए हो इसे?" मेरे एक मित्र ने कहा।

"बाहर का रहनेवाला है, इसे हमारी बातों में कैसे रुचि हो सकती है!" मैंने सफाई देते हुए कहा।

"वाह, देश में इतना कुछ हो रहा हो और इसे रुचि ही न हो!"

वाङ्चू अब तक दूर जा चुका था और भीड़ में से निकलकर पेड़ों की कतार के नीचे आँखों से ओझल होता जा रहा था।

"मगर यह है कौन?" दूसरा एक मित्र बोला, "न यह बोलता है, न चहकता है। कुछ पता नहीं चलता—हँस रहा है या रो रहा है! सारा वक्त एक कोने में दुबककर बैठा रहता है।"

"नहीं, नहीं, बड़ा समझदार आदमी है। पिछले पाँच साल से यहाँ पर रह रहा है। बड़ा पढ़ा-लिखा आदमी है। बौद्ध-धर्म के बारे में बहुत कुछ जानता है।" मैंने फिर उसकी सफाई देते हुए कहा।

मेरी नजर में इस बात का बड़ा महत्त्व था कि वह बौद्ध-ग्रन्थ बाँचता है और उन्हें बाँचने के लिए इतनी दूर से आया है।

"अरे भाड़ में जाए ऐसी पढ़ाई! वाह जी, जुलूस को छोड़कर म्यूजियम की ओर चल दिया है!"

"सीधी-सी बात है यार!" मैंने जोड़ा, "इसे यहाँ भारत का वर्तमान खींचकर नहीं लाया, भारत का अतीत लाया है। ह्यूनत्सांग भी तो यहाँ बौद्ध-ग्रन्थ ही बाँचने आया था। यह भी शिक्षार्थी है। बौद्ध-मत में इसकी रुचि है।"

घर लौटते हुए हम लोग सारा रास्ता वाङ्चू की ही चर्चा करते रहे। अजय का मत था, अगर वह पाँच साल भारत में काट गया है, तो अब वह जिन्दगी-भर यहीं पर रहेगा।

"अब आ गया है, तो लौटकर नहीं जाएगा। भारत में एक बार परदेशी आ जाए, तो लौटने का नाम नहीं लेता।"

"भारत देश वह दलदल है कि जिसमें एक बार बाहर के आदमी का पाँव पड़ जाए, तो वह धँसता ही चला जाता है, निकलना चाहे भी तो नहीं निकल सकता!" दिलीप ने मजाक में कहा, "न जाने कौन-से कमल-फूल तोड़ने के लिए इस दलदल में घुसा है!"

"हमारा देश हम हिन्दुस्तानियों को पसन्द नहीं, बाहर के लोगों को तो बहुत पसन्द है।" मैंने कहा।

"पसन्द क्यों न होगा! यहाँ थोड़े में गुजर हो जाती है, सारा वक्त धूप खिली रहती है, फिर बाहर के आदमी को लोग परेशान नहीं करते, जहाँ बैठा है, वहीं बैठा रहने देते हैं। इस पर उन्हें तुम जैसे झुड्डू भी मिल जाते हैं जो उनका गुणगान करते रहते हैं और उनकी आवभगत करते रहते हैं। तुम्हारा वाङ्चू भी यहीं पर मरेगा... !"

हमारे यहाँ उन दिनों मेरी छोटी मौसेरी बहन ठहरी हुई थी, वही जो वाङ्चू की मुस्कान को डेढ़ दाँत की मुस्कान कहा करती थी। चुलबुली-सी लड़की बात-बात पर ठिठोली करती रहती थी। मैंने दो-एक बार वाङ्चू को कनखियों से उसकी ओर देखते पाया था, लेकिन कोई विशेष ध्यान नहीं दिया, क्योंकि वह सभी को कनखियों से ही देखता था। पर उस शाम नीलम मेरे पास आई और बोली, "आपके दोस्त ने मुझे उपहार दिया है—प्रेमोपहार!"

मेरे कान खड़े हो गए, "क्या दिया है?"

"झूमरों का जोड़ा।"

और उसने दोनों मुट्ठियाँ खोल दीं जिनमें चाँदी के कश्मीरी चलन के दो सफेद झूमर चमक रहे थे। और फिर वह दोनों झूमर अपने कानों के पास ले जाकर बोली, "कैसे लगते हैं?"

मैं हत्‌बुद्धि-सा नीलम की ओर देख रहा था।

''उसके अपने कान कैसे भूरे-भूरे हैं!'' नीलम ने हँसकर कहा।

''किसके?''

''मेरे इस प्रेमी के।''

''तुम्हें उसके भूरे कान पसन्द हैं?''

''बहुत ज्यादा! जब शरमाता है, तो ब्राउन हो जाते हैं—गहरे ब्राउन।'' और नीलम खिलखिलाकर हँस पड़ी।

लड़कियाँ कैसे उस आदमी के प्रेम का मजाक उड़ा सकती हैं, जो उन्हें पसन्द न हो! या कहीं नीलम मुझे बना तो नहीं रही है?

पर मैं इस सूचना से बहुत विचलित नहीं हुआ था। नीलम लाहौर में पढ़ती थी और वाङ्‌चू सारनाथ में रहता था और अब वह हफ्ते-भर में श्रीनगर से वापस जानेवाला था। इस प्रेम का अंकुर अपने-आप ही जल-भुन जाएगा।

''नीलम, ये झूमर तो तुमने उससे ले लिये हैं, पर इस प्रकार की दोस्ती अन्त में उसके लिए दुखदायी होगी। बने-बनाएगा कुछ नहीं।''

''वाह भैया, तुम भी कैसे दकियानूसी हो! मैंने भी चमड़े का एक राइटिंग पैड उसे उपहार में दिया है। मेरे पास पहले से पड़ा था, मैंने उसे दे दिया। जब लौटेगा तो प्रेम-पत्र लिखने में उसे आसानी होगी।''

''वह क्या कहता था?''

''कहता क्या था, सारा वक्त उसके हाथ काँपते रहे और चेहरा कभी लाल होता रहा, कभी पीला। कहता था, मुझे पत्र लिखना, मेरे पत्रों का जवाब देना। और क्या कहेगा बेचारा, भूरे कानोंवाला!''

मैंने ध्यान से नीलम की ओर देखा, पर उसकी आँखों में मुझे हँसी के अतिरिक्त कुछ दिखाई नहीं दिया। लड़कियाँ दिल की बात छिपाना खूब जानती हैं। मुझे लगा, नीलम उसे बढ़ावा दे रही है। उसके लिए यह खिलवाड़ था, लेकिन वाङ्‌चू जरूर इसका दूसरा ही अर्थ निकालेगा।

इसके बाद मुझे लगा कि वाङ्‌चू अपना सन्तुलन खो रहा है। उसी रात मैं अपने कमरे की खिड़की के पास खड़ा बाहर मैदान में चिनारों की पाँत की ओर देख रहा था, जब चाँदनी में, कुछ दूरी पर पेड़ों के नीचे मुझे वाङ्‌चू टहलता दिखाई दिया। वह अक्सर रात को देर तक पेड़ों के नीचे टहलता रहता था। पर आज वह अकेला नहीं था। नीलम भी उसके साथ ठुमक-ठुमककर चलती जा रही थी। मुझे नीलम पर गुस्सा आया। लड़कियाँ कितनी जालिम होती हैं! यह जानते हुए भी कि इस खिलवाड़ से वाङ्‌चू की बेचैनी बढ़ेगी, वह उसे बढ़ावा दिये जा रही थी।

दूसरे रोज खाने की मेज पर नीलम फिर उसके साथ ठिठोली करने लगी।

किचन में से एक चौड़ा-सा एलुमीनियम का डिब्बा उठा लाई। उसका चेहरा तपे ताँबे जैसा लाल हो रहा था।

"आपके लिए रोटियाँ और आलू बना लाई हूँ। आम के अचार की फाँक भी रखी है। आप जानते हैं, फाँक किसे कहते हैं? एक बार कहो तो 'फाँक'। कहो वाङ्चू जी, 'फाँक'!"

उसने नीलम की ओर खोई-खोई आँखों से देखा और बोला, "बाँक!"

हम सभी खिलखिलाकर हँस पड़े।

"बाँक नहीं, फाँक!"

"बाँक!" फिर हँसी का फव्वारा फूट पड़ा।

नीलम ने डिब्बा खोला। उसमें से आम के अचार का टुकड़ा निकालकर उसे दिखाते हुए बोली, "यह है फाँक, फाँक इसे कहते हैं!" और उसे वाङ्चू की नाक के पास ले जाकर बोली, "इसे सूँघने पर मुँह में पानी भर आता है। आया मुँह में पानी? अब कहो, 'फाँक'!"

"नीलम, क्या फिजूल बातें कर रही हो! बैठो आराम से!" मैंने डाँटते हुए कहा।

नीलम बैठ गई, पर उसकी हरकतें बन्द नहीं हुईं। बड़े आग्रह से वाङ्चू से कहने लगी, "बनारस जाकर हमें भूल नहीं जाइएगा। हमें खत जरूर लिखिएगा, और अगर किसी चीज की जरूरत हो तो संकोच नहीं कीजिएगा।"

वाङ्चू शब्दों के अर्थ तो समझ लेता था लेकिन उनके पीछे व्यंग्य की ध्वनि वह नहीं पकड़ पाता था। वह अधिकाधिक विचलित महसूस कर रहा था।

"भेड़ की खाल की जरूरत हो, या कोई नमदा, या अखरोट..."

"नीलम!"

"क्यों भैया, भेड़ की खाल पर बैठकर ग्रन्थ बाँचेंगे!"

वाङ्चू के कान लाल होने लगे। शायद पहली बार उसे भास होने लगा था कि नीलम ठिठोली कर रही है। उसके कान सचमुच भूरे रंग के हो रहे थे, जिनका नीलम मजाक उड़ाया करती थी।

"नीलम जी, आप लोगों ने मेरा बड़ा अतिथि-सत्कार किया है। मैं बड़ा कृतज्ञ हूँ।"

हम सब चुप हो गए। नीलम भी झेंप-सी गई। वाङ्चू ने जरूर ही उसकी ठिठोली से समझ लिया होगा। उसके मन को जरूर ठेस लगी होगी। पर मेरे मन में यह विचार भी उठा कि एक तरह से यह अच्छा ही है कि नीलम के प्रति उसकी भावना बदले, वरना उसे ही सबसे अधिक परेशानी होगी।

शायद वाङ्चू अपनी स्थिति को जानते-समझते हुए भी एक स्वाभाविक आकर्षण की चपेट में आ गया था। भावुक व्यक्ति का अपने पर कोई काबू नहीं होता। वह पछाड़ खाकर गिरता है, तभी अपनी भूल को समझ पाता है।

सप्ताह के अन्तिम दिनों में वह रोज कोई-न-कोई उपहार लेकर आने लगा। एक बार मेरे लिए भी एक चोगा ले आया और बच्चों की तरह जिद करने लगा कि मैं और वह अपना-अपना चोगा पहनकर एक साथ घूमने जाएँ। संग्रहालय में वह अब भी जाता था, दो-एक बार नीलम को भी अपने साथ ले गया था और लौटने पर सारी शाम नीलम बोधिसत्वों की खिल्ली उड़ाती रही थी। मैं मन-ही-मन नीलम के इस व्यवहार का स्वागत ही करता रहा, क्योंकि मैं नहीं चाहता था कि वाङ्चू की कोई भावना हमारे घर में जड़ जमा पाए। सप्ताह बीत गया और वाङ्चू सारनाथ वापस लौट गया।

वाङ्चू के चले जाने के बाद उसके साथ मेरा सम्पर्क वैसा ही रहा, जैसा आम तौर पर एक परिचित व्यक्ति के साथ रहता है। गाहे-बगाहे कभी खत आ जाता, कभी किसी आते-जाते व्यक्ति से उसकी सूचना मिल जाती। वह उन लोगों में से था, जो बरसों तक औपचारिक परिचय की परिधि पर ही डोलते रहते हैं—न परिधि लाँघकर अन्दर आते हैं और न ही पीछे हटकर आँखों से ओझल होते हैं। मुझे इतनी ही जानकारी रही कि उसकी समतल और बँधी-बँधाई दिनचर्या में कोई अन्तर नहीं आया। कुछ देर तक मुझे कुतूहल-सा बना रहा कि नीलम और वाङ्चू के बीच की बात आगे बढ़ी या नहीं, लेकिन लगा कि वह प्रेम भी वाङ्चू के जीवन पर हावी नहीं हो पाया।

बरस और साल बीतते गए। हमारे देश में उन दिनों बहुत कुछ घट रहा था। आए दिन सत्याग्रह होते, बंगाल में दुर्भिक्ष फूटा, 'भारत छोड़ो' का आन्दोलन हुआ, सड़कों पर गोलियाँ चलीं, बम्बई में नाविकों का विद्रोह हुआ, देश में खूँरेजी हुई, फिर देश का बँटवारा हुआ, और सारा वक्त वाङ्चू सारनाथ में ही बना रहा। वह अपने में सन्तुष्ट जान पड़ता था। कभी लिखता कि तंत्रज्ञान का अध्ययन कर रहा है, कभी पता चलता कि कोई पुस्तक लिखने की योजना बना रहा है।

इसके बाद मेरी मुलाकात वाङ्चू से दिल्ली में हुई। यह उन दिनों की बात है, जब चीन के प्रधानमंत्री चाउ-एन-लाई भारत-यात्रा पर आनेवाले थे। वाङ्चू अचानक सड़क पर मुझे मिल गया और मैं उसे अपने घर ले आया। मुझे अच्छा लगा कि चीन के प्रधानमंत्री के आगमन पर वह सारनाथ से दिल्ली चला आया है। पर जब उसने मुझे बताया कि वह अपने अनुदान के सिलसिले में आया है और यहीं पहुँचने पर उसे चाउ-एन-लाई के आगमन की सूचना मिली है, तो मुझे उसकी मनोवृत्ति पर अचम्भा हुआ। उसका स्वभाव वैसा-का-वैसा ही था। पहले की ही तरह हौले-हौले अपनी डेढ़ दाँत की मुस्कान मुस्कराता रहा। वैसा ही निश्चेष्ट, असम्पृक्त। इसी बीच उसने कोई पुस्तक अथवा लेखादि भी नहीं लिखे थे। मेरे पूछने पर इस काम में उसने कोई विशेष रुचि भी नहीं दिखाई। तंत्रज्ञान की चर्चा करते समय भी वह बहुत चहका नहीं। दो-एक ग्रन्थों के बारे में बताता रहा, जिसमें से वह कुछ टिप्पणियाँ लेता रहा

था। अपने किसी लेख की भी चर्चा उसने की, जिस पर वह अभी काम कर रहा था। नीलम के साथ उसकी चिट्ठी-पत्री चलती रही, उसने बताया, हालाँकि नीलम कब की ब्याही जा चुकी थी और दो बच्चों की माँ बन चुकी थी। सम्य की गति के साथ हमारी मूल धारणाएँ भले ही न बदलें, पर उनके आग्रह में परिवर्तन होता रहता है। अपने अध्ययन आदि की भी उसने चर्चा की, वहाँ भी आग्रह और उत्सुकता में स्थिरता-सी आ गई थी। पहले जैसी भावविह्वलता नहीं थी। बोधिसत्वों के पैरों पर अपने प्राण निछावर नहीं करता फिरता था। लेकिन अपने जीवन से सन्तुष्ट था। पहले की ही भाँति थोड़ा खाता, थोड़ा पढ़ता, थोड़ा भ्रमण करता और थोड़ा सोता था। और दूर लड़कपन में झुटपुटे में किसी भावावेश में चुने गए अपने जीवन-पथ पर कछुए की चाल मजे से चलता आ रहा था।

खाना खाने के बाद हमारे बीच बहस छिड़ गई, ''सामाजिक शक्तियों को समझे बिना तुम बौद्ध-धर्म को भी कैसे समझ पाओगे? ज्ञान का प्रत्येक क्षेत्र एक-दूसरे से जुड़ा है, जीवन से जुड़ा है। कोई चीज जीवन से अलग नहीं है। तुम जीवन से अलग होकर धर्म को भी कैसे समझ सकते हो?''

कभी वह मुस्कराता, कभी सिर हिलाता और सारा वक्त दार्शनिकों की तरह मेरे चेहरे की ओर देखता रहा। मुझे लग रहा था कि मेरे कहे का उस पर कोई असर नहीं हो रहा, कि चिकने घड़े पर मैं पानी उँडेले जा रहा हूँ।

''हमारे देश में न सही, तुम अपने देश के जीवन में तो रुचि लो! इतना तो जानो-समझो कि वहाँ पर क्या हो रहा है!''

इस पर भी वह सिर हिलाता और मुस्कराता रहा। मैं जानता था कि एक भाई को छोड़कर चीन में उसका कोई नहीं है। 1929 में वहाँ पर कोई राजनीतिक उथल-पुथल हुई थी, उसमें उसका गाँव जला डाला गया था और सब सगे-सम्बन्धी मर गए थे या भाग गए थे। ले-देकर एक भाई बचा था और वह पेकिंग के निकट किसी गाँव में रहता था। बरसों से वाङ्चू का सम्पर्क उसके साथ टूट चूका था। वाङ्चू पहले अपने गाँव के स्कूल में पढ़ता रहा था, बाद में पेकिंग के एक विद्यालय में पढ़ने लगा था। वहीं से वह प्रोफेसर शान के साथ भारत चला आया था।

''सुनो वाङ्चू, भारत और चीन के बीच बन्द दरवाजे अब खुल रहे हैं। अब दोनों देशों के बीच सम्पर्क स्थापित हो रहे हैं और इसका बड़ा महत्त्व है। अध्ययन का यही काम जो तुम अभी तक अलग-थलग करते रहे हो, वही अब तुम अपने देश के मान्य प्रतिनिधि के रूप में कर सकते हो। तुम्हारी सरकार तुम्हारे अनुदान का प्रबन्ध करेगी। अब तुम्हें अलग-थलग पड़े नहीं रहना पड़ेगा। तुम पन्द्रह साल से अधिक समय से भारत में रह रहे हो, अंग्रेजी और हिन्दी भाषाएँ जानते हो, बौद्ध-ग्रन्थों का अध्ययन करते रहे हो, तुम दोनों देशों के सांस्कृतिक सम्पर्क में एक बहुमूल्य कड़ी बन सकते हो...''

उसकी आँखों में हल्की-सी चमक आई! सचमुच उसे कुछ सुविधाएँ मिल सकती थीं। क्यों न उनसे लाभ उठाया जाए! दोनों देशों के बीच पाई जानेवाली सद्‌भावना से वह भी प्रभावित हुआ था। उसने बताया कि कुछ ही दिनों पहले अनुदान की रकम लेने जब वह बनारस गया, तो सड़कों पर राह चलते लोग उससे गले मिल रहे थे। मैंने उसे मशविरा दिया कि कुछ समय के लिए जरूर अपने देश लौट जाए और वहाँ होने वाले विराट परिवर्तनों को देखे और समझे, कि सारनाथ में अलग-थलग बैठे रहने से उसे कुछ लाभ नहीं होगा, आदि-आदि।

वह सुनता रहा, सिर हिलाता और मुस्कराता रहा, लेकिन मुझे कुछ मालूम नहीं हो पाया कि उस पर कोई असर हुआ है या नहीं।

लगभग छह महीने बाद उसका पत्र आया कि वह चीन जा रहा है। मुझे बड़ा सन्तोष हुआ। अपने देश में जाएगा तो धोबी के कुत्तेवाली उसकी स्थिति खत्म होगी, कहीं का होकर तो रहेगा। उसके जीवन में नई स्फूर्ति आएगी। उसने लिखा कि वह अपना एक ट्रंक सारनाथ में छोड़े जा रहा है जिसमें उसकी कुछ किताबें और शोध के कागज आदि रखे हैं, कि बरसों तक भारत में रह चुकने के बाद वह अपने को भारत का ही निवासी मानता है, कि वह शीघ्र ही लौट आएगा और फिर अपना अध्ययन-कार्य करने लगेगा। मैं मन-ही-मन हँस दिया, एक बार अपने देश में गया तो लौटकर यहाँ नहीं आने का।

चीन में वह लगभग दो वर्षों तक रहा। वहाँ से उसने मुझे पेकिंग के प्राचीन राजमहल का चित्रकार्ड भेजा, दो-एक पत्र भी लिखे, पर उनसे उसकी मन:स्थिति के बारे में कोई विशेष जानकारी नहीं मिली।

उन दिनों चीन में भी बड़े वलवले उठ रहे थे, बड़ा जोश था और उस जोश की लपेट में लगभग सभी लोग थे। जीवन नई करवट ले रहा था। लोग काम करने जाते, तो टोलियाँ बनाकर—गाते हुए, लाल ध्वज हाथ में उठाए हुए। वाङ्‌चू सड़क के किनारे खड़ा उन्हें देखता रह जाता। अपने संकोची स्वभाव के कारण वह टोलियों के साथ गाते हुए जा तो नहीं सकता था, लेकिन उन्हें जाते देखकर हैरान-सा खड़ा रहता, मानो किसी दूसरी दुनिया में पहुँच गया हो!

उसे अपना भाई तो नहीं मिला, लेकिन एक पुराना अध्यापक, दूर-पार की उसकी मौसी और दो-एक परिचित मिल गए थे। वह अपने गाँव गया। गाँव में बहुत-कुछ बदल गया था। स्टेशन से घर की ओर जाते हुए उसका एक सहयात्री उसे बताने लगा—वहाँ, उस पेड़ के नीचे, जमींदार के सभी कागज, सभी दस्तावेज जला डाले गए थे और जमींदार हाथ बाँधे खड़ा रहा था।

वाङ्‌चू ने बचपन में जमींदार का बड़ा घर देखा था, उसकी रंगीन खिड़कियाँ उसे अभी भी याद थीं। दो-एक बार जमींदार की बग्घी को भी कस्बे की सड़कों

पर जाते देखा था। अब वह घर ग्राम प्रशासन-केन्द्र बना हुआ था और भी बहुत कुछ बदला था। पर यहाँ पर भी उसके लिए वैसी ही स्थिति थी, जैसी भारत में रही थी। उसके मन में उछाह नहीं उठता था। दूसरों का उत्साह उसके दिल पर से फिसल-फिसल जाता था। वह यहाँ भी दर्शक ही बना घूमता था। शुरू-शुरू के दिनों में उसकी आवभगत भी हुई। उसके पुराने अध्यापक की पहलकदमी पर उसे स्कूल में आमंत्रित किया गया। भारत-चीन सांस्कृतिक सम्बन्धों की महत्त्वपूर्ण कड़ी के रूप में उसे सम्मानित भी किया गया। वहाँ वाङ्चू देर तक लोगों को भारत के बारे में बताता रहा। लोगों ने तरह-तरह के सवाल पूछे, रीति-रिवाज के बारे में, तीर्थों, मेलों-पर्वों के बारे में, वाङ्चू केवल उन्हीं प्रश्नों का सन्तोषप्रद उत्तर दे पाता जिनके बारे में वह अपने अनुभव के आधार पर कुछ जानता था। लेकिन बहुत कुछ ऐसा था जिसके बारे में भारत में रहते हुए भी वह कुछ नहीं जानता था।

कुछ दिनों बाद चीन में 'बड़ी छलाँग' की मुहिम जोर पकड़ने लगी। उसके गाँव में भी लोग लोहा इकट्ठा कर रहे थे। एक दिन सुबह उसे भी रद्दी लोहा बटोरने के लिए एक टोली के साथ भेज दिया गया था। दिन-भर वह लोगों के साथ रहा था। एक नया उत्साह चारों ओर व्याप रहा था। एक-एक लोहे का टुकड़ा लोग बड़े गर्व से दिखा-दिखाकर ला रहे थे और साझे ढेर पर डाल रहे थे रात के वक्त आग के लपलपाते शोलों के बीच उस ढेर को पिघलाया जाने लगा। आग के इर्द-गिर्द बैठे लोग क्रांतिकारी गीत गा रहे थे। सभी लोग एक स्वर में सहगान में भाग ले रहे थे। अकेला वाङ्चू मुँह बाए बैठा था।

चीन में रहते, धीरे-धीरे वातावरण में तनाव-सा आने लगा और एक झुटपुटा-सा घिरने लगा। एक रोज एक आदमी नीले रंग का कोट और नीले ही रंग की पतलून पहने उसके पास आया और उसे अपने साथ ग्राम प्रशासन-केन्द्र में लिवा ले गया। रास्ते-भर वह आदमी चुप बना रहा। केन्द्र में पहुँचने पर उसने पाया कि एक बड़े-से कमरे में पाँच व्यक्तियों का एक दल मेज के पीछे बैठा उसकी राह देख रहा है।

जब वाङ्चू उनके सामने बैठ गया, तो वे बारी-बारी से उसके भारत-निवास के बारे में सवाल पूछने लगे, 'तुम भारत में कितने वर्षों तक रहे ?'...'वहाँ पर क्या करते थे ?'...'कहाँ-कहाँ घूमे ?' आदि-आदि। फिर बौद्ध-धर्म के प्रति वाङ्चू की जिज्ञासा के बारे में जानकर उनमें से एक व्यक्ति बोला, "तुम क्या सोचते हो, बौद्ध-धर्म का भौतिक आधार क्या है ?"

सवाल वाङ्चू की समझ में नहीं आया। उसने आँखें मिचमिचाईं।

"द्वंद्वात्मक भौतिकवादी की दृष्टि से तुम बौद्ध-धर्म को कैसे आँकते हो ?"

सवाल फिर भी वाङ्चू की समझ में नहीं आया, लेकिन उसने बुदबुदाते हुए उत्तर दिया, "मनुष्य के आध्यात्मिक विकास में उसके सुख और शान्ति के लिए बौद्ध-धर्म का पथ-प्रदर्शन बहुत ही महत्त्वपूर्ण है। महाप्राण के उपदेश..."

और वाङ्चू बौद्ध-धर्म के आठ उपदेशों की व्याख्या करने लगा। वह अपना कथन अभी समाप्त नहीं कर पाया था जब प्रधान की कुर्सी पर बैठे पैनी तिरछी आँखों वाले एक व्यक्ति ने बात काटकर कहा, "भारत की विदेशी-नीति के बारे में तुम क्या सोचते हो?"

वाङ्चू मुस्कराया, अपनी डेढ़ दाँत की मुस्कान, फिर बोला, "आप भद्रजन इस सम्बन्ध में ज्यादा जानते हैं। मैं तो साधारण बौद्ध-जिज्ञासु हूँ। पर भारत बड़ा प्राचीन देश है। उसकी संस्कृति शान्ति और मानवीय सद्भावना की संस्कृति है...

"नेहरू के बारे में तुम क्या सोचते हो?"

"नेहरू को मैंने तीन बार देखा है। एक बार तो उनसे बातें भी की हैं। उन पर कुछ-कुछ पश्चिमी विज्ञान का प्रभाव अधिक है, परन्तु प्राचीन संस्कृति के वह भी बड़े प्रशंसक हैं।"

उसके उत्तर सुनते हुए कुछ सदस्य तो सिर हिलाने लगे, कुछ का चेहरा तमतमाने लगा। फिर तरह-तरह के पैने सवाल पूछे जाने लगे। उन्होंने पाया कि जहाँ तक तथ्यों और भारत के वर्तमान जीवन का सवाल है, वाङ्चू की जानकारी अधूरी और हास्यास्पद है।

"राजनीतिक दृष्टि से तो तुम शून्य हो। बौद्ध-धर्म की अवधारणाओं को भी समाजशास्त्र की दृष्टि से तुम आँक नहीं सकते! न जाने वहाँ बैठे क्या करते रहे हो! पर हम तुम्हारी मदद करेंगे।"

पूछताछ घंटों तक चलती रही। पार्टी-अधिकारियों ने उसे हिन्दी पढ़ाने का काम दे दिया, साथ ही पेकिंग के संग्रहालय में सप्ताह में दो दिन काम करने की भी इजाजत दे दी।

जब वाङ्चू पार्टी-दफ्तर से लौटा तो थका हुआ था। उसका सिर भन्ना रहा था। अपने देश में उसका दिल जम नहीं पाया था। आज वह और भी ज्यादा उखड़ा-उखड़ा महसूस कर रहा था। छप्पर के नीचे लेटा तो उसे सहसा ही भारत की याद सताने लगी। उसे सारनाथ की अपनी कोठरी याद आई जिसमें दिन-भर बैठा पोथी बाँचा करता था। नीम का घना पेड़ याद आया जिसके नीचे कभी-कभी सुस्ताया करता था। स्मृतियों की शृंखला लम्बी होती गई। सारनाथ की कैंटीन का रसोइया याद आया जो सदा प्यार से मिलता था, सदा हाथ जोड़कर 'कहो भगवन' कहकर अभिवादन करता था।

एक बार वाङ्चू बीमार पड़ गया था तो दूसरे रोज कैंटीन का रसोइया अपने-आप उसकी कोठरी में चला आया था, 'मैं भी कहूँ, चीनी बाबू चाय पीने नहीं आए, दो दिन हो गए! पहले आते थे, तो दर्शन हो जाते थे। हमें खबर की होती भगवन, तो हम डॉक्टर बाबू को बुला लाते...मैं भी कहूँ, बात क्या है।' फिर उसकी आँखों के सामने गंगा का तट आया जिस पर वह घंटों घूमा करता था। फिर सहसा दृश्य

बदल गया और कश्मीर की झील आँखों के सामने आ गई और पीछे हिमाच्छादित पर्वत, फिर नीलम सामने आई, उसकी खुली-खुली आँखें, मोतियों-सी झिलमिलाती दंतपंक्ति...उसका दिल बेचैन हो उठा।

ज्यों-ज्यों दिन बीतने लगे, भारत की याद उसे ज्यादा परेशान करने लगी। वह जल में से बाहर फेंकी हुई मछली की तरह तड़पने लगा। सारनाथ के विहार में सवाल-जवाब नहीं होते थे। जहाँ पड़े रहो, पड़े रहो। रहने के लिए कोठरी और भोजन का प्रबन्ध विहार की ओर से था। यहाँ पर नई दृष्टि से धर्मग्रन्थों को पढ़ने और समझने के लिए उसमें धैर्य नहीं था, जिज्ञासा भी नहीं थी। बरसों तक एक ही ढर्रे पर चलते रहने के कारण वह परिवर्तन से कतराता था। इस बैठक के बाद वह फिर से सकुचाने-सिमटने लगा था। कहीं-कहीं पर उसे भारत सरकार-विरोधी वाक्य भी सुनने को मिलते। सहसा वाङ्चू बेहद अकेला महसूस करने लगा और उसे लगा कि जिन्दा रह पाने के लिए उसे अपने लड़कपन के उस 'दिवा-स्वप्न' में फिर से लौट जाना होगा, जब वह बौद्ध-भिक्षु बनकर भारत में विचरने की कल्पना किया करता था।

उसने सहसा भारत लौटने की ठान ली। लौटना आसान नहीं था। भारतीय दूतावास से तो वीजा मिलने में कठिनाई नहीं हुई, लेकिन चीन की सरकार ने बहुत-से एतराज उठाए। वाङ्चू की नागरिकता का सवाल था, और अनेक सवाल थे। पर भारत और चीन के सम्बन्ध अभी तक बहुत बिगड़े नहीं थे, इसलिए अन्त में वाङ्चू को भारत लौटने की इजाजत मिल गई। उसने मन-ही-मन निश्चय कर लिया कि वह भारत में ही अब जिन्दगी के दिन काटेगा। बौद्ध-भिक्षु ही बने रहना उसकी नियति थी।

जिस रोज वह कलकत्ता पहुँचा, उसी रोज सीमा पर चीनी और भारतीय सैनिकों के बीच मुठभेड़ हुई थी और दस भारतीय सैनिक मारे गए थे। उसने पाया कि लोग घूर-घूरकर उसकी ओर देख रहे हैं। वह स्टेशन के बाहर अभी निकला ही था, जब दो सिपाही आकर उसे पुलिस के दफ्तर में ले गए और वहाँ घंटे-भर एक अधिकारी उसके पासपोर्ट और कागजों की छानबीन करता रहा।

"दो बरस पहले आप चीन गए थे। वहाँ जाने का क्या प्रयोजन था?"

"मैं बहुत बरस तक यहाँ रहता रहा था, कुछ समय के लिए अपने देश जाना चाहता था।"

पुलिस-अधिकारी ने उसे सिर से पैर तक देखा। वाङ्चू आश्वस्त था और मुस्करा रहा था—वही टेढ़ी-सी मुस्कान।

"आप वहाँ पर क्या करते रहे?"

"वहाँ एक कम्यून में मैं खेती-बारी की टोली में काम करता था।"

"मगर आप तो कहते हैं कि आप बौद्ध-ग्रन्थ पढ़ते हैं?"

"हाँ, पेकिंग में मैं एक संस्था में हिन्दी पढ़ाने लगा था और पेकिंग म्यूजियम में मुझे काम करने की इजाजत मिल गई थी।"

"अगर इजाजत मिल गई थी तो आप अपने देश से भाग क्यों आए?" पुलिस-अधिकारी ने गुस्से में कहा।

वाङ्चू क्या जवाब दे? क्या कहे?

"मैं कुछ समय के लिए ही वहाँ गया था, अब लौट आया हूँ..."

पुलिस-अधिकारी ने फिर से सिर से पाँव तक उसे घूरकर देखा, उसकी आँखों में संशय उतर आया था। वाङ्चू अटपटा-सा महसूस करने लगा। भारत में पुलिस-अधिकारियों के सामने खड़े होने का उसका पहला अनुभव था। उससे जामिनी के लिए पूछा गया, तो उसने प्रोफेसर तान-शान का नाम लिया, फिर गुरुदेव का, पर दोनों मर चुके थे। उसने सारनाथ की संस्था के मंत्री का नाम लिया, शान्तिनिकेतन के पुराने दो-एक सहयोगियों के नाम लिये, जो उसे याद थे। सुपरिंटेंडेंट ने सभी नाम और पते नोट कर लिये। उसके कपड़ों की तीन बार तलाशी ली गई। उसकी डायरी को रख लिया गया जिसमें उसने अनेक उद्धरण और टिप्पणियाँ लिख रहे थे और सुपरिंटेंडेंट ने उसके नाम के आगे टिप्पणी लिख दी कि इस आदमी पर नजर रखने की जरूरत है।

रेल के डिब्बे में बैठा, तो मुसाफिर गोली-कांड की चर्चा कर रहे थे। उसे बैठते देख सब चुप हो गए और उसकी ओर घूरने लगे।

कुछ देर बाद जब मुसाफिरों ने देखा कि वह थोड़ी-बहुत बंगाली और हिन्दी बोल लेता है, तो एक बंगाली बाबू उचककर उठ खड़े हुए और हाथ झटक-झटककर कहने लगे, "या तो कहो कि तुम्हारे देशवालों ने विश्वासघात किया है, नहीं तो हमारे देश से निकल जाओ...निकल जाओ...निकल जाओ!"

डेढ़ दाँत की मुस्कान जाने कहाँ ओझल हो चुकी थी। उसकी जगह चेहरे पर त्रास उतर आया था। भयाकुल और मौन वाङ्चू चुपचाप बैठा रहा। कहे भी तो क्या कहे? गोली-कांड के बारे में जानकर उसे भी गहरा धक्का लगा था। उस झगड़े के कारण के बारे में उसे कुछ भी स्पष्टतया मालूम नहीं था, और वह जानना चाहता भी नहीं था।

हाँ, सारनाथ में पहुँचकर वह सचमुच भावविह्वल हो उठा। अपना थैला रिक्शा में रखे जब वह आश्रम के निकट पहुँचा, तो कैंटीन का रसोइया सचमुच लपककर बाहर निकल आया, "आ गए भगवन! आ गए मेरे चीनी बाबू! बहुत दिनों बाद दर्शन दिये! हम भी कहें, इतने अरसा हो गया, चीनी बाबू नहीं लौटे! और कहिए, सब कुशल-मंगल है? आप यहाँ नहीं थे, हम कहें, जाने कब लौटेंगे! यहाँ पर थे तो दिन में दो बातें हो जाती थीं, भले आदमी के दर्शन हो जाते थे। इससे बड़ा पुण्य होता है।" और उसने हाथ बढ़ाकर थैला उठा लिया, "हम दें पैसे, चीनी बाबू?"

वाङ्चू को लगा, जैसे वह अपने घर पहुँच गया है।

"आपका ट्रंक, चीनी बाबू, हमारे पास रखा है। मंत्रीजी से हमने ले लिया। आपकी कोठरी में एक दूसरे सज्जन रहने आए, तो हमने कहा, कोई नहीं, यह ट्रंक हमारे पास रख जाइए, और चीनी बाबू, आप अपना लोटा बाहर ही भूल गए थे? हमने मंत्रीजी से कहा, यह लोटा चीनी बाबू का है, हम जानते हैं, हमारे पास छोड़ जाइए।"

वाङ्चू का दिल भर-भर आया। उसे लगा, जैसे उसकी डाँवाडोल जिन्दगी में सन्तुलन आ गया है। डगमगाती जीवन-नौका फिर से स्थिर गति से चलने लगी है।

मंत्रीजी भी स्नेह से मिले। पुरानी जान-पहचान के आदमी थे। उन्होंने एक कोठरी भी खोलकर दे दी, परन्तु अनुदान के बारे में कहा कि उसके लिए फिर से कोशिश करनी होगी। वाङ्चू ने फिर से कोठरी के बीचोबीच चटाई बिछा ली, खिड़की के बाहर वही दृश्य फिर से उभर आया। खोया हुआ जीव अपने स्थान पर लौट आया।

तभी मुझे उसका पत्र मिला कि वह भारत लौट आया है और फिर से जमकर बौद्ध-ग्रन्थों का अध्ययन करने लगा है। उसने यह भी लिखा कि उसे मासिक अनुदान के बारे में थोड़ी चिन्ता है और इस सिलसिले में मैं बनारस में यदि अमुक सज्जन को पत्र लिख दूँ, तो अनुदान मिलने में सहायता होगी।

पत्र पाकर मुझे खटका हुआ। कौन-सी मृगतृष्णा इसे फिर से वापस खींच लाई है? यह लौट क्यों आया है? अगर कुछ दिन और वहाँ बना रहता तो अपने लोगों के बीच इसका मन लगने लगता। पर किसी की सनक का कोई इलाज नहीं। अब जो लौट आया है, तो क्या चारा है! मैंने 'अमुक' जी को पत्र लिख दिया और वाङ्चू के अनुदान का छोटा-मोटा प्रबन्ध हो गया।

पर लौटने के दसेक दिन बाद वाङ्चू एक दिन प्रातः चटाई पर बैठा एक ग्रन्थ पढ़ रहा था और बार-बार पुलक रहा था, जब उसकी किताब पर किसी का साया पड़ा। उसने नजर उठाकर देखा, तो पुलिस का थानेदार खड़ा था, हाथ में एक पर्चा उठाए हुए था। वाङ्चू का दिल बैठ गया। अब यह कौन-सी नई परेशानी उठने वाली है? वाङ्चू को बनारस के बड़े पुलिस स्टेशन में बुलाया गया था। वाङ्चू का मन आशंका से भर उठा था।

तीन दिनों बाद वाङ्चू बनारस के पुलिस स्टेशन के बरामदे में बैठा था। उसी के साथ बेंच पर बड़ी उम्र का एक और चीनी व्यक्ति बैठा था, जो जूते बनाने का काम करता था। आखिर बुलावा आया और वाङ्चू चिक उठाकर बड़े अधिकारी की मेज के सामने जा खड़ा हुआ।

"तुम चीन से कब लौटे?"

वाङ्चू ने बता दिया।

"कलकत्ता में तुमने अपने बयान में कहा कि तुम शान्तिनिकेतन जा रहे हो, फिर तुम यहाँ क्यों चले आए? पुलिस को पता लगाने में बड़ी परेशानी उठानी पड़ी है।"

"मैंने दोनों स्थानों के बारे में कहा था। शान्तिनिकेतन तो मैं केवल दो दिन के लिए जाना चाहता था।"

"तुम चीन से क्यों लौट आए?"

"मैं भारत में रहना चाहता हूँ...।" उसने पहले का जवाब दोहरा दिया।

"जो लौट आना था, तो गए क्यों थे?"

यह सवाल वह बहुत बार पहले भी सुन चुका था। जवाब में बौद्ध-ग्रन्थों का हवाला देने के अतिरिक्त उसे कोई और उत्तर नहीं सूझ पाता था।

बहुत लम्बा इंटरव्यू नहीं हुआ। वाङ्चू को हिदायत की गई कि हर महीने के पहले सोमवार को बनारस के बड़े पुलिस स्टेशन में उसे आना होगा और अपनी हाजिरी लिखानी होगी।

वाङ्चू बाहर आ गया, पर खिन्न-सा महसूस करने लगा। महीने में एक बार आना कोई बड़ी बात नहीं थी, लेकिन वह उसके समतल जीवन में बाधा थी, व्यवधान था।

वाङ्चू मन-ही-मन इतना खिन्न महसूस कर रहा था कि बनारस से लौटने के बाद कोठरी में जाने की बजाय वह सबसे पहले उस नीरव पुण्य स्थान पर जाकर बैठ गया, जहाँ शताब्दियों पहले महाप्राण ने अपना पहला प्रवचन किया था, और देर तक बैठा मनन करता रहा। बहुत देर बाद उसका मन फिर से ठिकाने पर आने लगा और दिल में फिर से भावना की तरंगें उठने लगीं।

पर वाङ्चू को चैन नसीब नहीं हुआ। कुछ ही दिन बाद सहसा चीन और भारत के बीच जंग छिड़ गई। देश-भर में जैसे तूफ़ान उठ खड़ा हुआ। उसी रोज शाम को पुलिस के कुछ अधिकारी एक जीप में आए और वाङ्चू को हिरासत में लेकर बनारस चले गए। सरकार यह न करती, तो और क्या करती? शासन करनेवालों को इतनी फुरसत कहाँ कि संकट के समय संवेदना और सद्भावना के साथ दुश्मन के एक-एक नागरिक की स्थिति की जाँच करते फिरें?

दो दिनों तक दोनों चीनियों को पुलिस स्टेशन की एक कोठरी में रखा गया। दोनों के बीच किसी बात में भी समानता नहीं थी। जूते बनानेवाला चीनी सारा वक्त सिगरेट फूँकता रहता और घुटनों पर कोहनियाँ टिकाए बड़बड़ाता रहता, जबकि वाङ्चू उद्भ्रांत और निढाल-सा दीवार के साथ पीठ लगाए बैठा शून्य में देखता रहता।

जिस समय वाङ्चू अपनी स्थिति को समझने की कोशिश कर रहा था, उसी समय दो-तीन कमरे छोड़कर पुलिस सुपरिंटेंडेंट की मेज पर उसकी छोटी-सी पोटली की तलाशी ली जा रही थी। उसकी गैर-मौजूदगी में पुलिस के सिपाही कोठरी में से उसका ट्रंक उठा लाए थे। सुपरिंटेंडेंट के सामने कागजों का पुलिन्दा

रखा था, जिस पर कहीं पालि में तो कहीं संस्कृत भाषा में उद्धरण लिखे थे। लेकिन बहुत-सा हिस्सा चीनी भाषा में था। साहब कुछ देर तक तो कागजों को उलटते-पलटते रहे, रोशनी के सामने रखकर उनमें लिखी किसी गुप्त भाषा को ढूँढ़ते भी रहे, अन्त में उन्होंने हुक्म दिया कि कागजों के पुलिंदे को बाँधकर दिल्ली के अधिकारियों के पास भेज दिया जाए, क्योंकि बनारस में कोई आदमी चीनी भाषा नहीं जानता था।

पाँचवें दिन लड़ाई बन्द हो गई, लेकिन वाङ्चू को सारनाथ लौटने की इजाजत एक महीने के बाद मिली। चलते समय जब उसे उसका ट्रंक दिया गया और उसने उसे खोलकर देखा, तो सकते में आ गया। उसके कागज उसमें नहीं थे, जिस पर वह बरसों से अपनी टिप्पणियाँ और लेखादि लिखता रहा था और जो एक तरह से उसके सर्वस्व थे। पुलिस-अधिकारी के कहने पर कि उन्हें दिल्ली भेज दिया गया है, वह सिर से पैर तक काँप उठा था।

''वे मेरे कागज आप मुझे दे दीजिए। उन पर मैंने बहुत-कुछ लिखा है, वे बहुत जरूरी हैं।''

इस पर अधिकारी रुखाई से बोला, ''मुझे उन कागजों का क्या करना है, आपके हैं, आपको मिल जाएँगे।'' और उसने वाङ्चू को चलता किया।

वाङ्चू अपनी कोठरी में लौट आया। अपने कागजों के बिना वह अधमरा-सा हो रहा था। न पढ़ने में मन लगता, न कागजों पर नए उद्धरण उतारने में। और फिर उस पर कड़ी निगरानी रखी जाने लगी थी। खिड़की से थोड़ा हटकर नीम के पेड़ के नीचे एक आदमी रोज बैठा नजर आने लगा। डंडा हाथ में लिये वह कभी एक करवट बैठता, कभी दूसरी करवट। कभी उठकर डोलने लगता। कभी कुएँ की जगत पर जा बैठता, कभी कैंटीन की बेंच पर आ बैठता, कभी गेट पर जा खड़ा होता। इसके अतिरिक्त अब वाङ्चू को महीने में एक बार के स्थान पर सप्ताह में एक बार बनारस में हाजिरी लगवाने जाना पड़ता था।

तभी मुझे वाङ्चू की चिट्ठी मिली। सारा ब्यौरा देने के बाद उसने लिखा कि बौद्ध विहार का मंत्री बदल गया है और नए मंत्री को चीन से नफरत है और वाङ्चू को डर है कि अनुदान मिलना बन्द हो जाएगा। दूसरे, कि मैं जैसे भी हो, उसके कागजों को बचा लूँ। जैसे भी बन पड़े, उन्हें पुलिस के हाथों से निकलवाकर सारनाथ में उसके पास भिजवा दूँ। और अगर बनारस के पुलिस स्टेशन में प्रति सप्ताह पेश होने की बजाय उसे महीने में एक बार जाना पड़े तो उसके लिए सुविधाजनक होगा, क्योंकि इस तरह महीने में लगभग दस रुपए आने-जाने में लग जाते हैं और फिर काम में मन ही नहीं लगता, सिर पर तलवार टँगी रहती है।

वाङ्चू ने पत्र तो लिख दिया, लेकिन उसने यह नहीं सोचा कि मुझ जैसे आदमी से यह काम नहीं हो पाएगा। हमारे यहाँ कोई काम बिना जान-पहचान और सिफारिश के नहीं हो सकता। और मेरे परिचय का बड़े-से-बड़ा आदमी मेरे कॉलेज का

प्रिंसिपल था। फिर भी मैं कुछेक संसद-सदस्यों के पास गया, एक ने दूसरे की ओर भेजा, दूसरे ने तीसरे की ओर। मैं भटक-भटककर लौट आया। आश्वासन तो बहुत मिले, पर सब यही पूछते, 'वह चीन जो गया था, वहाँ से लौट क्यों आया?' या फिर पूछते, 'पिछले बीस साल से अध्ययन ही कर रहा है?'

पर जब मैं उसकी पांडुलिपियों का जिक्र करता, तो सभी यही कहते, 'हाँ, यह तो कठिन नहीं होना चाहिए।' और सामने रखे कागज पर कुछ नोट कर लेते। इस तरह के आश्वासन मुझे बहुत मिले। सभी सामने रखे कागज पर मेरा आग्रह नोट कर लेते। पर सरकारी काम के रास्ते चक्रव्यूह के रास्तों के समान होते हैं और हर मोड़ पर कोई-न-कोई आदमी तुम्हें तुम्हारी हैसियत का बोध कराता रहता है। मैंने जवाब में उसे अपनी कोशिशों का पूरा ब्यौरा दिया, यह भी आश्वासन दिया कि मैं फिर लोगों से मिलूँगा, पर साथ ही मैंने यह भी सुझाव दिया कि जब स्थिति बेहतर हो जाए, तो वह अपने देश वापस लौट जाए, उसके लिए यही बेहतर है।

खत से उसके दिल की क्या प्रतिक्रिया हुई, मैं नहीं जानता। उसने क्या सोचा होगा? पर उन तनाव के दिनों में जब मुझे स्वयं चीन के व्यवहार पर गुस्सा आ रहा था, मैं वाङ्चू की स्थिति को बहुत सहानुभूति के साथ नहीं देख सकता था।

उसका फिर एक खत आया। उसमें चीन लौट जाने का कोई जिक्र नहीं था। उसमें केवल अनुदान की चर्चा की गई थी। अनुदान की रकम अभी भी चालीस रुपए ही थी, लेकिन उसे पूर्वसूचना दे दी गई थी कि साल खत्म होने पर उस पर फिर से विचार किया जाएगा कि वह मिलती रहेगी या बन्द कर दी जाएगी।

लगभग साल-भर बाद वाङ्चू को एक पुर्जा मिला कि तुम्हारे कागज वापस किए जा सकते हैं, कि तुम पुलिस स्टेशन आकर उन्हें ले जा सकते हो। उन दिनों वह बीमार पड़ा था, लेकिन बीमारी की हालत में भी वह गिरता-पड़ता बनारस पहुँचा। लेकिन उसके हाथ एक-तिहाई कागज लगे। पोटली अभी भी अधखुली थी। वाङ्चू को पहले तो यकीन नहीं आया, फिर उसका चेहरा जर्द पड़ गया और हाथ-पैर काँपने लगे। इस पर थानेदार रुखाई के साथ बोला, "हम कुछ नहीं जानते! इन्हें उठाओ और यहाँ से ले जाओ वरना इधर लिख दो कि हम लेने से इनकार करते हैं।"

काँपती टाँगों से वाङ्चू पुलिन्दा बगल में दबाए लौट आया। कागजों में केवल एक पूरा निबन्ध और कुछ टिप्पणियाँ बची थीं।

उसी दिन से वाङ्चू की आँखों के सामने धूल उड़ने लगी थी।

वाङ्चू की मौत की खबर मुझे महीने-भर बाद मिली, वह भी बौद्ध विहार के मंत्री की ओर से कि मरने से पहले वाङ्चू ने आग्रह किया था कि उसका छोटा-सा ट्रंक और उसकी गिनी-चुनी किताबें मुझे पहुँचा दी जाएँ।

उम्र के इस हिस्से में पहुँचकर इनसान बुरी खबरें सुनने का आदी हो जाता है और वे दिल पर गहरा आघात नहीं करतीं।

मैं फौरन तो सारनाथ नहीं जा पाया, जाने में कोई तुक भी नहीं थी, क्योंकि वहाँ वाङ्चू का कौन बैठा था, जिसके सामने अफसोस करता, वहाँ तो केवल ट्रंक ही रखा था। पर कुछ दिनों बाद मौका मिलने पर मैं गया। मंत्रीजी ने वाङ्चू के प्रति सद्भावना के शब्द कहे, 'बड़ा नेकदिल आदमी था, सच्चे अर्थों में बौद्ध-भिक्षु था,' आदि-आदि। मेरे दस्तखत लेकर उन्होंने ट्रंक मेरे हवाले किया। ट्रंक में वाङ्चू के कपड़े थे, वह फटा-पुराना चोगा था, जो किसी जमाने में उसने श्रीनगर में खरीदा था। छोटा-सा कामदार चमड़े का पैड था, जो नीलम ने उसे उपहारस्वरूप दिया था। तीन-चार किताबें थीं—पालि की और संस्कृत की। चिट्ठियाँ थीं, जिनमें कुछ चिट्ठियाँ मेरी, कुछ नीलम की रही होंगी, कुछ और लोगों की।

ट्रंक उठाए मैं बाहर की ओर जा रहा था, जब मुझे अपने पीछे कदमों की आहट मिली। मैंने मुड़कर देखा, कैंटीन का रसोइया भागता चला आ रहा था। अपने पत्रों में अक्सर वाङ्चू उसका जिक्र किया करता था...

''बाबू, आपको बहुत याद करते थे। मेरे साथ आपकी चर्चा बहुत करते थे। बहुत भले आदमी थे...''

और उसकी आँखें डबडबा आईं। सारे संसार में शायद यही अकेला जीव था, जिसने वाङ्चू की मौत पर दो आँसू बहाए थे।

''बड़ी भोली तबीयत थी। बेचारे को पुलिसवालों ने बहुत परेशान किया। शुरू-शुरू में तो चौबीस घंटे की निगरानी रहती थी। मैं उस हवलदार से कहूँ—भैया, तू क्यों इस बेचारे को परेशान करता है? वह कहे—मैं तो ड्यूटी कर रहा हूँ...!''

मैं ट्रंक और कागजों का पुलिन्दा ले आया हूँ। इस पुलिंदे का क्या करूँ? कभी सोचता हूँ, इसे छपवा डालूँ। पर अधूरी पांडुलिपि को कौन छापेगा? पत्नी रोज बिगड़ती है कि मैं घर में कचरा भरता रहता हूँ। दो-तीन बार वह फेंकने की धमकी भी दे चुकी है, पर मैं इसे छिपाता रहता हूँ। कभी किसी तख्ते पर रख देता हूँ, कभी पलंग के नीचे छिपा देता हूँ। पर मैं जानता हूँ, किसी दिन ये भी गली में फेंक दिये जाएँगे।

अहं ब्रह्मास्मि

जाड़े की छुट्टियों में हम कभी–कभी सुबह–सवेरे लम्बी सैर को निकल जाया करते। शहर की तंग गलियों में से निकलकर, नदी का पुल पार करते, जो शहर को कैंटोन्मेंट से अलग करता था; फिर पुल पार करके या तो सीधा मलिका विक्टोरिया के बुत की ओर मुँह कर लेते, या बाईं ओर को घूम जाते और दो–तीन मील का फासला तय करके पेड़ों के उस घने झुरमुट में जा पहुँचते, जहाँ अंग्रेज लोग गॉल्फ खेला करते थे, या घुड़सवारी करने आया करते थे, या फिर अपनी प्रेमिकाओं की बगल में हाथ डाले चहलकदमी किया करते थे। शहर की घुटन–भरी गलियों के बाद इन सड़कों पर घूमना बड़ा अच्छा लगता। आठ–दस मील का लम्बा चक्कर काट चुकने के बाद हम कैंटोन्मेंट में ही भाटिया के घर जा पहुँचते। यह सैर के कार्यक्रम का अभिन्न अंग हुआ करता था। सैर की मीठी–मीठी थकान के बाद जब जूतों पर धूल की परत होती और पलकें भारी हो रही होतीं और बदन सुस्त रहा होता, भाटिया के साफ–सुथरे, करीने से सजे–सजाए फ्लैट में नाश्ता करने का अपना मजा था। फिर मन चाहा, तो दोपहर तक वहीं पड़े रहे, और सिनेमा देखकर शाम को घर लौटे, या अगर देखा कि भाटिया बहुत व्यस्त है, तो थोड़ी देर गप्प–शप्प करने के बाद शहर की ओर चल दिये।

भाटिया मुझे तो बच्चा समझता था, लेकिन जितेन्द्र का अच्छा दोस्त था। और जितेन्द्र मेरा सम्बन्धी था और मुझसे वर्षों बड़ा था, लेकिन घूमने–फिरने में हम एक–दूसरे के साथी थे।

उस रोज भी ग्यारह बजते–बजते हम भाटिया के घर जा पहुँचे। भाटिया किताबों की दुकान करता था और दुकान के पीछे ही दो–तीन कमरों में रहता था। सफेद वर्दी और लाल कमरबन्द पहने एक खानसामे ने दरवाजा खोला और बड़े अदब से सलाम किया। वास्तव में, वह भाटिया की दुकान का कारिन्दा था, लेकिन सुबह के वक्त रसोइए का हाथ बँटाने के लिए चला आया करता था और आते ही खानसामे की वर्दी पहन लिया करता था।

"आओ, जितेन्द्र, आओ।" अन्दर से भाटिया की आवाज आई।

ड्राइंग रूम चमचमा रहा था और सोफे पर बैठा भाटिया हाथ बढ़ाए हमारा स्वागत कर रहा था। मैं अन्दर घुसा, तो भाटिया ने उड़ती नजर से मेरे गर्द-भरे जूतों की ओर देखा, जिससे मैं खिसिया गया। पर भाटिया अपनी बत्तीसी दिखाते हुए बोला, "कोई बात नहीं। जब तक तुम अपने जूते मेरी मेज पर नहीं रख देते, मुझे कोई एतराज नहीं।"

भाटिया अंग्रेजी की किताबें बेचता था और कैंटोन्मेंट में रहता था, जहाँ अंग्रेज बसते थे और सड़कों पर गोरे फौजी घूमते थे; इस कारण उसकी वजह-कतह अंग्रेजों-जैसी हो गई थी। यों भी अंग्रेजी की किताबें बेचनेवाला दुकानदार आम दुकानदारों से इस बात में अलग होता है कि उसमें अपने-आप ही बुद्धिजीवी का पोज आ जाता है। वह नए-नए लेखकों का नाम जानता है, तरह-तरह के विषयों पर बात कर सकता है। भाटिया साँवले रंग का कुछ-कुछ कुरूप-सा आदमी था, लेकिन उसकी भाव-भंगिमा में एक अजीब चुस्ती थी। झट से घूम जाता, इस ढंग से मुस्कराकर बात करता कि पूरी बत्तीसी झलक जाती। अंग्रेज ग्राहकों के सामने अजीब टेढ़े-से ढंग से झुकता, झट से पैंतरा बदल लेता, पलक मारते दस-दस किताबें उनके सामने रख देता और इस ढंग से किताबों की बात करता कि लगता, उसने लाइब्रेरियाँ पढ़ रखी हैं। यों भी उसकी रुचियों में बौद्धिकता का पुट रहता था। उन दिनों वह अध्यात्म की बहुत बात किया करता था और वेदान्त में भी उसे दिलचस्पी थी, क्योंकि उन्हीं दिनों आल्डुअस हक्सले की किताबें छपकर आई थीं, जिनमें भारतीय दर्शन की बड़ी प्रशंसा की गई थी।

थोड़ी देर तक सोफों पर बैठने के बाद भाटिया ने हमें, हस्बे-मामूल, खानेवाले कमरे की ओर चलने को कहा। लगता था, वह पहले से हमारी राह देख रहा था।

दहलीज के पास वह आदत के मुताबिक तकल्लुफ से रुका, पूरी बत्तीसी के साथ मुस्कराया और जितेन्द्र को अन्दर चलने का आग्रह करने लगा, "पहले तुम, जितेन्द्र, ब्यूटी बिफोर द बीस्ट!"

यह उसका तकियाकलाम था। यों उसके इस वाक्य में थोड़ी सचाई भी थी, क्योंकि उसके मुकाबले में जितेन्द्र को सुन्दर कहा जा सकता था।

मुझे हमेशा ही भाटिया की मेज पर बैठते हुए झेंप लगती थी। मैं अक्सर भूल जाता कि छुरी किस हाथ में पकड़नी चाहिए और काँटा किस हाथ में!

भाटिया मेज के सिरे पर अपनी जगह बैठ गया और सर्विएट उठाकर अपने गले से लटका लिया। सर्विएट, उन दिनों, कमीज के ऊपर खोंस लेने का चलन था। सब अंग्रेज ऐसा ही करते थे। भाटिया के सामने चाँदी के पात्र रखे गए, जबकि हमारे सामने बैरा साधारण चीनी की प्लेट और प्याले रख गया। यह भी भाटिया की सनक

थी। वह हमेशा खाना चाँदी के बर्तनों में खाता था, जबकि मेहमानों के सामने साधारण चीनी मिट्टी के पात्र रखे जाते।

बैरा लपक-लपककर नाश्ता परोसने लगा। दो उबले हुए आलू भाटिया ने चाँदी के डोंगे में से उठाकर अपनी प्लेट में डाल लिये। फिर उन पर थोड़ा-सा मेयोनेज डाला, फिर चाँदी की छुरी से उबले आलुओं के टुकड़े किए और काँटे-छुरी से उन्हें खाने लगा। भाटिया बहुत कम खाता था, नाप-तौलकर। गनीमत थी कि हमारे लिए, हमारी रुचि के अनुसार आमलेट बनकर आए, वरना इतनी लम्बी सैर के बाद अगर हमें उबले आलू ही खाने थे, तो भाटिया के घर आने में क्या तुक थी?

भाटिया की अंग्रेजियत का हम पूरा-पूरा लाभ उठाते। जाड़ों में उसके कमरे में अंगीठी जलती और उसके पास बैठे, पोर्ट वाइन की चुस्कियाँ लेते हुए हम गप-शप करते। उसकी हर अदा अंग्रेजों-जैसी थी। इतवार के दिन वह सिगार पीता और कुत्ता लेकर घूमने जाता, और ऐसा कोट पहनकर जाता, जिसकी कोहनियों पर चमड़े के झब्बे लगे रहते थे। गर्मी के मौसम में वह दिन में चार बार अपनी कमीज और दस बार बनियान बदलता था, और दिन में तीन-तीन बार अपने बैरे को 'गुसल लगाओ!' का हुक्म देता था। इतनी सफाई के बावजूद, जब एक बार वह बीमार पड़ा और बेहोशी में बड़बड़ाया, तो अस्पताल की नर्स कानों पर हाथ रखे बाहर भाग आई थी, 'हे भगवान, मैं नहीं जानती थी कि एक अनब्याहा आदमी बेहोशी में ऐसी लचर बातें बोल सकता है!'

अब सोचता हूँ, तो इस तरह के रहन-सहन और अंग्रेजियत का जरूर उसके मन पर बोझ-सा बना रहता होगा, क्योंकि जमाना बदल रहा था और इस तरह के लोग बदलते परिवेश में अटपटे-से नजर आने लगे थे और अंग्रेज ग्राहकों का रुख भी इनके प्रति, अन्य हिन्दुस्तानियों के प्रति उनके रुख से बहुत भिन्न नहीं था। मेरे सामने एक दिन, जब मैं उसकी दुकान के अन्दर खड़ा था, तो उसे एक अंग्रेज महिला बुरी तरह से फटकार गई थी, क्योंकि उसने उसे कोई पुराना बिल भेजा था और उस पर 'प्लीज पे' का छपा हुआ लेबल लगा दिया था। वह औरत उस लेबल को देखकर बौखला उठी थी और यह सारा वक्त 'यस, मैडम, यस मैडम' कहता रहा था। वहाँ मेरे मौजूद रहने के कारण यह और भी ज्यादा परेशान हुआ था, क्योंकि उस औरत के चले जाने के बाद कभी तो दबी आवाज में 'हॉरिबल वुमन!' कहता, कभी मुझे अपनी बत्तीसी दिखाते हुए अपनी भूल स्वीकार करता, 'वह ठीक ही कहती थी। बिल भेजने का मतलब ही यह होता है कि पेमेंट कर दो, उस पर अलग से लेबल लगाने में क्या तुक है!' उसे कोफ्त इस बात की थी कि काम करने का एक ढंग होता है—अंग्रेजी ढंग; और उसमें वह चूक गया था।

उबले आलू खा चुकने के बाद, काली कॉफी की चुस्कियाँ लेते हुए भाटिया

अध्यात्म की बातें करने लगा, "जितेन्द्र, जानते हो, हक्सले ने 'अहं ब्रह्मास्मि' का अंग्रेजी में क्या अनुवाद किया है?"

"क्या अनुवाद किया है?"

"अनुवाद है, 'आइ एम द डिवाइन फ्लेम!' बहुत बढ़िया अनुवाद है, है न?" गहरी दबी आवाज में भाटिया ने फिर से दोहराया, "आइ एम द डिवाइन फ्लेम! सचमुच इस मंत्र में बड़ी शक्ति है। जब भी मैं इसे दोहराता हूँ, तो हर बार लगता है, मेरे अन्दर शक्ति का संचार हो रहा है।"

फिर भाटिया ने बैठे-ही-बैठे दाएँ हाथ की मुट्ठी भींचते हुए, और गहरी, ऊँची आवाज में इस मंत्र का उच्चारण किया, 'आइ एम द डिवाइन फ्लेम! अहं ब्रह्मास्मि!'

अबकी बार उसकी आवाज में पहले से भी ज्यादा कम्पन था। वह बार-बार इसे दोहराने लगा। हर बार 'आइ' पर पहले से ज्यादा जोर होता। हर बार उसकी आवाज और अधिक ऊँची उठ जाती।

तीन-चार बार वाक्य दोहराने के बाद मुझे लगा, जैसे वह वजूद में आ गया है, आस-पास की दुनिया को भूल गया है। उसके चश्मे के पीछे उसकी आँखें भी ज्यादा गहराने लगी थीं, 'आइ एम द डिवाइन फ्लेम! फॉर, आइ एम द डिवाइन फ्लेम! अहं ब्रह्मास्मि!'

देर तक दोहराते रहने के बाद वह मस्ती में ही चुप हो गया, और चुपचाप आँखें बन्द किए बैठा रहा। फिर धीरे से उसने आँखें खोलीं, और फिर बन्द मुट्ठियाँ भी खोल दीं।

"इस मंत्र में बड़ा ओज है। जितेन्द्र, जब कभी परेशान होता हूँ, दुखी होता हूँ, तो मैं बार-बार इस वाक्य को दोहराने लगता हूँ और मेरे अन्दर स्फूर्ति और विश्वास और शक्ति जैसे भरने लगती है। मुझे लगता है, जैसे मेरा व्यक्तित्व फैल रहा है, और मैं जैसे ऊपर उठता चला जा रहा हूँ, मैं स्वयं को सारे ब्रह्मांड का अंग महसूस करने लगता हूँ। लगता है, चाँद-सितारों और सहस्रों घूमते नक्षत्रों का मैं केन्द्र हूँ..."

और भाटिया ने फिर धीमी गहरी आवाज में दो-तीन बार दोहराया, 'आइ एम द डिवाइन फ्लेम! आइ एम द...'

"अब केवल संस्कृत में कहकर देखो!" जितेन्द्र ने सुझाव दिया।

"संस्कृत में वह बात नहीं है। 'फ्लेम' शब्द में बड़ी शक्ति का भास होता है। अहं ब्राह्मास्मि!" उसने उच्चारण किया, "नहीं, वह बात नहीं है। फुसफुसा-सा लगता है। पर इस मंत्र में बड़ी जान है। बड़ा ओज है। इसका उच्चारण करने से मन की सारी शिथिलता, सारा भय, सभी संशय, त्रास दूर हो जाते हैं। मैं विश्व की सत्ता का अंग बनने लगता हूँ। मेरा अस्तित्व आकाश की ऊँचाइयाँ छूने लगता है।" फिर भाटिया जैसे झूमकर बोला, "यह वह तन्तु है, जिससे मैं भारत की आत्मा के साथ

जुड़ जाता हूँ। मैंने अपने लिए वह तन्तु खोज निकाला है...मैं डिक के सामने विस्तार से इसकी व्याख्या करूँगा। उसकी भी इसमें बड़ी रुचि है।''

''डिक कौन?'' मेरे मुँह से निकला।

''डिक! तुम डिक को नहीं जानते? तुम्हें शर्म आनी चाहिए।''

मैं झेंप गया। वास्तव में डिक, डिकी, डिकिन्सन—सभी नाम एक ही व्यक्ति के थे, जो शहर का अंग्रेज डिप्टी कमिश्नर था। हमारे सामने उसकी चर्चा करता, तो भाटिया हमेशा डिक अथवा डिकी कहकर बुलाता था लेकिन डिप्टी कमिश्नर के सामने, 'मिस्टर डिकिन्सन' ही कहा करता था।

''उसे भी भारतीय दर्शन में बड़ी रुचि है।'' भाटिया ने कहा।

उन दिनों शायद हम सभी लोगों को ऐसे यूरोपीय लेखक पसन्द थे, जो भारतीय संस्कृति और दर्शनशास्त्र की प्रशंसा करते थे। इससे हमारा हीनभाव दूर होता था। जमाना बदल रहा था और नई स्थिति के साथ अपना सन्तुलन बनाए रखने के लिए हर कोई अपनी पहली जगह से थोड़ा-थोड़ा खिसक रहा था। कैंटोन्मेंट के ही अनेक दुकानदार जहाँ अंग्रेज अफसरों को डालियाँ भेजते थे, वहाँ छिपे-लुके कांग्रेस को भी पैसे देने लगे थे। जितेन्द्र ऐसा पहनावा पहनने लगा था, जो दूर से देखने पर शुद्ध खादी का बना नजर आता था। भारत की प्राचीन संस्कृति पर गर्व का भास भी इसी प्रक्रिया का अंग था। भाटिया को भी शायद इसीलिए भारत की आत्मा के दर्शन होने लगे थे। यों वह अंग्रेजी हुकूमत को भारत के लिए वरदान मानता था और आए-दिन अंग्रेजों की इन्साफपसन्दी, उनके अनुशासन, उनकी जनतंत्रात्मकता की तारीफ के पुल बाँधा करता था। पर क्या मालूम, वेदान्त दर्शन से सचमुच ही उसकी कोई आन्तरिक भूख, कोई आन्तरिक छटपटाहट शान्त होती हो!

तभी दूर कहीं से ढोल बजने की आवाज सुनाई दी। भाटिया के कान खड़े हो गए। वह ढोल कैंटोन्मेंट में बज रहा था, इसी में इसकी भयावहता थी। उन दिनों आए-दिन कांग्रेस के जलसे होते थे, और उनकी सूचना देनेवाले स्वयंसेवक ढोल बजा-बजाकर गली-गली, मुहल्ले-मुहल्ले मुनादी किया करते थे। ढोल बजने की देर होती कि घरों की छतों पर, छज्जों पर, खिड़कियों और झरोखों के पीछे लोग मुनादी सुनने के लिए इकट्ठे होने लगते। इस ढोल में एक धड़कन-सी थी, जो दिल पर अपना असर किए बिना नहीं रहती थी। लेकिन कैंटोन्मेंट में यह ढोल पहली बार बज रहा था, और उसे सुनते ही जैसे हमारे रोंगटे खड़े हो गए थे कि कौन कैंटोन्मेंट में मुनादी करने का दुःसाहस कर पा रहा है!

''किसी जलसे की मुनादी है,'' जितेन्द्र बोला, ''कल बम्बई में गिरफ्तारियाँ हुई हैं, शायद उसी सिलसिले में कोई जलसा हो रहा होगा।''

"लेकिन कैंटोन्मेंट में मुनादी करने से क्या लाभ?" भाटिया ने कहा, "यहाँ तुम क्या अंग्रेजों में कांग्रेस का प्रचार करने आए हो?" उसने उत्तेजित होकर कहा।

ढोल की आवाज नजदीक आ रही थी।

"चलो, बाहर चलकर देखते हैं।" मैंने सुझाव दिया।

"नहीं-नहीं, ऊपर चलकर खिड़की में से देख लेते हैं। सब कुछ नजर आ जाएगा।" भाटिया ने जोड़ा।

मैं बाहर जाकर देखने को उतावला हो रहा था, लेकिन जितेन्द्र के समझाने पर कि ऊपर की मंजिल से, खिड़की में से देखना ही सही होगा, हम ऊपर चढ़ गए।

हम खिड़की के पास पहुँचे ही थे कि चौराहे की ओर से एक ताँगे ने मोड़ काटा और भाटिया की दुकान की ओर बढ़ने लगा। ताँगे के ऊपर तिरंगा लहरा रहा था, और स्वच्छ नीले आकाश और कैंटोन्मेंट की हरियावल पृष्ठभूमि में बड़ा सुन्दर और उजला-उजला लग रहा था। उसी ताँगे में से ढोल बजने की आवाज भी आ रही थी—धम्-धम्-धम्-धम्! सड़क पर आते-जाते लोग ठिठककर रुकने लगे—बैरे, छोटे दुकानदार, यहाँ तक कि स्कर्ट पहने कुछ एंग्लो-इंडियन लड़कियाँ, दो-एक गोरे सिपाही भी। सभी को शायद इस धृष्टता और दुःसाहस पर हैरानी हो रही थी कि कांग्रेस का प्रचार करने कोई कैंटोन्मेंट में कैसे आ पहुँचा है।

ताँगा ऐन भाटिया की दुकान के सामने आकर खड़ा हो गया। और उसी क्षण भाटिया थोड़ा सरककर पीछे हो गया।

फिर एक दुबला-पतला आदमी ताँगे की अगली सीट पर से उठकर खड़ा हो गया। पीला जर्द चेहरा, घर के धुले सफेद खादी के कपड़े, पर मुचड़े हुए। उसके चेहरे पर पसीने की परत जैसे चमक रही थी। वह उठा और एक पैर ताँगे के बम पर रखकर, जिससे वह लहराते झंडे के नीचे आ गया—मुनादी की इबारत बोलने लगा। उसने एक शेर पढ़ा, जो शायद शहीदों के बारे में था, फिर भावविह्वल-सा होकर ऊँची आवाज में बोलने लगा, "साहबान, आपने सुना होगा कि कल रोज बम्बई में हमारे नेताओं को पकड़-पकड़कर जेल में डाल दिया गया है। सरकार की इस शर्मनाक कार्रवाई के विरुद्ध सभी भारतवासी अपनी आवाज उठाएँ। आज के दिन सभी बाजार, सभी दुकानें बन्द रहेंगी। मैं इस बाजार के दुकानदार भाइयों से भी दरख्वास्त करूँगा कि अपनी-अपनी दुकानें बन्द कर दें और शाम को छह बजे कम्पनी बाग में आम पब्लिक जलसा होगा..."

फिर वह भाटिया की दुकान की ओर झाँक-झाँककर देखने लगा। दुकान के बाहर कोई कारिन्दा नहीं आया था। वहाँ किसी को न देखकर उसकी आँखें ऊपर को उठीं, जहाँ खिड़की में हम तीनों खड़े थे। हमें देखकर उसने हाथ बाँध दिये और दुकान बन्द करने का आग्रह करने लगा। भाटिया ने वहीं खड़े-खड़े हाथ के इशारे से उसे आगे बढ़ जाने को कहा; वैसे ही, जैसे किसी भिखमंगे को आगे बढ़ जाने

का इशारा किया जाता है। पर इस पर भी जब वह बोलता गया, तो भाटिया पीछे हट गया और उसकी नजर से दूर हो गया।

थोड़ी देर बाद ढोल फिर से बजने लगा और ताँगा आगे बढ़ने लगा। सड़क पर खड़े इक्के-दुक्के लोग बिखरने और अपनी-अपनी राह जाने लगे।

"कितनी बड़ी बेवकूफी यह आदमी कर रहा है," भाटिया ने छूटते ही कहा, "इसे तो फौजी अफसर गोली से उड़ा देंगे। कैंटोन्मेंट में कांग्रेस की मुनादी करना क्या कोई मजाक है! और फिर, दुकानें बन्द करने को कह रहा था!"

बाद में हमें पता चला कि वही मुनादी करनेवाला युवक हठ करके ताँगे को कैंटोन्मेंट में ले आया था, यह जानते हुए भी कि कैंटोन्मेंट में जाना मौत के मुँह में जाना है। यह भी पता चला कि वह शहर के अपने साथियों से गले मिलकर आया था कि जाने अब कभी भेंट होगी या नहीं! और सचमुच फिर भेंट नहीं हुई थी, क्योंकि उसी रात पुलिस के डंडों से खोपड़ी फूट जाने पर उसने दम तोड़ दिया था। लेकिन इन सब बातों का पता हमें बाद में चला। उस वक्त तो लहराते तिरंगे के साथ ढोल बजाता ताँगा आगे मेसी गेट की ओर बढ़ गया था। उसके यों आ जाने से जो बिजली की सनसनाती लहर-सी दौड़ गई थी, वह अभी भी हमें उद्वेलित कर रही थी।

"बड़े साहस का काम है, इस तरह कैंटोन्मेंट में आकर मुनादी करना।" जितेन्द्र ने कहा।

"यह साहस नहीं, पागलपन है। तुम्हारी आवाज को यहाँ कौन सुनेगा? क्या तुम गोरे फौजियों में अपना प्रचार करने आए हो? क्या वे हिन्दुस्तानी दुकानदार, जिनकी रोजी अंग्रेजों पर निर्भर करती है, तुम्हारे प्रचार के चक्कर में आकर अपनी दुकानें बन्द कर देंगे? तुम आखिर किस मकसद से यहाँ आए हो?"

भाटिया और जितेन्द्र के बीच बहस होने लगी। बात मुनादी से हटकर अहिंसा पर आ गई, फिर गांधीजी की दार्शनिक दृष्टि पर, और इसी तरह परत-दर-परत सिद्धान्त खुलने लगे।

इस बीच हमें ढोल की आवाज सुनाई देनी बन्द हो गई। शायद मेसी गेट के आगे निकल जाने पर आवाज बहुत धीमी पड़ गई थी। धीरे-धीरे वह आवाज वायुमंडल में खो गई और धीरे-धीरे उसका स्पन्दन भी शान्त होने लगा। बाद में हमें पता चला कि वहीं, मेसी गेट के ही थोड़ा आगे, जहाँ कैंटोन्मेंट का बड़ा बाजार शुरू हो जाता है, एक जगह पर किसी ने ताँगे को रोका, फिर किसी ने बढ़कर मुनादीवाले के मुँह पर थप्पड़ रसीद किया और उसे घसीटकर ताँगे पर से उतार लिया। फिर आनन-फानन पुलिस आ गई और झगड़े की तह तक पहुँचने के लिए उस दुबले-पतले युवक को हिरासत में ले लिया और फिर हमारे शहर में उसका पीला चेहरा कभी देखने को नहीं मिला।

ढोल की आवाज ठंडी पड़ जाने के बाद देर तक भाटिया और जितेन्द्र के बीच बहस होती रही। जितेन्द्र अहिंसा का भक्त था, जबकि भाटिया चरखा और खादी के साथ-साथ अहिंसा की खिल्ली उड़ाया करता था। उसका कहना था कि इसने देश को नपुंसक बना दिया है। जितेन्द्र को अहिंसा में एक नया तजुर्बा नजर आता, जबकि भाटिया उसे एक बुढ़ऊ की सनक और नपुंसकता का नाम देता। उन्हें बहस करते देखकर लगता कि इनसान मुख्यतः बहस करनेवाला जीव है, यही उसका एकमात्र नैसर्गिक गुण है।

हमने दिन का भोजन भाटिया के साथ ही किया और वहीं उसके सोफों पर पसर गए। फिर शाम हुई। दुकान बन्द होने का वक्त आ गया। दुकान के हैडक्लर्क ने दुकान बन्द करके चाबियाँ भाटिया को पहुँचा दीं। चाँदी के गिलास में भाटिया शरबत पीता रहा और जितेन्द्र और मैं बढ़िया विलायती प्यालों में चाय पीते रहे।

तभी सिनेमा जाने का प्रोग्राम बना। कैंटोन्मेंट के दो सिनेमाघरों में से एक में ग्रेटा गार्बो की फिल्म दिखाई जा रही थी, जिसे न देखना बहुत बड़ी हिमाकत होती।

उस दिन सिनेमा देखने जाना भूल थी। भाटिया जैसा सुलझे दिमाग का आदमी भी यह बात भूल गया कि मुनादी घूम जाने के बाद कैंटोन्मेंट में तनाव व्याप्त होगा, कि ढोल के साथ तिरंगे का कैंटोन्मेंट में घूम जाना ही उत्तेजना का कारण बन सकता है।

इंटरवल में भाटिया को बाथरूम जाने की जरूरत महसूस हुई। आमतौर पर वह सिनेमा की लेवेटरी में नहीं जाया करता था, क्योंकि वहाँ गोरे फौजी भरे रहते थे और हिन्दुस्तानियों के लिए अलग से कोई पेशाबघर नहीं था। देसी लोग सिनेमाघर के लम्बे-चौड़े पार्क में, जहाँ इंटरवल के वक्त अँधेरा छा चुका होता था, लुके-छिपे जमीन पर, या किसी पेड़ की ओट में, या झाड़ियों के पीछे हाजत रफा कर लिया करते थे।

पर भाटिया गोरोंवाले पेशाबघर में जा पहुँचा। सिनेमाघर का शौचालय गोल दायरे की शक्ल का था, जिसमें एक गोल चक्कर में छोटी-छोटी पार्टीशन के साथ बहुत-से पात्र लगे थे। बीयर से भरे पेट खाली करने के लिए, इंटरवल की घंटी बजते ही, गोरे सैनिक भागते हुए पेशाबघर की ओर लपकते थे। यहाँ भाटिया की जो गति हुई, उसे बयान करना आसान नहीं। इंटरवल होते ही गोरों का रेला अन्दर आया। कुछेक ने अन्दर आने से पहले ही पतलून के बटन खोल लिये थे। सारा गोल चक्कर एक ही बारी में भर गया। अपने सामने सफेद कमीज और सफेद पतलून पहने काली गर्दनवाले एक हिन्दुस्तानी को खड़ा देखकर एक गोरे ने झट से उसे धक्का दिया और उसकी जगह स्वयं खड़ा हो गया।

"आइ बेग योर पार्डन!" भाटिया ने कहा और गोरे की ओर देखकर बत्तीसी निकालते हुए बड़ी शिष्टता से बाईं ओर वाले अगले पात्र के सामने जा खड़ा हुआ।

गोरे फौजी बराबर अन्दर चले आ रहे थे और किसी को फुर्सत नहीं थी कि थोड़ा इन्तजार कर ले। एक और गोरे ने कोहनी से धकेलकर भाटिया को अपनी जगह से हटा दिया। भाटिया वह जगह छोड़कर तीसरी जगह लपककर जा खड़ा हुआ, जो उसी वक्त खाली हुई थी, पर वहाँ भी उसके साथ वैसा ही बर्ताव हुआ। अब तो भाटिया मजाक की चीज बन गया। गोरे जान-बूझकर उसे धक्के देने लगे—कभी बाएँ से, कभी दाएँ से। भाटिया की सिट्टी-पिट्टी गुम हो गई। भागने तक की उसमें हिम्मत नहीं रह गई थी।

जब उसे होश आया, तो वह सिनेमाघर के पार्क के बीचोबीच खड़ा था। उसके हाथ में तर-ब-तर रूमाल था, जिससे वह अपने को बार-बार पोंछ रहा था। उसके मन की क्या दशा रही होगी, कौन-सी भावनाएँ उसके दिल को मथ रही होंगी—ग्लानि की, आत्मग्लानि की, क्षोभ की, क्रोध की—मैं नहीं जानता!

हम लोगों को यह सारा किस्सा बाद में मालूम हुआ। उस वक्त हम लोग सिनेमाघर के अन्दर बैठे थे, और जब वह देर तक नहीं लौटा, तो मैं उसे बाहर देखने आया, लेकिन उस वक्त तक वह पार्क में जा चुका था।

जब मैं उसे ढूँढ़ता हुआ उसके घर पहुँचा, तो भाटिया अपने घर की छत पर, खुले आसमान के नीचे खड़ा था। छत के बीचोबीच खड़ा वह धीमी गहरी आवाज में बुदबुदा रहा था, "अहं ब्रह्मास्मि! आइ एम द डिवाइन फ्लेम! आइ एम द डिवाइन फ्लेम!" धीरे-धीरे उसकी आवाज ऊँची उठती जा रही थी, मुट्ठियाँ कस रही थीं और गर्दन और छाती धीरे-धीरे सीधे होने लगे थे। "आइ एम द डिवाइन फ्लेम! फॉर आइ एम द डिवाइन फ्लेम!"

उसने मुझे नहीं देखा। मेरे खड़े-ही-खड़े उसकी आवाज और ऊँची उठती गई। जाहिर है, उसमें शक्ति का संचार हो रहा था। शायद मेरे पहुँचने के पहले ही उसकी चेतना में से उस शाम की घटना अपनी क्षुद्रता में सूखे पत्ते की तरह झरकर गिर चुकी थी और वह कब का अपमान, तिरस्कार, ग्लानि और क्षोभ के निम्नतम स्तर से ऊँचा उठ चुका था। और वह ऊपर उठता जा रहा था, और ऊँचा उठता जा रहा था।

अब सोचता हूँ, तो शायद उसी समय, दो सड़कें पार कर, मेसी गेट के थाने में पुलिस के डंडों की बौछार के नीचे अधमरा युवक 'भारत माता की जय!', 'महात्मा गांधी की जय!' बुदबुदा रहा था। और जब भाटिया की आत्मा ब्रह्मांड की बुलन्दियाँ छू रही थी, जब वह आसपास की स्थूल दुनिया से ऊँचा उठ चुका था, चाँद-सितारों में से एक हो रहा था, लगभग उसी समय मुनादी करनेवाले पीले-दुबले युवक के मुँह से खून बहने लगा था और 'भारत माता की जय!' बुदबुदाते हुए वह थाने के फर्श पर लुढ़क गया था।

राधा-अनुराधा

हवा में गूँजती हुई आवाज आई :

'रा...धा...!'

इसका मतलब है, धोबी काम पर आ गया है और गली में बैठकर इस्तरी गरम कर रहा है और उसकी बेटी राधा घरों में झाड़ू-बर्तन करने के लिए जाने लगी है। अब वह हर आध-पौन घंटे के बाद अपनी इस्तरी के पास बैठे-बैठे हाँक लगाएगा, जब तेरह-चौदह बरस की राधा एक घर का काम निपटाकर दूसरे घर की ओर रवाना हो जाएगी। पिछले तीन-चार रोज धोबी ने हाँक नहीं लगाई थी और राधा काम पर नहीं आई थी। अकेला धोबी कपड़े इस्तरी करता रहा था। धोबी की हाँक राधा को बुलाने के लिए इतनी नहीं होती, जितनी घरों में रहनेवाले उन लोगों के लिए होती है, जिनके यहाँ राधा काम करती है। तरह-तरह के लोग मुहल्ले में बसते हैं। आवाज पड़ जाए, तो उन्हें याद रहता है कि लड़की का बाप बाहर गली में खड़ा है।

"सीधी फाटक में से आ, राधा, खबरदार जो दीवार कूदकर आई!" श्यामा बीबी की आवाज है।

मगर राधा, राधा नहीं अगर कोई काम सीधा कर जाए। उसे कभी किसी ने सीधा फाटक खोलकर अन्दर आते नहीं देखा। हमेशा आँगन की दीवार फाँदकर आती है या पड़ोसवाली की दीवार पर चलती हुई आँगन में छलाँग लगाती है।

"किसी दिन ऐसी गिरेगी कि होश ठिकाने आ जाएँगे।"

"नहीं गिरूँगी, देखो तो बीबीजी, कैसे चल रही हूँ! कुछ भी तो नहीं हो रहा, देखो..."

और वह आँगन की दीवार के ऊपर, अपना सन्तुलन बनाए हुए, एक फिल्मी गीत गुनगुनाती हुई बढ़ती जा रही है, "...मुझे बुड्ढा मिल गया!"

"उतर नीचे!" श्यामा चिल्लाई, "किसी दिन गिरेगी, तो खोपड़ी फूट जाएगी।"

"मैं भी तो यही चाहती हूँ बीबीजी, कि खोपड़ी फूट जाए।"

"खोपड़ी फोड़ना है, तो किसी दूसरे की दीवार से गिरकर फोड़ना, उतर नीचे..."

"आती हूँ, आती हूँ..." और राधा ने छलाँग लगा दी, "आज टेलीविजन पर कौन-सी फिल्म है, बीबीजी?"

"फिल्म है तेरा सिर! पहले काम कर। अभी शाम बहुत दूर है।"

"आज टेलीविजन पर मेरा सिर दिखाएँगे? हैं बीबीजी?" और राधा हँस दी, "अगर मेरा सिर न हुआ तो?"

"चल अन्दर, काम कर। काम के वक्त नहीं बोलते।"

"मैं बोल कहाँ रही हूँ, बीबीजी, मैं तो हँस रही हूँ।" और राधा फिर हँसी से लोट-पोट होने लगी।

रसोईघर के अन्दर बर्तन मलते हुए, फिर गुनगुनाने लगी, "...मुझे बुड्ढा मिल गया!"

"काम के वक्त चुपचाप काम किया कर।"

"बीबीजी, और जो मन आए, कह लो, मगर मुँह बन्द करने के लिए नहीं कहो। यह तो मैं कर ही नहीं सकती।"

"पिछले तीन दिन काम पर क्यों नहीं आई?"

"मैं कैसे आती बीबीजी, मैं बीमार जो थी!"

"कौन बीमार था, झूठी कहीं की! ऐसा नहीं चलेगा राधा, मैंने कह दिया। अगली बार नहीं आई, तो मैं दूसरा इन्तजाम कर लूँगी।"

"अच्छा, जरूर कर लेना, और जब मैं लौटकर आऊँगी, तो फिर से मुझे रख लेना।" और राधा हँसने लगी।

"चल, चल, मुझे तेरी बातें अच्छी नहीं लगतीं।"

राधा को और घरों की निस्बत श्यामा बीबी के घर में काम करना पसन्द है। श्यामा बीबी बिगड़ती भी है, बुरा-भला भी कहती है, मगर दिल की अच्छी है। उधर श्यामा बीबी को भी राधा पसन्द है, काम चुस्ती से करती है, हँसमुख है, मुहल्ले-भर की खबरें सुना जाती है, और चोरी-चकोरी भी नहीं करती। पर है बातूनी। सारा वक्त गप्पें हाँकती है, बात-बेबात पर बेवकूफों की तरह हँसती रहती है।

"चाय पिएगी?"

"पिला दो, बीबीजी!"

"साथ में रोटी भी दूँ?"

"दे दो, बीबीजी!" राधा ने कहा और फिर हँस दी।

"क्यों, क्या फिर बाप ने पीट दिया था?"

"पीटता तो रोज है। कल भी पीटा था, परसों भी पीटा था। आज भी पीटेगा, कल भी पीटेगा, परसों भी पीटेगा..." और राधा अपनी ही मुहारनी पर खिल-खिलाकर हँसने लगी।

राधा रोटी खा चुकी थी, लेकिन श्यामा को अभी भी उसकी आँखों में भूख झाँकती-सी नजर आई।

"और रोटी दूँ?"

"एक दे दो!"

"सुबह कुछ खाया था?"

"नहीं जी, कुछ नहीं खाया था। कल रात भी कुछ नहीं खाया था, तो क्या हुआ? हम भूखे पेट सो जाते हैं। हमें कुछ नहीं होता।"

"तुम तो सब लोग खाना साथ में लेकर आती हो।"

"मगर बीबीजी, रोटियाँ ही खत्म हो गईं, तो मैं लाती कैसे?"

"क्या मतलब?"

"मैंने पकाई तो थीं। मैंने दो रोटियाँ पकाईं, वह भाई लेकर स्कूल चला गया। फिर तीन रोटियाँ पकाईं, वह बाप लेकर काम पर चला आया। फिर दो रोटियाँ पकाईं, वह माँ ने बाँध लीं। फिर आटा खतम!"

"आटा और गूँध लेती!"

"मैं क्यों गूँध लेती, बीबीजी? जब वे देते नहीं तो मैं क्यों माँगूँ? वे मुझे तुम्हारे घर भेजते ही इसलिए हैं बीबीजी, कि तुम खाने को देती हो। उन्हें खिलाना नहीं पड़ता।"

"तू कैसी बातें करती है! माँ-बाप के बारे में ऐसा नहीं बोलते। बाप, बाप होता है..."

"और माँ, माँ होती है, और भाई, भाई होता है, और राधा, राधा होती है..." और राधा खिलखिलाकर हँस दी।

"अच्छा, अब नहीं हँसूँगी।" राधा ने झट से मुँह में पल्ला ठूँसते हुए कहा, फिर दूसरे ही क्षण पल्ला निकालकर बोली, "बाप कसाई होता है, माँ चुड़ैल होती है, और भाई गधा होता है।" और फिर हँसने लगी।

"हत्, ऐसा नहीं बोलते!" श्यामा बीबी ने फिर से कहा और राधा ने फिर मुँह में कपड़ा ठूँस लिया।

"अब उठ, काम कर।"

"आज टेलीविजन पर कौन-सी फिल्म होगी बीबीजी?"

"आज कोई फिल्म-विल्म नहीं है। सीधी घर जाना।"

"आप बताती क्यों नहीं? आज इतवार जो है, फिल्म तो होगी ही।"

"तू सीधी घर जाना।"

"देखो बीबीजी, जो फिल्म होगी, तो मैं देखकर जाऊँगी। घर जाती हूँ, तो सबके लिए खाना मुझे बनाना पड़ता है। इधर सात घरों का काम करती हूँ, उधर घर जाकर खाना भी बनाती हूँ। अगर फिल्म देखकर जाऊँगी, तो सिर्फ पिटाई होगी, खाना तो नहीं बनाना पड़ेगा!"

"खाना मिलेगा भी तो नहीं?" श्यामा ने राधा के ही अन्दाज में जोड़ा।

"तो क्या हुआ? मैं भूखी सो जाऊँगी, मुझे कुछ नहीं होता।"

श्यामा चुप रही। वह जानती थी कि राधा टेलीविजन पर फिल्म देखे बिना घर नहीं जाएगी, भले ही बाप चमड़ी उधेड़ दे। दसियों फिल्मों के गाने उसे याद थे और दसियों फिल्मों की कहानियाँ। सारा वक्त गाने गुनगुनाती फिरती थी। अनेक फिल्मों के वार्तालाप उसे कंठस्थ थे।

"अब जल्दी से बर्तन कर ले। अभी तेरा बाप हाँक लगाएगा।"

"हाय, बीबीजी," उसने धीरे से उठते हुए कहा, "आपके घर आकर मुझे नींद क्यों आ जाती है? और किसी घर में मुझे नींद नहीं आती। यहाँ आती हूँ, तो मन करता है, फर्श पर लेटकर सो जाऊँ। अभी दिन भी शुरू नहीं हुआ, और मुझे नींद आने लगी है।"

किचन के दरवाजे के पास जाकर राधा मुड़कर खड़ी हो गई।

"पिछले तीन दिन, मालूम है बीबीजी, मैं क्यों नहीं आई थी?"

"क्यों नहीं आई?"

"क्योंकि मैंने जहर खा लिया था।"

श्यामा को धक्का-सा लगा, मगर उसे राधा की बात पर यकीन नहीं आया। बातूनी लड़की है, तरह-तरह की बातें मन से गढ़ती रहती है।

"जहर खा लिया, मगर मैं मरी ही नहीं!" उसने हाथों की हथेलियाँ खोलते हुए कहा और हँस दी।

"क्या बक रही है?"

"सच! चूहे मारनेवाली गोलियाँ होती हैं न, वे मैंने खा लीं। पर मैं मरी ही नहीं!"

श्यामा बीबी उसकी ओर देखती रह गई।

"मैंने मन-ही-मन कहा, जब ये लोग सुबह जागकर देखेंगे, तो मैं मरी मिलूँगी। तब माँ रोएगी, 'हाय, मेरी लाड़ली मर गई!' तब बाप भी रोएगा, 'हाय, अब सत्तर रुपए कमाकर कौन लाएगा?' " राधा नकल उतारती हुई हँस दी, फिर हाथ झटककर बोली, "पर मैं मरी ही नहीं!" जैसे उसका न मरना किसी बहुत बड़े चमत्कार से कम न रहा हो!

श्यामा अभी भी उसके चेहरे की ओर देखे जा रही थी। राधा पर हल्की-हल्की जवानी फूटने लगी थी। छोटी-छोटी आँखें खिंची-खिंची-सी थीं। पीला, साधारण-सा चेहरा, जिस पर सारा वक्त पसीने की झीनी-सी परत चढ़ी रहती थी, आँखें सदा थकी-थकी, बोझिल, पर रूखे-रूखे चेहरे पर भी लुनाई फूटी पड़ती थी।

"मैंने पाँच गोलियाँ खा लीं बीबीजी। मद्रासी बाबू है न, जिसके घर मैं काम करती हूँ, वहाँ से उठाकर ले गई थी। मैंने गोलियाँ फाँक लीं और आँखें बन्द करके

लेट गई। मैंने सोचा—सोए-सोए मर जाऊँगी, पर बीबीजी, थोड़ी देर में मेरे पेट में ऐसा दर्द उठा, मैं क्या बताऊँ, जोर से बल पड़ने लगा। मैंने झट से मुँह में कपड़ा ठूँस लिया। सभी लोग सो रहे थे। फिर जी, मुझे अन्दर-ही-अन्दर जलन होने लगी, जैसे पेट के अन्दर आग लग गई है! तब मुझसे लेटा ही नहीं जाता था। मैं उठी और कोठरी में से भागकर बाहर आ गई। मुझे लगा, जैसे कोई जोर-जोर से मेरा पेट काट रहा है! जैसे अन्दर आग जल रही है! मैंने झट से मटके में से पानी पी लिया। ढेर-सा पानी। पर फिर भी जैसे पेट जलता था। आपको क्या बताऊँ, जी चाहता था, किसी ठंडी जगह पर जाकर पड़ रहूँ। मुझसे बैठा ही नहीं जाता था। फिर जी, मुझे जोर से मतली हुई और कै आ गई। पाँचों-की-पाँचों गोलियाँ सबूती-की-सबूती, बाहर आ गईं।" और राधा हँस दी, "इतनी मोटी-मोटी गोलियाँ!"

"पागल कहीं की! चल, तुझे सबक मिल गया। अब जहर कभी नहीं खाएगी।"

"चूहों को मारने के लिए तुम भी वही दवाई डालती हो न बीबीजी?"

"हाँ, तो।"

"हाय, अब वह दवाई नहीं डालना, वह बहुत बुरी है।"

"तेरे बाप को मालूम है, तूने जहर खाया था?"

"उसे कैसे बताती बीबीजी? उसे बताती तो वह और पीट देता।"

"तू तो सचमुच बड़ी पागल है। कोई जहर भी खाता है! ऐसी भी क्या बात है! माँ-बाप बुरे हैं, तो तू सदा तो उनके साथ नहीं रहेगी। दो-एक साल में तेरा ब्याह हो जाएगा। तू अपने घर चली जाएगी। इनके साथ थोड़े बैठी रहेगी।"

"हाय, बीबीजी! ब्याह ही तो करने जा रहे थे, इसी से तो मैंने जहर खाया था।"

"तूने तो कभी बताया ही नहीं कि तेरा ब्याह होनेवाला है? क्यों, क्या तुझे लड़का पसन्द नहीं था, जो जहर खाया?"

"वह लड़का कहाँ है, वह तो बूढ़ा है और बीबीजी, गूँगा है, और दूर गाँव में रहता है।"

श्यामा चुप रही। यह इन लोगों के बीच रोज की कहानी है, कोई नई बात थोड़े ही है। फिर भी उसे धोबी पर गुस्सा आया। छोटी, मासूम-सी लड़की को बूढ़े के हवाले कर रहा है।

"बात पक्की हो गई, तो मुझे लगा, अब कुछ नहीं हो सकता। अब ये लोग किसी दिन मेरी शादी कर देंगे। इसी से तो मैंने जहर खाया था। नहीं तो मैं जहर क्यों खाती? पर मैं मरी ही नहीं!"

राधा अभी भी मजाक के लहजे में बात किए जा रही थी।

"उसे ऐसी क्या जरूरत आ पड़ी है, गूँगे-बूढ़े के साथ तेरा ब्याह करने की?"

"क्यों बीबीजी, जवान लड़के के साथ मेरा ब्याह करेगा, तो उसे जेब से पैसे देने पड़ेंगे, बूढ़े के साथ करेगा, तो उल्टे उसे पैसे मिलेंगे। बस, सीधी-सी बात है।

मुझे तो किसी ने बताया ही नहीं, पर मैंने सुन लिया। मैं रात को जब सो जाती हूँ, तो ये लोग खुसर-पुसर करते हैं। मैं आँखें भींचे पड़ी रहती हूँ। इनकी सब बात सुन लेती हूँ। वह बूढ़ा मेरठ के पास कहीं रहता है और मेरे बाप को पूरे सत्रह सौ रुपए देगा। और दो सौ रुपए तो मेरा बाप उससे ले भी आया है।"

"क्या तेरे बाप की कमाई अच्छी नहीं है?"

"अच्छी कहाँ है! दो-अढ़ाई रुपए रोज कमाता है।"

"बस?"

"बस!" राधा ने सिर हिलाकर कहा, "जब से कमेटीवाले इसका हथठेला उठाकर ले गए हैं, तब से इसका काम अच्छा नहीं है।"

यह बात तो श्यामा को भी याद है, क्योंकि हथठेला उठ जाने पर धोबी उसके पास भी पैसे माँगने आया था। वे इसकी इस्तरी और हथठेला उठा ले गए थे, और इसे साठ रुपए की रकम भरने को कह गए थे। और यह भी वह भर नहीं पाया था।

"देखो, बीबीजी, ये रुपए जो इसे मिलेंगे न, इससे यह साल-दो साल अपना काम चलाएगा। इस बीच मेरा भाई बड़ा हो जाएगा और वह काम करने लगेगा।"

"और क्या सुना तुमने?"

"और क्या! बाप मेरी माँ से कह रहा था, 'इसमें सरम की बात क्या है! जो बेटी ने अच्छे करम किए हैं, तो वहाँ भी सुख भोगेगी। अच्छे करम नहीं किए हैं, तो जैसे हम दर-दर भटक रहे हैं, वह भी भटका करेगी।' "

"यह बात तो ठीक है राधा। खाता-पीता किसान है तो तुझे रखेगा तो आराम से। सात-सात घरों के बर्तन तो नहीं मलने पड़ेंगे।"

"हाय, गाँव में कौन रहेगा बीबीजी! मैं तो एक दिन भी नहीं रहूँ; रहूँगी तो शहर में रहूँगी। वहाँ गाँव में तो मैं मर जाऊँगी। मैं तो शहर में रहूँगी और आपके घर टेलीविजन देखने आया करूँगी।"

"तेरी कमाई खाता है, तो तुझे पीटता क्यों है?"

"क्या जानूँ बीबीजी, क्यों पीटता है! मेरे भाई को रोज दूध पीने को देते हैं, मुझे खाना भी नहीं देते।"

तभी नीचे से धोबी ने हाँक लगाई, "रा...धा! ! !"

"आज बहुत देर हो गई है बीबीजी, आज बाप बहुत बिगड़ेगा।"

इस पर श्यामा बीबी को गुस्सा आ गया, "बिगड़ेगा तो मेरी बला से! यह क्या तमाशा है, अभी-अभी आई और अभी से तेरा बाप नीचे से चिल्लाने लगा है। तीन-तीन दिन काम पर नहीं आती..."

पर जब राधा चुपचाप किचन में बर्तन मलने लगी, तो श्यामा बीबी थोड़ी देर बाद कमरे में से ही बोली, "बर्तन मलकर चली जा। बाकी काम दोपहर को कर लेना।"

"मेरा और कहीं काम करने को जी नहीं चाहता बीबीजी। तुम मुझे दिन-भर के काम के लिए रख लो। हैं, सच? मगर आप सत्तर रुपए तो नहीं दोगी न! यह भी बात सच है। और मेरा बाप सत्तर से कम पर मानेगा भी नहीं, यह भी बात सच है। यह भी बात सच है जी, वह भी बात सच है..." और फिर खिलखिलाकर हँस दी और चुन्नी से हाथ पोंछती हुई सीढ़ियाँ उतर गई।

तेरह साल की उम्र में ही राधा ने जिन्दगी का एक बहुमूल्य पाठ सीख लिया था—

कोई फर्क नहीं पड़ता, किसी बात से कोई फर्क नहीं पड़ता। खाओ, न खाओ। सोओ, नहीं सोओ। देर से जाओ, सवेरे जाओ—किसी बात से कोई फर्क नहीं पड़ता।

धूप तेज हो गई थी और वह अभी एक ही घर से निपट पाई थी। गली के सिरे पर पेड़ के नीचे मद्रासी नौकर-नौकरानियों का टोला बैठा था। उन्होंने इस जगह को अपना अड्डा बना लिया था। जो कोई काम से निपटकर आता, यहीं पर आकर बैठ जाता। उनके पास से गुजरते हुए राधा ऊँची आवाज में बोली, "गुट-गुटैया वाँ गुड्डुप्पू!" और आगे बढ़ गई। तो टोले के सिरे पर बैठी चेलम्मा सिर हिलाकर मुस्करा दी।

"पागल है, पागल!"

राधा ने मुड़कर फिर से कहा, "गुट-गुटैया वाँ गुड्डुप्पू!" और हँसती हुई मोड़ काट गई।

बंगाली बाबू की सीढ़ियाँ चढ़ने से पहले राधा ठिठक गई। आज देर बहुत हो गई है। घरवाली काम पर निकल गई होगी, उसने सोचा। बंगाली बाबू काम पर देर से जाता था। इस वक्त अकेला घर में बैठा होगा। यह भी मुसीबत है। मालकिन के रहते चौका-बर्तन कर लो, तो सब काम सुभीते से हो जाता है।

बंगाली बाबू उसे सीढ़ियों पर ही खड़ा तोंद खुजलाता मिला। पान चबाता मुस्करा रहा था।

"आज देर कर दी राधा। हमने सोचा, आज आएगी भी या नहीं।"

"श्यामा बीबी के घर देर हो गई।"

उसने बंगाली बाबू की बगल में से दबककर निकलते हुए कहा और सीधी रसोईघर में चली गई। बंगाली बाबू ने समझा, जानबूझकर देर से आई है।

बंगाली बाबू सब काम धीमी, सहज गति से करते थे। उनका विचार था कि इस धीमी, सहज गति के कारण ही राधा के दिल में उनके प्रति प्यार पक रहा है। वह उन लोगों से अलग हैं, जो नौकरानियों पर झपटते हैं, किचन में घुसे और दबोच लिया या दस का नोट दिखाया और बाँह में भर लिया।

राधा थोड़ी देर तक गुनगुनाती काम करती रही और बाबू के कान उसी ओर लगे रहे।

"राधा!"

"जी?"

"इधर आकर यह मेज साफ कर दे।"

राधा समझ गई और सिर झटक दिया और झाड़न उठाकर बाबू के कमरे में चली गई।

"कल तूने झाड़ू लगाई थी?"

"लगाई तो थी।"

"देख, कितनी मिट्टी है! मेज पर देख।" और बंगाली बाबू ने हाथ की उँगली मेज पर चलाई और फिर सीधी करके राधा को दिखा दी। मेज पर सचमुच धूल थी।

"धूल बहुत उड़ती है इन दिनों।" राधा ने कहा और झाड़न से मेज पोंछने लगी।

बाबू को लड़की का सामीप्य अच्छा लगा। इसके बदन से, पसीने के कारण एक प्रकार की गन्ध आने लगी थी, जो अपने तीखेपन में भी यौवन की गन्ध लिये हुए थी।

"देख तो, टेलिफोन को भी साफ नहीं किया। चोंगा उठाकर तो देख। नीचे कितनी मिट्टी है! ठहर, तुझे मैं दिखाता हूँ।"

दूसरे क्षण बंगाली बाबू राधा के पीछे खड़े थे। फिर दोनों हाथ राधा के कन्धों पर रखकर बोले, "उठा तो चोंगा। यों नहीं, यों..." और आगे बढ़कर उसके कन्धे के ऊपर से हाथ बढ़ाया, जिससे उनका गाल राधा के गाल से छू रहा था और कन्धा राधा की पीठ से, और बाबू ने चोंगा उठाया।

राधा मन से थकी-थकी थी, बेचैन थी। उसका माथा तप रहा था। वह उपेक्षा से खड़ी रही। बाबू ने समझा, मुझे बढ़ावा दे रही है।

"अभी साफ कर देती हूँ, लाइए।" और झाड़न से राधा चोंगा और टेलिफोन पोंछने लगी।

बंगाली बाबू ने दोनों हाथ फिर उसके कन्धों पर रख दिये। उसकी साँस धौंकनी की तरह चलने लगी थी। पर बंगाली बाबू समझ रहा था कि इस उम्र में भी वह एक लड़की का दिल जीत रहा है। टेलिफोन साफ हो जाने पर बंगाली बाबू ने फिर से झुककर चोंगा टेलिफोन पर रख दिया और फिर से एक बार राधा के गाल के साथ अपना गाल सटा दिया। राधा बिना कुछ कहे, नीचे सरक गई।

राधा के मन में आया, कह दे, 'मैं बीबीजी को बता दूँगी।' इससे बंगाली बाबू पीछे हट जाएगा, मगर इससे उसकी नौकरी रहेगी? उसने एक बार एक सरदारजी से ऐसे ही कह दिया था, दूसरे ही दिन घरवाली ने नौकरी छुड़वा दी थी। पन्द्रह रुपए का घर हाथ से निकल गया था।

राधा सरककर किचन में जा चुकी थी, तभी नीचे से उसके बाप की आवाज सुनाई दी, "रा...धा!!!" और राधा सीढ़ियों की ओर लपकी।

"अभी से जा रही है? अभी तो तुमने बर्तन भी साफ नहीं किए?"

"दो बर्तन रह गए हैं, दोपहर को आकर मल दूँगी, जब बीबीजी आ जाएँगी।" और वह सीढ़ियों पर जा पहुँची। ऐसे मौकों पर बाप का आवाज लगाना उसे अच्छा लगता था। और सच तो यह था कि धोबी घर-घर की टोह रखता था, आवाज लगाता ही इसीलिए था कि घर-मालिक को भान हो जाए कि राधा का बाप नीचे खड़ा है।

राधा का ब्याह कर देने के पीछे भी एक तरह से यही कारण था। कोई-न-कोई मुहल्ले का आदमी या सम्बन्धी धोबी को आए-दिन चेतावनी देता रहता था, "इसका काम छुड़वा दे।"

"काम छुड़वा दूँ तो खाऊँ कहाँ से? पूरे सत्तर रुपए कमाकर लाती है।"

"अगर किसी दिन इसे पेट हो गया तो? तो क्या करेगा?"

"तो क्या करूँ?"

"इसके हाथ रँग के इसे चलता कर। जैसे भी हो, इसे चलता कर। देखता नहीं, जमाना किधर जा रहा है!"

"पैसे कहाँ से लाऊँ?"

"इसकी भी कोई-न-कोई तरकीब निकल आएगी।"

और तरकीब सचमुच निकल आई थी।

बंगाली बाबू के घर से निकलकर राधा सिन्धी व्यापारियों के घर की ओर चल दी। उस घर में इस वक्त जाने में कोई जोखिम नहीं था। यहाँ बंगाली बाबू के हाथ से निकल भागना मुश्किल नहीं था, पर वहाँ दयाराम रसोइया पकड़ लेता था और उसके चंगुल से निकल पाना बहुत कठिन हो जाता था। सिन्धी व्यापारी, उसकी पत्नी और बेटी खाना खा चुकने के बाद एयर कंडीशनरवाले कमरे में सोने के लिए चले जाते थे और दोपहर-भर वहीं पड़े रहते थे, एक बार भी बाहर नहीं निकलते थे और उन तक बाहर की आवाज भी नहीं पहुँच पाती थी। इसीलिए सिन्धी व्यापारी के घर दोपहर के भोजन से पहले पहुँचना जरूरी था। वैसे ही, जैसे बंगाली बाबू के घर सुबह के नाश्ते से पहले।

सिन्धी व्यापारी के घर से निपट चुकने के बाद उसे 'माँजी' के घर जाना था, जहाँ बूढ़ी विधवा अपनी बेटी के साथ रहती थी, फिर वहाँ से डॉक्टर साहब के घर और फिर दोपहर के खाने के बाद दोबारा दिन के बर्तन साफ करने के लिए इन्हीं लोगों के घर फिर से जाना होता था। ढलती दोपहर तक यह चक्कर रहता था।

उस दिन शाम को राधा श्यामा बीबी के घर टेलीविजन देखने नहीं गई। श्यामा बीबी ने कोई विशेष ध्यान नहीं दिया। दूसरे दिन राधा काम पर भी नहीं आई।

श्यामा बीबी को खीज उठी और उसने धोबी से पूछा, तो धोबी ने टालने के-से स्वर में कहा, "अभी आती होगी, यहीं कहीं होगी।" जब दोपहर तक नहीं आई, तो धोबी ने कहा, "मैं क्या जानूँ बीबीजी, घर से तो चली आई थी। न जाने किधर बैठ गई! मैं देखता हूँ। मिल गई तो भेजता हूँ।" पर दोपहर ढल गई, राधा नहीं आई। धोबी जरूर कुछ छिपा रहा है, वरना अगर राधा आई होती, तो बार-बार उसका नाम लेकर पुकारता। पुकार नहीं रहा है, तो इसका मतलब है, वह काम पर नहीं आई। श्यामा बीबी बड़बड़ाई, लेकिन फिर जैसे-तैसे अपना काम निभा लिया।

राधा दूसरे दिन भी नहीं आई। और दूसरे दिन धोबी स्वयं भी नहीं आया। श्यामा बीबी का माथा ठनका। कहीं कोई जरूर भेद की बात है। हो-न-हो, यह राधा का ब्याह कर रहा है! राधा शायद ठीक ही कह रही थी कि किसी गूँगे बूढ़े के साथ उसका ब्याह पक्का हो गया है। मगर क्या मालूम, कोई और ही बात हो! जब तीसरे दिन और चौथे दिन, और फिर पाँचवें दिन भी धोबी नहीं आया और राधा भी कहीं नजर नहीं आई, तो श्यामा बीबी ने घर की सफाई और बर्तनों के लिए एक मद्रासी औरत को रख लिया। दो-एक बार श्यामा बीबी को खयाल आया, कहीं कोई और बात तो न हो, कहीं उसने फिर जहर न खा लिया हो, पर धीरे-धीरे उसका ध्यान राधा पर से हटने लगा।

फिर एक दिन धोबी काम पर आ गया। गली में बैठा इस्तरी सुलगा रहा था, जब श्यामा बीबी ने उसे देखा। श्यामा बीबी सीधी उसके पास चली आई।

"कहो धोबी, राधा का ब्याह कर आए?"

"क्या बीबीजी, किसका ब्याह?"

श्यामा बीबी झिझक गई। कुछ फीकी-सी भी पड़ गई कि बिना कुछ जाने-समझे बात कर दी।

"राधा कहाँ है? कितने दिन से काम पर नहीं आई?"

इस पर धोबी बोला, "दो-चार दिन में काम पर आने लगेगी बीबीजी।" और धोबी इस्तरी सुलगाने में जुट गया।

"ठीक-ठीक बताओ धोबी, आएगी या नहीं? उसे नहीं आना हो, तो मैं कोई दूसरा इन्तजाम कर लूँ।"

"आएगी, आएगी..."

"कब आएगी?"

इस पर धोबी फट पड़ा, "अब बीबीजी, मैं उसके दिल की क्या जानूँ! हरामजादी कुछ बताया नहीं, कहा नहीं, कहीं निकल गई है। जानूँ तो बहन के पास मथुरा गई है। जानूँ तो यहीं लक्ष्मीबाई नगर में गई है, जहाँ उसकी दूसरी बहन रहती है। कुछ बतलाकर तो गई नहीं, जब आएगी, तो मैं भेज दूँगा।"

श्यामा बीबी चली आई। जरूर कहीं कोई गड़बड़ होगी। ये लड़कियाँ बातें करने में बड़ी सीधी होती हैं, लेकिन घाट-घाट का पानी पिए होती हैं। क्या मालूम, क्या करतूत कर बैठी है!

फिर एक दिन शाम के वक्त श्यामा बीबी, हाथ में बुनाई का काम लिये, टेलीविजन के सामने बैठी ही थी कि क्या देखती है कि दरवाजे के बीचोबीच राधा खड़ी है।

''अरी, तू कहाँ से आ गई ?'' श्यामा बीबी ने हैरान होकर कहा, फिर राधा को सिर से पैर तक देखकर हँसने लगी। ''अरी वाह, तू कैसी बन-ठनकर आई है!''

''मेरी शादी जो हो गई है बीबीजी!''

''शादी हो गई है ? किसके साथ ? गूँगे के साथ ?''

''नहीं तो।'' और राधा मुस्कराने लगी।

''तेरे माँ-बाप को मालूम है ?''

''उन्हें कैसे मालूम होगा, उन्हें कुछ भी मालूम नहीं।''

इस पर श्यामा डर-सी गई और झट से उठकर सीढ़ियोंवाला दरवाजा बन्द कर दिया। ''छिपकर आई है ? पगली, तू किसी दिन खुद भी मरेगी और मुझे भी परेशान करेगी। तेरा बाप बाहर गली में बैठा है। उसने तुझे देख लिया तो ?''

''वह कैसे देखेगा ? मैं तो उसके पास से निकलकर आई हूँ।''

''तुम्हें किसी ने नहीं देखा ?''

''किसी ने नहीं देखा, सच बीबीजी।'' राधा ने चहककर कहा।

श्यामा बीबी की नजर उसके कानों में पड़े सस्ते झूमरों पर गई, भड़कीली साड़ी पर गई।

''यह साड़ी कहाँ से मिली ?''

''उन्होंने दी है।'' राधा ठहाका मारकर हँसने लगी।

''बड़ी आई सुहागिन! उन्हों-उन्हों करने लगी है। कब शादी की थी ?''

राधा सचमुच दुल्हनों की तरह सकुचा गई। उसकी आँखें पहले ही की भाँति बन्द-बन्द बोझिल-बोझिल-सी थीं; माथा तपा हुआ; जैसे सदा रहता था।

''बड़ी सुन्दर लग रही है राधा, सच!''

''मैं तो सुन्दर हूँ ही नहीं, मैं कैसे सुन्दर लग सकती हूँ ?''

''नहीं, बड़ी अच्छी लग रही है।''

''अच्छी कहो न, सुन्दर तो न कहो।''

श्यामा बीबी उठकर गई और तश्तरी में थोड़ी-सी चीनी डालकर ले आई।

''ले, मुँह मीठा कर। मेरे घर में ब्याह करके आई है।''

राधा हँस दी और चुटकी भरकर चीनी मुँह में डाल ली। पर उसी से न जाने कैसे, श्यामा बीबी ने भाँप लिया कि राधा भूखी है।

''कुछ खाएगी?''

''नहीं बीबीजी, मैं कुछ नहीं खाऊँगी। मुझे भूख नहीं है।''

इससे श्यामा बीबी का संशय और भी पक्का हो गया। वह उठकर गई और दो-तीन स्लाइस और थोड़ा-सा अचार उठा लाई। राधा ने उन्हें हाथ में लिया और देखते-देखते ही हड़प कर गई।

''किससे ब्याह हुआ तेरा?''

''इधर, पीछे थोड़ी दूर लड़कों का होस्टर है न, उसमें काम करते हैं।''

श्यामा फिर हँस दी और उसके चेहरे की ओर देखती रही।

''वहाँ होस्टर में औरतों को नहीं रहने देते।'' वह अपने ब्याह की कहानी सुनाने के लिए बेताब थी, ''पता है बीबीजी, मैं कैसे भागी थी?''

''तू घर से भाग गई थी?''

''मैं आप ही के घर से तो भागी थी।'' राधा फिर से चहकने लगी, ''वे पहले से साइकिल लिये आप ही के घर के बाहर खड़े थे। बस, मैं चुपके से उनके पीछे बैठ गई और वे सीधा मुझे होस्टर में ले गए।''

''तेरा बाप कहाँ पर था?''

''वह तो पिछली गली में था। मैं तो सामनेवाली गली में से निकल गई थी। उसे कैसे पता चलता?''

''वहाँ कहाँ पर रहती है? तेरे आदमी को क्वार्टर मिला है?''

''छिपकर ही तो वहाँ रहती हूँ।'' राधा ने चहककर कहा, जैसे कोई फिल्मी कहानी सुना रही हो, ''होस्टर के पास जब हम पहुँचे, तो मैं साइकिल पर से कूदकर एक पेड़ के पीछे दबककर खड़ी हो गई। वे साइकिल लेकर सीधे अन्दर चले गए। फिर वे लौटकर आए और पिछवाड़े की तरफ से अन्दर जाने का रास्ता बता दिया। पिछला दरवाजा वे पहले से खोलकर आए थे, बस।'' और राधा गुढ़क-गुढ़ककर हँसने लगी, ''वहाँ पर भी किसी को मालूम नहीं हुआ।'' राधा कहती गई, ''पता कैसे चलता? मैं दिन-भर वहाँ छिपी जो रहती हूँ...पता है बीबीजी, बूढ़ा चौकीदार रात को वहाँ चक्कर लगाने आता है। दस बजे, बत्ती बुझाने से पहले राउंड लगाता है, और एक-एक कमरे में झाँक-झाँककर देखता है। मगर उसे कुछ नजर नहीं आता। मैं दबककर एक कोने में बैठी रहती हूँ।''

''किसी दिन पकड़ी जाएगी पगली!''

''पकड़ी जाऊँगी तो पकड़ी जाऊँगी।'' राधा ने सदा की तरह हाथ चमकाकर कहा।

''दिन को क्या करती है? वह तो काम पर चला ज़ाता होगा!''

"बस, छिपी बैठी रहती हूँ, कमरे में। बोलती भी नहीं।"

"शादी कब की?"

"पाँच-छह दिन हुए।"

"तू इसे पहले से जानती थी?"

"हाँ, इधर ही काम करते थे। मेरे बाप से कपड़े इस्तरी करवाने भी आते थे।"

श्यामा मुस्करा दी, "कहाँ शादी करवाई थी?"

"मन्दिर में।" फिर अपने-आप ही बोली, "होस्टर के पीछे मन्दिर है न, वहाँ करवाई थी।" फिर श्यामा को अपनी ओर संशय की नजर से देखते पाकर बोली, "हमारी कोठरी के पीछे जो बरामदा है न, बीबीजी, वहाँ आले में भगवानजी की मूर्ति रखी है। उसी के सामने हम दोनों खड़े हो गए और ब्याह करवा लिया।"

"पंडित कोई नहीं था?"

"पंडित किसलिए बीबीजी? हम दोनों ने मूर्ति के सामने हाथ जोड़कर ब्याह करवा लिया। 'अनुराधा' फिल्म में भी तो ऐसे ही हुआ था, आपको याद नहीं? टेलीविजन पर आप ही के घर में तो देखी थी। बस, वैसे ही हमने भी ब्याह करवा लिया।"

"तू पागल ही रहेगी। ऐसे भी कोई ब्याह होता है?" श्यामा बीबी ने कहा और उसकी ओर देखती रह गई। "रोज दिन-भर वहाँ छिपी रहा करेगी?"

"पहले दो दिन तो कुछ नहीं हुआ, मगर कल मैं बहुत थक गई थी। मुझे तो भूल ही गया था कि दिन कौन-सा है? आज सुबह जब उन्होंने बताया कि इतवार है, तो मैंने कहा, आज तो मैं बीबीजी के घर जरूर जाऊँगी। फिल्म देखूँगी। आज कौन-सी फिल्म है, बीबीजी?"

श्यामा को कहते न बना कि कौन-सी फिल्म है, "किसी ने तुम्हें देख लिया होता तो?"

"देख कैसे लेता बीबीजी, मैंने घूँघट जो काढ़ रखा था। मैं तो बाप के पास से निकलकर आई हूँ। मैंने घूँघट काढ़ लिया और दीवार के साथ-साथ चली आई। ऐसे कपड़ों में उसने मुझे कभी देखा ही नहीं।"

"तेरे बाप को पता चल गया तो?"

"अभी तक उसे कुछ भी मालूम नहीं।" राधा चहककर बोली, "पता है, बीबीजी, वह जो मेरा घरवाला है न, वह रोज दो कपड़े इस्तरी करवाने के लिए मेरे बाप के पास ले आता है। और बातों-बातों में सब कुछ पूछ लेता है।" राधा गुढ़ककर हँसी।

"क्या पूछ लेता है?"

"कि बाप ने पुलिस में खबर कर दी है या नहीं, कि मेरी खोज कर रहा है या नहीं। पुलिस को अभी तक खबर नहीं दी है। यह अच्छी बात है न, बीबीजी?"

"तू रहेगी कहाँ? यह ब्याह तो कोई ब्याह न हुआ।"

“नैनीताल के पास इनके माँ-बाप रहते हैं। ये वहाँ जाएँगे।”

“तुझे भी साथ लेकर जाएगा?”

“हाँ।”

“अगर इसके माँ-बाप ने नहीं माना तो?”

“तो क्या बीबीजी, मैं लौट आऊँगी।”

“उसे छोड़ देगी?”

“मैं क्यों छोड़ूँगी। पर अगर वे छोड़ेंगे, तो मैं चली आऊँगी।”

“तेरी जात का है?”

“नहीं, हमारी जात के नहीं। वे गढ़वाली हैं।”

“पगली, तुम्हें ऐसी शादी करवाने की क्या जरूरत थी? वह तुम्हें छोड़ गया तो?”

“वे ऐसे नहीं हैं, वे बहुत अच्छे हैं।” राधा हँस दी।

“वे तो बहुत अच्छे हैं, पर सभी तो अच्छे नहीं होते।”

इस पर राधा सिर झटककर बोली, “छोड़ दिया तो छोड़ दिया। फिर क्या हुआ? मैं फिर से कहीं बर्तन-पोंछा करने लगूँगी।”

“इस वक्त वह कहाँ पर है?”

“वे दस बजे मुझे लेने आएँगे।”

“कहाँ लेने आएँगे?” श्यामा ने हँसकर ‘आएँगे’ पर बल देते हुए पूछा।

“आप ही के घर की सीढ़ियों पर मैं बैठी मिलूँगी। वे साइकिल पर आएँगे और मैं झट से साइकिल पर उनके पीछे बैठ जाऊँगी।”

पर श्यामा को यह सुझाव पसन्द नहीं आया। यह मामला गड़बड़ है और जोखिम का काम है। किसी को पता चल गया, तो दस आदमी यहाँ पहुँच जाएँगे। आजकल किसी का कोई एतबार नहीं। भागी हुई लड़की। बाप बाहर गली में बैठा है। मैं क्या जानूँ, कौन है, कौन नहीं है! ज्यों-ज्यों श्यामा सोचती जाती, उसकी घबराहट बढ़ती जाती, उसका डर बढ़ता जाता कि उसके लिए कोई पचड़ा खड़ा न हो जाए। और राधा उसकी नजरों में दूर होती जा रही थी, यहाँ तक कि वह उसे अजनबी लगने लगी थी।

अपनी आवाज को संयत करते हुए श्यामा बोली, “यह ठीक नहीं है, राधा! तू यहाँ से चली जा। जब तेरा ब्याह पक्का हो जाए, तो जरूर आ जाया करना। घर तेरा ही है। पर इधर कोई सीढ़ियाँ चढ़कर ऊपर आ जाए, तुझे बैठा देख ले और नीचे जाकर धोबी को बता दे, बखेड़ा खड़ा हो जाएगा। ठीक है न? तू अब जा...और जब तक तेरा ब्याह पक्का नहीं हो जाए और तेरे माँ-बाप को खबर नहीं हो जाए, मेरे घर नहीं आना...”

“पर मैं तो फिल्म देखने आई हूँ।”

"नहीं राधा, तू जा।"

"पर फिल्म देखे बगैर मैं कैसे जा सकती हूँ? मैं तो वहाँ से फिल्म देखने के लिए ही आई हूँ।" राधा बच्चों की तरह जिद करने लगी।

पर श्यामा की आवाज में तीखापन आ गया, "नहीं-नहीं, कोई फिल्म-विल्म नहीं। तू जा यहाँ से।"

"पर बीबीजी, वे तो दस बजे आएँगे। मैं दस बजे तक क्या करूँगी?"

"नहीं, नहीं, तू जा, बस, यही ठीक है।" श्यामा ने अधिक घबराकर कहा। वह जैसे-तैसे उसे घर से चलता करना चाहती थी।

राधा ठिठक गई। श्यामा की ओर देखा और फैली आँखों से देर तक देखती रही। फिर उठ खड़ी हुई, "अच्छा, बीबीजी, मैं जाऊँगी।"

"मगर जाएगी कैसे? बेशक रात हो जाने दे, फिर चली जाना।"

"ओह, नहीं बीबीजी, मुझे कुछ नहीं होगा।" राधा कुछ देर तक ठिठकी खड़ी रही, फिर उठ खड़ी हुई और जिन कदमों ऊपर आई थी, उन्हीं कदमों नीचे उतर गई।

श्यामा ने लपककर बाहर खिड़की में से देखा। राधा ने घूँघट काढ़ लिया था और धीरे-धीरे चलती हुई ऐन धोबी के पास से होती हुई आगे बढ़ गई और फिर बाएँ हाथ को मोड़ काटकर आँखों से ओझल हो गई।

श्यामा बीबी कुर्सी पर आ बैठी और थोड़ी ही देर बाद स्वभावानुसार द्विविधा में डोलने लगी। क्यों न उसे बैठा रहने दिया? यहाँ उसे कौन देखने आता? बाहर अभी अँधेरा भी नहीं हुआ। पर फिर सिर हिलाकर बोली, 'नहीं-नहीं, ठीक ही हुआ जो चली गई। कोई बखेड़ा उठ खड़ा होता तो? यह बात छिपी थोड़ी रहेगी?'

त्रास

एक्सीडेंट पलक मारते हो गया। और एक्सीडेंट की जमीन भी पलक मारते तैयार हुई। पर मैं गलत कह रहा हूँ। उसकी जमीन मेरे मन में वर्षों से तैयार हो रही थी। हाँ, जो कुछ हुआ, वह जरूर पलक मारते हो गया।

दिल्ली में प्रत्येक मोटर चलानेवाला आदमी साइकिल चलानेवालों से नफरत करता है। दिल्ली के हर आदमी के मस्तिष्क में घृणा पलती रहती है और एक-न-एक दिन किसी-न-किसी रूप में फट पड़ती है। दिल्ली की सड़कों पर सारे वक्त घृणा का व्यापार चलता रहता है। बसों में धक्के खाकर चढ़नेवाले, भाग-भागकर सड़कें लाँघनेवाले, भोंपू बजाती मोटरों में सफर करनेवाले सभी किसी-न-किसी पर चिल्लाते, गालियाँ बकते, मुड़-मुड़कर एक-दूसरे को दाँत दिखाते जाते हैं। घृणा एक धुन्ध की तरह सड़कों पर तैरती रहती है।

पिछले जमाने की घृणा कितनी सरल हुआ करती थी—लगभग प्यार जैसी सरल! क्योंकि वह घृणा किसी व्यक्तिविशेष के प्रति हुआ करती थी। पर अनजान लोगों के प्रति यह अमूर्त घृणा, जो मस्तिष्क से निकल-निकलकर सारा वक्त वातावरण में अपना जहर घोलती रहती है।

वह साइकिल पर था और मैं मोटर चला रहा था। न जाने वह आदमी कौन था! मोटर के सामने आया तो मेरे लिए उसका कोई अस्तित्व बना, वरना असंख्य लोगों की भीड़ में खोया रहता जिस पर मेरी तैरती नजर घूमती रहती है। दुर्घटना के ऐन पहले उसने सहसा मुड़कर मेरी ओर देखा और क्षणभर के लिए हमारी आँखें मिली थीं। उसकी गँदली-सी आँखों में अपने को सहसा विकट स्थिति में पाने की उद्भ्रान्ति थी, सहसा वे आँखें फैल गई थीं। न जाने उसे मेरी आँखों में क्या नजर आया था!

ऐन दुर्घटना के क्षण तक पहुँचते-पहुँचते मेरा मस्तिष्क धुँधला जाता है, मेरी चेतना दाएँ पैर के पंजे पर आकर लड़खड़ा जाती है और सारा दृश्य किसी टूटते घर की तरह असम्बद्ध हो उठता है क्योंकि मैंने उस क्षण अपने दाएँ पैर के पंजे के

एक्सलरेटर को जानबूझकर दबा दिया था। ब्रेक को दबाने की बजाय, एक्सलरेटर को दबा दिया था। मोटर की रफ्तार धीमी करने की बजाय मैंने उसे और तेज कर दिया था। मैंने एक्सलरेटर को ही नहीं दबाया, उसके पीछे गाड़ी को तनिक मोड़ा भी, जब वह मेरे सामने से रास्ता काटकर लगभग आधी सड़क लाँघ चुका था। तभी उसने घबराकर मेरी ओर देखा था। फिर खटाक् का शब्द हुआ था, और कोई चीज उछली थी, जैसे चील झपट्टा मारती है।

जब पहली बार मेरी नजर उस पर गई तो वह मेरे आगे सड़क के किनारे-किनारे बाएँ हाथ बढ़ता जा रहा था। तब भी मेरे मन में उसके प्रति घृणा उठी थी। वह थुल-थुल-सा ठिंगने कद का आदमी जान पड़ा था, क्योंकि उसके पैर मुश्किल से साइकिल के पैडलों तक पहुँच पा रहे थे। टखनों के ऊपर लगभग घुटनों तक उठे हुए उसके पाजामे को देखकर ही मेरे दिल में नफरत उठी थी या उसकी काली गर्दन को देखकर। अभी वह दूर था और आसपास चलती गाड़ियों की ही भाँति मेरे दृष्टि-क्षेत्र में आ गया था। फिर वह सहसा अपना दायाँ हाथ झुला-झुलाकर मुड़ने का इशारा करते हुए वह सड़क के बीचोबीच आने लगा था। हाथ झुला-झुलाकर वह जैसे मुझे ललकार रहा था। तभी मेरे अन्दर चिंगारी-सी फूटी थी। अब भी याद आता है तो सबसे पहले उसका घुटनों तक चढ़ा हुआ पाजामा और काली गर्दन आँखों के सामने आ जाते हैं। वह आदमी दफ्तर का बाबू भी हो सकता था, किसी स्कूल का अध्यापक भी हो सकता था, छोटा-मोटा दुकानदार भी हो सकता था। सुअर का पिल्ला, देखूँ तो कैसे मोड़ काट जाता है! यह भी कोई तरीका है सड़क पार करने का? उसी लमहे-भर में मैंने एक्सलरेटर को दबा दिया था और मोटर को तनिक मोड़ दिया था। तभी उसने हड़बड़ाकर पीछे की ओर देखा था...।

वह क्षण तृप्ति का क्षण था—विष-भरे सन्तोष का। सुअर का बच्चा, अब आए तो मेरे सामने! लेकिन 'खटाक्' शब्द के साथ ही एक हड़बड़ाती आवाज-सी उठी, और एक पुंज-सा जमीन पर गिरता आँखों के सामने कौंध गया, कुछ वैसे ही, जैसे कोई चील झपट्टा मारकर पास से निकल गई हो!

पर इस क्षण को लोप होते देर नहीं लगी और मेरा मन लड़खड़ा-सा गया। यह मैं क्या कर बैठा हूँ? किसी बात को चाहना एक बात है और सचमुच कर डालना बिल्कुल दूसरी बात। कहीं कोई चीज टूटी थी। मेरे मन की स्थिति वैसी ही हो रही थी, जैसे कोई आदमी बड़े आग्रह से किसी घर के अन्दर घुसे, पर कदम रखते ही घर की दीवारें और छत और खिड़कियाँ ढह-ढहकर उसके आसपास गिरने लगें। यह मैं क्या कर बैठा हूँ? चलते-चलाते मैंने बखेड़ा मोल ले लिया है।

मैंने एक्सलरेटर को फिर से दबा दिया। हड़बड़ाते मस्तिष्क में से आवाज आई, निकल चलो यहाँ से; पीछे मुड़कर नहीं देखो और निकल जाओ यहाँ से!

पर मेरा अवचेतन ज्यादा सचेत था। उसका सन्तुलन अभी नहीं टूटा था। वर्षों पहले किसी ने कहा था कि एक्सीडेंट के बाद भागने से जोखम बढ़ता है, बखेड़े उठ खड़े होते हैं। मेरा पैर एक्सलरेटर पर से हट गया, टाँगों में कम्पन हुआ और मोटर की रफ्तार धीमी पड़ गई। फिर वह अपने-आप ही जैसे बाएँ हाथ की पटरी के साथ लगकर खड़ी हो गई। मोटर की गति थमने की देर थी कि मेरी टाँगों में पानी भर गया और सारे बदन पर ठंडा पसीना-सा आता महसूस हुआ। यह मैं क्या कर बैठा हूँ? यह अनुभव तो दिल्ली में सभी के साथ गाहे-बगाहे होता है, घृणा के आवेश में कुछ कर बैठो और फिर काँपने लगो।

सड़क पर शाम के हल्के-हल्के साये उतर आए थे—वह समय, जब अँधेरे के साथ-साथ झीना-सा परायापन सड़कों पर उतर आता है, जब चारों ओर हल्की-हल्की धूल-सी उड़ती जान पड़ती और आदमी अकेला और खिन्न और निःसहाय-सा महसूस करने लगता है। सड़क पर आमद-रफ्त कम हो चुकी थी। बत्तियाँ अभी नहीं जली थीं। मैं मोटर का दरवाजा खोलकर नीचे उतर आया। दो-एक मोटरें उसी दिशा से आती हुई धीमी हुईं। सड़क के पार पटरी पर कोई औरत चलते-चलते रुक गई थी और सड़क की ओर देखे जा रही थी। उसका हाथ थामे उसके साथ एक बच्चा था।

मैंने उतरते ही सबसे पहले आगे बढ़कर मोटर का बोनट देखा, बत्तियाँ देखीं, पहलू को ऊपर से नीचे तक देखा कि कहीं कोई 'चिब' तो नहीं पड़ा या खरोंच तो नहीं आई, या कहीं रंग उधड़ा हो! नहीं, कहीं कुछ टेढ़ा नहीं हुआ था, मोटर को कहीं चोट नहीं आई थी। फिर मैं तेवर चढ़ाए पीछे की ओर घूम गया, जहाँ सड़क के बीचोबीच वह आदमी गठरी-सा बना पड़ा था, और उसकी साइकिल उसके ऊपर गिरी पड़ी थी। साइकिल का पिछला पहिया टेढ़ा होकर अभी भी घूमे जा रहा था।

बचाव का एक ही साधन है, हमला! फटकार से बात शुरू करो। अपनी घबराहट जाहिर करोगे तो मामला बिगड़ जाएगा, लेने-के-देने पड़ जाएँगे।

"यह क्या तरीका है साइकिल चलाने का? चलाते-चलाते मुड़ जाते हो! अगर मर जाते तो क्या होता?..."

मेरी आवाज ने और मेरे तर्क ने ही मुझे आश्वस्त कर दिया कि गलती उसी की थी, मेरी नहीं।

"इधर हाथ देते हो, उधर मुड़ जाते हो!"

न हूँ, न हाँ! धूप में झुलसा चौड़ा-सा चेहरा और उड़ते खिचड़ी बाल। उसके लिए उठ-बैठना कठिन हो रहा था। शायद जानबूझकर हिल-डुल नहीं रहा था। मेरे अवचेतन ने फिर मुझे उसकी ओर धकेला, इसकी बाँह थामकर इसे उठा दो। स्थिति

सँभालने का यही तरीका है। मैंने आगे बढ़कर साइकिल को उस पर से हटाया और उस काले-कलूटे को गर्दन के नीचे हाथ देकर बैठा दिया। उसने फटी-फटी आँखों से मेरी ओर देखा। उसकी नजर में अब भी पहले-सी भ्रान्ति और त्रास था और वह बेसुध हो रहा था। भूचाल के बाद जैसे कोई आँखें खोले और समझने की कोशिश करे कि कहाँ पर पटक दिया गया है! खून की बूँदें उसके खिचड़ी बालों में कहीं से निकल-निकलकर उसके कोट के कालर पर गिर रही थीं।

सड़क पार की ओर से किसी के चिल्लाने की आवाज आई, 'ऐसा तेज चलाते हैं, जैसे सड़क इनके बाप की है! आदमी को मार ही डालेंगे...'

पटरी पर घाघरेवाली बागड़न औरत अपने बच्चे का हाथ थामे खड़ी चिल्ला रही थी। उसने एक्सीडेंट को होते देखा था। ऐसे आदमी बहुत कम होते हैं जिन्होंने एक्सीडेंट को होते देखा हो, और वे अपनी गवाही चिल्ला-चिल्लाकर देना चाहते हैं।

मामला बिगड़ रहा है, बखेड़ा खड़ा हो जाएगा। मेरे सँभाले नहीं सँभलेगा।

मेरे दाएँ हाथ की पटरी पर एक आदमी ठिठककर खड़ा हो गया। किंकर्तव्यविमूढ़, मैंने घूमकर देखा। कोई वयोवृद्ध था, सूट-बूट पहने, छड़ी डुलाता पटरी पर ठिठका खड़ा था। मेरे देखने पर, पटरी पर से उतर आया।

''सभी एक्सीडेंट साइकिलों वाले करते हैं, वह ....। इन्हें बड़ी सड़कों पर आने की इजाजत ही नहीं होनी चाहिए, बात...''

अंग्रेजों के जमाने की गाली दे रहा था। तौर-तरीकों से भी अंग्रेजों के जमाने का रिटायर्ड अफसर जान पड़ता था। कोट-नेकटाई लगाए, हाथ में छड़ी लिये घूमने निकला था। अपनी-अपनी तौफीक के मुताबिक अपने-अपने हमदर्द सभी को जुट जाते हैं। मेरा हौसला बढ़ गया।

''मैंने मोटर रोक ली तो बच गया, नहीं तो इसका भुर्ता बन गया होता।'' मैंने ऊँची आवाज में कहा और मेरे जिस्म में आत्मविश्वास की हल्की-सी लहर दौड़ गई।

उसी क्षण मुझे जगतराम सुपरिंटेंडेंट का भी खयाल आया। मेरे भाई का साढ़ू है, पुलिस का अफसर है। मामला बिगड़ गया तो उसे टेलीफोन भी कर देने की जरूरत है। अपने-आप स्थिति को सँभाल लेगा।

मैं वहाँ से चलने को हुआ। मैंने दोनों हाथ पतलून की जेबों में डाल लिये और मेरी टाँगों में स्थिरता आ गई।

सूट-बूटवाला बुजुर्ग मेरे पास आ गया था और फुसफुसाकर कह रहा था, ''इसे अस्पताल में छोड़ आओ। जैसे भी हो, यहाँ से हटा ले जाओ। पुलिस आ गई तो बखेड़ा उठ खड़ा होगा। वहाँ पर दो-चार रुपए देकर मामला निपटा लेना...।''

पुलिस के नाम पर फिर मेरी आँखों के सामने जगतराम सुपरिंटेंडेंट का चेहरा घूम गया। फिर से बदन में आत्मविश्वास की लहर दौड़ गई। मैंने आँख घुमाकर काले-कलूटे की ओर देखा। वह दोनों हाथों में अपना सिर थामे वहीं का वहीं बैठा था। खून की बूँदें रिसना बन्द हो गई थीं और कालर पर चौड़ा-सा खून का पैबन्द लग गया था। कोई क्लर्क है शायद। कितने का आसामी होगा? कितने पैसे देने पर मान जाएगा?

सड़क पार से फिर से चिल्लाने की आवाज आई, 'हमारे सामने पीछे से टक्कर मारी है। हमने अपनी आँखों से देखा है...।'

औरत ने तीन राह जाते आदमी घेर लिये थे, और अब वे सड़क के पार खड़े मेरी ओर घूरे जा रहे थे।

"अगर पुलिस आ गई तो मोटर को यहीं पर छोड़कर जाना पड़ेगा। ख्वाहम-ख्वाह का पचड़ा खड़ा हो जाएगा, बरखुरदार..." सूट-बूटवाले सज्जन बड़ी सधी हुई आवाज में बड़ा सधा हुआ परामर्श दे रहे थे।

मैं फिर ऊँची आवाज में सड़क के पार खड़े लोगों को सुनाने के लिए बोला, "जिस तरह तुम झट से मुड़ गए थे, टक्कर होना लाजमी था। गनीमत जानो कि मैंने गाड़ी रोक ली वरना तुम्हारी हड्डी-पसली नहीं बचती। अगर इसी तरह साइकिल चलाओगे तो किसी-न-किसी दिन जान से हाथ धो बैठोगे...।"

मेरी आवाज में समाजसेवा की गूँज आ गई थी और मुझे इस बात का विश्वास होने लगा था कि मैंने सचमुच इस आदमी को बचाया है। इसे गिराया नहीं। उस आदमी ने सिर ऊपर उठाया। उसकी आँखों में अभी भी त्रास छाया था, लेकिन मुझे लगा, जैसे उसकी आँखें मस्तिष्क में छिपे मेरे इरादों को देख रही हैं। त्रास के साथ-साथ कुछ-कुछ कृतज्ञता का भाव भी झलक आया है।

"मेरी मानो, इसे अस्पताल पहुँचा दो।" बुजुर्ग ने फिर से फुसफुसाकर कहा।

लेकिन मेरा कोई इरादा उसे अस्पताल पहुँचाने का नहीं था। मेरे भाई का हमजुल्फ जगतराम सब मामला सँभाल लेगा। उसे टेलीफोन पर कहने की देर है।

थुल-थुल के बालों में से खून रिसना बन्द हो गया था। अधेड़ उम्र बड़ी खतरनाक होती है—बुरी तरह से घायल होने के लिए भी और दूसरों को परेशान करने के लिए भी।

मैंने फिर से हाथ पतलून की जेब में डाला, जिसमें दो नोट रखे थे—एक पाँच रुपए का, दूसरा दस रुपए का। ज्यों-ज्यों मेरा डर कम होता जा रहा था, उसी अनुपात में मेरी दुविधा भी कम होती जा रही थी। दस रुपए देने की भी कोई जरूरत नहीं, पाँच रुपए बहुत हैं। यों यह किसी भी प्रकार की मदद का हकदार नहीं है। जिस तरह इसने झट से साइकिल को मोड़ दिया था, एक्सीडेंट होना जरूरी था।

जेब में से पाँच रुपए का नोट निकालने से पहले मैंने मुड़कर देखा। सूट-बूटवाला बुजुर्ग जा चुका था। दूर छड़ी झुलाता, लम्बी-लम्बी साँस लेता आगे बढ़ गया था। मुझे अकेला अपने हाल पर छोड़ गया था। मुझे धोखा दे गया था। मैं अकेला, दुश्मनों से घिरा महसूस करने लगा। दो छोटे-छोटे लड़के भी मेरी बगल में आकर खड़े हो गए थे, और उन्होंने थुल-थुल को पहचान लिया जान पड़ता था।

"गोपाल के बापू हैं। हैं न!" एक ने दूसरे से सहमी-सी आवाज में कहा। मगर वे दोनों दूर ही खड़े रहे, और थुल-थुल को देखते रहे—कभी उसकी ओर देखते, कभी मेरी ओर।

मैं अभी पाँच का नोट उँगलियों में मसल ही रहा था कि पुलिस आ गई। कोई आदमी चिल्लाया, "पुलिस! पुलिस आ गई है!"

मैं चूक गया हूँ। उस वक्त निकल जाता तो निकल जाता। अब तो यह आदमी भी तेज हो जाएगा। बावेला मचाएगा। पुलिस को अपने जख्म दिखाएगा। साइकिल का टेढ़ा पहिया दिखाएगा। भीड़ इकट्ठी कर लेगा। मुझे परेशान करेगा। पटरी पर वह बागड़न औरत अभी भी खड़ी थी और उसका बच्चा रोए जा रहा था।

आने दो पुलिस को, मन-ही-मन कहा। जगतराम सुपरिंटेंडेंट का नाम उनके आते ही कह देना होगा, वरना उन्होंने अगर चालान लिख दिया तो फिर उसे नहीं फाड़ेंगे।

लोग नजदीक आने लगे थे। घेरा-सा बनने लगा था। और मैं कह रहा था, आने दो, जगतराम का नाम छूटते ही सुना देना होगा, देर हो गई और चालान लिख डाला गया तो वे पुर्जा नहीं फाड़ेंगे।

पर दूसरे क्षण मैं लपककर थुल-थुल के ऊपर झुक गया था और उसे बाजू का सहारा देकर उठा रहा था।

"चलो, तुम्हें अस्पताल पहुँचा आऊँ। उठो, देर नहीं करो...।"

मैंने उसे बाजू का सहारा इसलिए दिया था कि आस-पास के लोग देख लें कि मुझे उस आदमी के साथ हमदर्दी है। पुलिसवाले भी देख लें कि मेरे मन में द्वेषभाव नहीं है।

उसने आँखें फेरकर मेरी ओर देखा, सहसा उठ खड़ा हुआ। मुझे लगा, जैसे उसका शरीर सहसा बड़ा हल्का हो गया है और बिना मेरी मदद के अपने-आप चलने लगा है। वह उठा ही नहीं, लड़खड़ाता हुआ मोटर की ओर चल दिया। मैंने पहले तो सोचा कि वह अपना साइकिल उठाने जा रहा है, पर वह सीधा मोटर के पास जा पहुँचा और हत्थी को पकड़कर दरवाजे के शीशे के साथ माथा टिकाकर खड़ा हो गया।

यह क्या करने जा रहा है? वहाँ पर जाकर खड़ा हो गया? मैं लपककर आगे बढ़ा, चाबी से डिक्की का दरवाजा खोला, टेढ़े पहिए समेत साइकिल को उसके

अन्दर ठूँसा, फिर उस आदमी के लिए कार का दरवाजा खोलकर उसे अन्दर धकेल दिया और पलक मारते गाड़ी चला दी।

अस्पताल में पहुँचने से पहले ही मुझे पूर्ण सुरक्षा का भास होने लगा। मुझे अपनी कर्मठता और चुस्ती पर गर्व होने लगा था। कोई और होता तो एक्सीडेंट के हो जाने के बाद, और पुलिस के आ जाने पर किंकर्तव्यविमूढ़, मुँह बाये खड़ा रहता। अब इसे अस्पताल के बरामदे में पटकूँगा और सीधा घर की ओर निकल जाऊँगा।

मोटर चलने पर किसी ने गाली दी थी। दो आदमी कार की ओर लपके भी थे। गाली मुझे दी गई थी या उस आदमी को, मैं नहीं जानता। लेकिन मोटर बड़ी खूबसूरती से लोगों की गाँठ को चीरती हुई सर्र करके निकल गई थी और अब मैं कैजुअल्टी वार्ड के बरामदे में खड़ा था और अन्दर उसकी पट्टी हो रही थी।

मैंने अन्दर झाँककर देखा तो अधलेटे लेटे उसने मेरे सामने हाथ बाँध दिये और देर तक हाथ जोड़े रहा। एक क्षीण, विचित्र-सी मुस्कान भी उसके चेहरे पर आ गई थी। क्षण-भर के लिए मुझे लगा, जैसे सिर की चोट के कारण वह पगला गया है। जितनी देर मैं उसके सामने रहा, वह छाती पर दोनों हाथ बाँधे मेरी ओर देखे जा रहा था। मैं ठिठककर वहाँ से हट गया और बरामदे में टहलने लगा। लेकिन थोड़ी देर बाद जब मैंने फिर दरवाजे में से अन्दर झाँका तो वह अभी भी छाती पर हाथ बाँधे मेरी ओर देख रहा था। क्या यह सचमुच पगला गया है?

मैं धीरे-धीरे चलता हुआ उसके पास जा पहुँचा।

"अच्छे करम किए थे जो आपके दर्शन हो गए।..." वह बोला और हाथ जोड़े रहा।

मैं ठिठककर खड़ा हो गया। यह क्या बक रहा है?

फिर सहसा वह अपनी पट्टियों के बावजूद दोनों हाथ बढ़ाकर नीचे की ओर झुका, और मेरे पैरों को छूने की कोशिश करने लगा।

मैं पीछे हट गया।

उसने फिर हाथ बाँध दिये।

"मेरे अच्छे करम थे साहब, जो आपकी मोटर से टक्कर हुई...।"

यह कौन-सा स्वाँग रचने लगा है? क्या यह सचमुच होश में नहीं है? पर वह दोनों हाथ बाँधे, दाएँ से बाएँ अपना सिर हिला रहा था।

पीछे बरामदे में हलचल सुनाई दी। एक स्त्री, दो छोटे-छोटे लड़कों के साथ, बदहवास-सी, वार्ड में घूमती हुई अन्दर आ रही थी। अन्दर की ओर झाँकते ही वह लपककर उस आदमी की खाट की ओर आ गई। दोनों लड़के भी उसके पीछे-पीछे भागते हुए अन्दर आ गए।

"हाय, तुम्हें क्या हुआ? कहाँ चोट आई है?" और वह फटी-फटी आँखों से उसके सिर पर बँधी पट्टियों की ओर देख रही थी।

यह उसकी पत्नी रही होगी, मैंने मन-ही-मन समझ लिया। हादसे की खबर इस तक पहुँच गई है। अस्पताल में आने पर सुरक्षा का भाव जो मन में उठा था, वह लड़खड़ा-सा गया। पहले ही से उसके सनकी व्यवहार पर मैं हैरान हो रहा था। मन में आया, निकल चलूँ, अब और ज्यादा ठहरने में जोखिम है।

पर वह आदमी अपने दो बालकों से कह रहा था, ''पालागन करो। जाओ, जाओ, पालागन करो।''

और दोनों लड़के, राम-लछमन की तरह, हाथ बाँधे मेरे पैर छूने के लिए आगे बढ़े आ रहे थे।

स्त्री ने तनिक घूमकर मेरी ओर देखा। वह बेहद घबराई हुई थी।

''इनके आगे माथा नवाओ। इन्हें नमस्कार करो! करो, करो!'' वह अपनी पत्नी से कह रहा था।

औरत हत्‌बुद्धि-सी सिर पर पल्ला करके मेरे सामने झुकी।

''मुझे मौत के मुँह से निकाल लाए हैं। सड़क पर पड़े आदमी को कौन उठाता है? यह मुझे उठा लाए हैं।'' वह बोले जा रहा था, ''उधर पुलिस आ गई थी। यह मुझे पुलिस के हाथ से खींचकर ले आए हैं। मैंने अच्छे करम किए थे, आप तो भगवान के अवतार होकर उतरे हैं। इस कलियुग में कौन किसी को सड़क पर से उठाता है! आपके हाथ से बहुतों को भला होगा।...''

थुलथुल गिड़गिड़ा रहा था। वह पगलाया नहीं था, उसकी बकवास के पीछे कोई षड्यंत्र भी नहीं था, केवल त्रास था—दिल्ली की सड़कों का त्रास।

मैंने इत्मीनान की साँस ली।

''नहीं-नहीं, ऐसा नहीं कीजिए,'' अपनी ओर गले में पल्ला डाले झुकी हुई उसकी पत्नी को सम्बोधन करते हुए मैंने कहा। मेरी आवाज में मिठास आ गई थी, तनाव दूर हो गया था।

''नहीं, नहीं, मैंने केवल अपना फर्ज पूरा किया है। एक इनसान के नाते मेरा फर्ज था।'' फिर सद्‌भावनापूर्ण परामर्श देते हुए बोला, ''लेकिन आपको साइकिल ध्यान से चलानी चाहिए। दिल्ली में हादसे बहुत होते हैं। बल्कि मैं तो कहूँगा कि आपको इस उम्र में साइकिल चलानी ही नहीं चाहिए। इससे तो पैदल चलना बेहतर है।...''

''आपकी दया बनी रहे...'' उसने बुदबुदाकर कहा।

''नहीं, नहीं, एक इनसान के नाते यह मेरा फर्ज था। और किसी चीज की जरूरत हो तो बताओ, मैं भिजवा दूँगा...''

उसने फिर हाथ जोड़ दिये और सिर हिलाने लगा। दयालुता और आत्मश्रद्धा के आवेश में मेरा हाथ फिर पतलून की जेब में गया, जहाँ दो नोट पड़े थे। मैंने उँगलियों से दोनों नोट अलग-अलग किए। पाँच दूँ या दस? दस दूँ या पाँच?

आसामी तो पाँच का नजर आता है। फिर तभी हाथ रुक गया। यह क्या बेवकूफी करने जा रहे हो? यह क्या कम है कि इसे अस्पताल में उठा लाए हो? यह है कौन जिसके प्रति इतने पसीजने लगे हो? न जान, न पहचान...

मैंने आँख उठाकर उसकी ओर देखा। छाती पर हाथ बाँधे वह अभी भी श्रद्धा से सिर हिलाए जा रहा था—लिजलिजी, लसलसी-सी श्रद्धा, जिसे देखकर फिर से मन में घृणा की लहर उठने लगी, और मैं वहीं से बाहर की ओर घूम गया।

खूँटे

हम सब अपने-अपने खूँटे तुड़ाकर इस सेमिनार में भाग लेने आए थे। सेमिनार का आयोजन दिल्ली से दूर इस नगर में किया गया था, इस आशय से कि कुछ पैसे भी बच जाएँगे, कुछ सैर भी हो जाएगी। मेरी पत्नी ने भी कृपा की थी, कुछ दिन के लिए खूँटे पर से रस्सी खोल दी थी और मैं दुलत्ती झाड़कर भाग खड़ा हुआ था। यही स्थिति हम सबकी रही होगी—जैन की भी और विनायक की भी और उस पतले-सूखे क्लर्क मेहता की भी।

दो दिन तक तो सेमिनार की कार्रवाई चलती रही थी। संचालक के नाते जैन ने अपना भाषण पहले दिन ही सेमिनार में दे दिया था। वर्षों से रटा हुआ भाषण था, यहाँ तक कि हॉल में मेरे साथ बैठा मेहता, भाषण के वाक्य पहले से ही बुदबुदा देता। उपसंचालक के नाते विनायक को ज्यादा काम था—किराए-भत्ते का हिसाब रखना, किसे कहाँ ठहराना है, कौन-कौन-से प्रस्ताव होंगे, आदि। अपना काला-सा बैग बगल में दबाए सारा वक्त इधर से उधर घूमता रहा था।

पर अब सेमिनार की अधिकांश कार्रवाई खत्म हो चुकी थी और इतवार का दिन था और हमने नगर की सैर करने की ठान ली थी। जैन ने नेकटाई खोल दी और कोट उतारकर लाल रंग का पुल-ओवर पहन लिया। मैंने भी सफेद कमीज और ग्रे रंग की पतलून पहन ली और जेब में बढ़िया सिगरेटों की डिबिया रख ली। केवल विनायक ने चलते समय अपना बैग फिर से उठाकर बगल में दबा लिया।

"इसे कहाँ उठाए फिरोगे?" मैंने कहा।

विनायक ने मेरी ओर देखा, और बैग वापस पलंग पर रख दिया।

"चलो, नहीं ले चलते," उसने कहा, लेकिन जब हम दोनों कमरे में से निकलने लगे तो उसने बैग को फिर से बगल में दबा लिया।

"यह न रहे तो बगल खाली-खाली लगती है, मुझे अटपटा-सा लगता रहता है।"

हम होटल में से निकलकर शहर को जानेवाली बड़ी सड़क पर आ गए। मैं तो बाहर का आदमी था, 'पब्लिक' की ओर से सेमिनार में भाग लेने गया था, मगर ये तीनों तो एक ही दफ्तर के कार्यकर्ता थे—एक संचालक, दूसरा उपसंचालक और तीसरा क्लर्क। भला दिल्ली में कहाँ कभी एक साथ घूमने निकलते होंगे!

किसी नए नगर के साक्षात् करते ही बदन में स्फूर्ति की लहर दौड़ जाती है। बाहर खुले में आते ही तबीयत में चुस्ती आ गई। धुला-धुला मौसम था, हवा में खुनकी और खिली-खिली धूप। हम बरबस बतियाने-हँसने लगे। संचालक, उपसंचालक और क्लर्क के बीच की हद्‌दबन्दियाँ भुरभुराने लगीं और बातचीत में बेतकल्लुफी आने लगी। आँखें झाँक-झाँककर आसपास का नजारा देखने लगीं—आते-जाते लोग, शहर की चहल-पहल, सजी-धजी दुकानें, तरह-तरह के वाहन।

जैन ने सबसे पहले टिप्पणी कसी, "यहाँ की लौंडियाँ तो बुरी नहीं। साँवली, नमकीन, इनकी आँखें ऐसे चमकती हैं, जैसे गहरे कुएँ में पानी झिलमिलाता है!"

यह उपमा भी जरूर उसने कहीं से उठाई होगी।

फिर अपने-आप कहने लगा, "हम तो एक बात जानते हैं, औरतें सुन्दर हैं तो नगर सुन्दर है, अगर औरतें थुलथुल हैं तो अपन तो वहाँ नहीं जाएँगे। हमने देख-सुनकर ही सेमिनार के लिए जगह चुनी है।"

सामने से पाँच-छह युवतियों की एक डार-सी चली आ रही थी। जैन खड़ा हो गया और पतलून की जेब में हाथ डाले, और तोंद फैलाए, आँखें फाड़-फाड़कर उनकी ओर देखने लगा। दिल्ली में वह इस तरह कब लड़कियों को घूरता होगा! उसकी चाल-ढाल को देखकर लगा, जैसे जवानी के दिनों में जरूर लोफरों के साथ घूमता रहा है। स्वभाव पर चढ़ी दफ्तरी अनुशासन की पपड़ी चटक-चटक टूट रही थी।

क्लर्क मेहता खी-खी करके जैन के व्यवहार पर हँसता भी जाता और आस-पास की दुकानों में झाँकता भी जाता था। उसे मछली के आकार की बनी सुराहियाँ बड़ी पसन्द आईं और ऐसी थालियाँ भी जिनमें कटोरियाँ थाली के अन्दर ही जुड़ी रहती हैं।

"ये कैसी हैं? हैं जी, देखा जी? ये कैसी हैं, हैं जी? उल्टा भी कर दो तो भी कटोरी नहीं गिरेगी।"

केवल उपसंचालक विनायक चुप था। बगल में काला बैग दबाए, निःसंग और निश्चेष्ट आगे की ओर गर्दन बढ़ाए, चला जा रहा था। विनायक की कनपटियों के बाल सफेद हो चले थे और चेहरे का रंग उपसंचालकों का-सा, सुहागे के रंग का हो रहा था, जबकि जैन का चेहरा खिला-खिला था, संचालकों के चेहरे-जैसा। पिछले कुछ दिनों से विनायक मेरे साथ खुलने लगा था, कुछ इसलिए भी कि हम एक ही कमरे में ठहराए गए थे।

पर यह बेतकल्लुफी जैसे ही शुरू हुई थी, वैसे ही सहसा खत्म भी होने लगी।

थोड़ी देर तक चलते रहने के बाद जैन खड़ा हो गया और बोला, ''पहले कहीं से अच्छा-सा बनारसी पान का बीड़ा लेकर मुँह में रखेंगे, फिर आगे की बात होगी। जब से आए हैं, ढंग का पान खाने को नहीं मिला।''

''बनारसी पत्ता यहाँ कहाँ मिलेगा,'' विनायक ने तनिक लापरवाही से कहा, ''चलिए, बहुत पान नहीं खाते। आपको तो डॉक्टर ने भी मना कर रखा है।''

इस पर जैन ने निर्णयात्मक-सी आवाज में कहा, ''तुम लोग घूमना चाहो तो घूमो, हम तो पहले बनारसी पान खाएँगे।''

इस पर फिर विनायक ने लापरवाही से कहा, ''अब बनारसी पान न मिले तो कोई कहाँ से लाए, यहाँ देशी पान ही खा लीजिए।''

''देशी पान तो हम नहीं खाएँगे,'' सड़क की पटरी पर अपने पैर जमाते हुए जैन बोला, ''देशी पान नहीं खाएँगे। इससे तो घास खा लेना ज्यादा अच्छा है। बनारसी पत्ता हो, उसमें थोड़ी गीली सुपारी हो, एक इलायची और चुटकी-भर जर्दा, तो हमें और कुछ नहीं चाहिए।''

''पर यह मिले भी तो ? यहाँ बनारसी पत्ता नहीं मिलता !'' विनायक ने अपना असन्तोष व्यक्त करते हुए कहा।

जैन ने इस ढंग से विनायक की ओर देखा कि विनायक समझ ले कि वह संचालक के सामने खड़ा है। विनायक चुप हो गया।

अब भी हम लोग आगे बढ़े तो अपने-आप ही पंक्तिबद्ध हो गए। जैन सबसे आगे था, दोनों हाथ पीठ पीछे रखे हुए नेपोलियन की तरह आगे बढ़ा जा रहा था, मैं और विनायक उससे दो कदम पीछे थे और मेहता सबसे पीछे। और जब हम कहीं रुकते, तो मैं पाता कि जैन अक्सर सड़क की पटरी पर खड़ा होता, विनायक का एक पैर पटरी पर तो दूसरा सड़क पर होता जबकि मेहता पटरी पर से उतरकर पाँच कदम की दूरी पर सड़क पर खड़ा होता। अदब-कायदे के दर्जे सड़क पर भी अपने-आप बनते जा रहे थे।

अब विनायक बार-बार मुझे छोड़कर, कभी सड़क के दाएँ तो कभी बाएँ, हर पनवाड़ी की दुकान से बनारसी पत्ते के बारे में पूछने लगा।

''यार, यह क्या परेशानी है ? क्या हम दिन-भर बनारसी पत्ता ही ढूँढ़ते फिरेंगे ?'' मैंने विनायक से कहा।

''हम तो नहीं कह सकते, तुम इनसे कहो,'' विनायक ने निश्चेष्ट-सी आवाज में कहा।

''क्यों ? तुम क्यों नहीं कह सकते ? तुम्हारे अफसर होंगे तो दिल्ली में होंगे, यहाँ पर तो नहीं हैं और आज तो छुट्टी का दिन है, इतवार है।''

इस पर विनायक तुनककर बोला, ''अफसर की बात नहीं है। अफसर तो यहाँ पर मैं हूँ, सेमिनार का आयोजन तो सारा मैंने किया है। ''यहाँ पर तो मेरी चलती है...'' पर बोलते हुए ही उसने झट से अपनी आवाज धीमी कर ली, मानो उसे लगा हो कि जैन कान लगाए उसकी बातें सुन रहा है।

हम लोग तीन सड़कें लाँघ चुके थे। तब विनायक को एक पान की दुकान में बनारसी पत्ता मिल ही गया।

जैन ने मुँह में बीड़ा रखा, फिर चकवे की तरह गर्दन ऊँची करके मुँह खोला और जर्दे की चुटकी उसमें खोल दी। देखते-ही-देखते जैन के गालों पर रंगत फैल गई, फिर होंठ लाल हुए। आँखों में तरावट आ गई, आत्मा तृप्त हो गई।

''इस पान के पीछे तुमने हमें थका मारा,'' जैन ने बेतकल्लुफी से कहा, ''अब तो भाई, हमसे चला नहीं जाता। बहुत-कुछ देख लिया। अब पहले तो हम कहीं बैठेंगे।''

''पान के पीछे मारे-मारे तो हम घूमते रहे और थक आप गए!'' विनायक ने तनिक खीजकर कहा, ''अंगों को हिलाते रहा कीजिए, जैन साहब! आप घूमते नहीं, इसीलिए आपका रक्तचाप स्थिर नहीं रहता।''

जैन साहब मुस्कराते रहे, लेकिन उनकी आँखों में फिर वही भाव तिरता-सा आया कि तुम जरूरत से ज्यादा हमारे साथ बेतकल्लुफ हो। तुम्हें देश हो या परदेस, यह नहीं भूलना चाहिए कि मैं जैन हूँ और तुम विनायक हो।

''चलिए, पहले किसी जगह बैठकर थोड़ा नाश्ता करेंगे, फिर आगे का प्रोग्राम बनाएँगे।'' जैन ने जबड़ा चलाते हुए कहा, फिर विनायक की ओर घूमकर बोला, ''जाइए, विनायकजी, कोई गाड़ी-वाड़ी ले आइए, एक टैक्सी कहीं से पकड़ लाइए, अब हम और पैदल तो नहीं चलेंगे।''

विनायक ठिठका, मेरे चेहरे की ओर उसकी आँख नहीं उठीं, फिर वह क्लर्क मेहता की ओर मुखातिब होकर बोला, ''मेहताजी, इधर से एक टैक्सी पकड़िए, तो।''

''मेहता को कहाँ से मिलेगी, आप खुद ही तकलीफ कीजिए,'' जैन ने कहा। जैन की छोटी-छोटी मुस्कराती हुई-सी आँखें कह रही थीं कि मातहतों के पंख थोड़े-बहुत कतरते ही रहना चाहिए।

विनायक का चेहरा स्याह पड़ गया। बगल में अपना काला बैग दबाए चुपचाप टैक्सी की तलाश में जाने लगा।

''ठहरिए, विनायकजी, मैं भी चलता हूँ।'' मैंने कहा और विनायक के साथ हो लिया।

जैन पटरी पर खड़ा जुगाली करता रहा और उससे दस कदम दूर, मेहता, पटरी पर से उतरकर सड़क पर खड़ा हो गया।

विनायक के मस्तिष्क में संस्मरणों का कूड़ा भरा पड़ा है। हर बार तिरस्कृत होने पर किसी-न-किसी संस्मरण का चिथड़ा निकाल लाता है और मेरे सामने उसकी नुमाइश करता है।

"यहाँ किसी रेस्तराँ में बैठकर नाश्ता कर लेते," मैंने कहा।

"तुम कहो, हम तो नहीं कह सकते," विनायक बोला, फिर बड़बड़ाकर कहने लगा, "टैक्सी के पैसे सरकार देगी, इनकी जेब से थोड़े ही जाएँगे," और तभी अपनी ठंडी निश्चेष्ट आवाज में संस्मरण सुनाने लगा, "इन साहब ने मुझे लखनऊ में तार दिया कि मैं लखनऊ आ रहा हूँ, मेरे रहने का इन्तजाम करवा दो। मैंने बड़ी दौड़धूप करके सरकिट हाउस में इन्तजाम करवा दिया। जाड़ों के दिन थे, सुबह चार बजे मैं स्टेशन पर इन्हें लिवाने के लिए गया। जब गाड़ी में से उतरे तो इनके साथ तिवारीजी थे। मुझे देखकर वह हजरत बोले, 'कहिए विनायकजी, हमारे रहने का प्रबन्ध हो गया?' "

" 'जी,' मैंने कहा, 'बहुत बढ़िया इन्तजाम कर दिया है, सरकिट हाउस में, और गाड़ी भी ले आया हूँ।'

" 'कितने पैसे देने होंगे रोज के?'

" 'केवल बाईस रुपए। खाना-पीना सब मिलाकर।'

" 'अरे, इतने ज्यादा!' यह हज़रत बोले और साथी की ओर घूमकर कहने लगे, 'तब तो तिवारीजी, हम आप ही के साथ चलेंगे,' और बिना मेरी ओर देखे या कुछ कहे उनके साथ हो लिये।"

विनायक की आवाज इतनी सूखी, इतनी समतल है कि उसमें आत्मानुकम्पा तक की गूँज सुनाई नहीं देती—सूखी, निश्चेष्ट ठंडी आवाज।

नुक्कड़ पर एक टैक्सी मिल गई और हम उसे ले आए। जैन उसी तरह पतलून की जेब में हाथ डाले मुँह हिलाए जा रहा था और मेहता दस कदम दूर अदब से जैन की ओर पैंतालीस डिग्री का कोण बनाए खड़ा था।

टैक्सी खड़ी हुई तो हम लोग उसमें से निकल आए। फिर बड़े कायदे से टैक्सी में बैठने की रस्म अदा की गई, मतलब कि पहले विनायक टैक्सी का दरवाजा खोलकर उसे थामे खड़ा रहा और जैन ने अन्दर प्रवेश किया। फिर मेहता ने दरवाजा पकड़ा और विनायक ने प्रवेश किया, फिर मैंने, और इसके बाद दरवाजा बन्द करके मेहता ने आगे का दरवाजा खोला और ड्राइवर के साथ सटकर बैठ गया।

गाड़ी चली तो जैन बोला, "विनायक साहब, आज हम नाश्ते पर मिठाई माँगें तो भी हमें खाने नहीं देना, हमने कह दिया।"

"आप खाएँगे साहब। खाएँगे भी और बाद में मुझे दोष भी देंगे।" विनायक बोला।

"नहीं-नहीं, मत खाने देना, मैंने कह दिया।"

''क्यों ?'' मैंने पूछा, ''क्या शूगर की तकलीफ है ?''

जैन मुस्कराया, ''एक शूगर हो तो कहें। मैं नौ गोलियाँ रोज खाता हूँ। छोटी-बड़ी—कोई पीली, कोई नीली।'' फिर वह ब्यौरे के साथ अपनी बीमारियाँ गिनाने लगा, मानो कह रहा हो, मेरी हैसियत का कोई दूसरा अफसर बताओ जो मेरी तरह नौ गोलियाँ रोज खाता हो! ''शूगर भी है, ब्लड प्रेशर भी है, जाने क्या-क्या है...''

रेस्तराँ के बड़े हॉल कमरे में बहुत-सी मेजें लगी थीं। हमने चार कुर्सियोंवाली एक मेज का रुख किया। मगर बैठ जाने पर एक कुर्सी खाली ही बनी रही। क्लर्क मेहता, अपने-आप ही, चुपचाप किसी दूसरी जगह जा बैठा था। मैंने घूमकर देखा तो दीवार के साथ लगी एक मेज पर लगभग दीवार की ओर मुँह किए बैठा था।

''वहाँ आजादी से खाएँगे,'' जैन ने सफाई देते हुए कहा, ''हमारे साथ बँधे-बँधे महसूस करते, उन्हें झेंप होती है।'' फिर न जाने जैन को क्या सूझी, विनायक की ओर देखकर बोला, ''विनायकजी, आप वहाँ मेहता के साथ जा बैठिए। बेचारा अकेला है।''

विनायक ठिठका, उसके बाएँ गाल पर कँपकँपी दौड़ गई, पर वह वहीं बना रहा।

''नहीं साहब, उन्हें मेरे साथ रहते भी झेंप होगी।''

जैन मुस्कराता रहा। गाल में दबा पान अब तक चिथड़े-चिथड़े हो चुका था, और अब जैन इन चिथड़ों को टटोल-टटोलकर ला रहा था और दाँतों तले पीस रहा था।

जैन ने अपनी लाल जर्सी उतारकर कुर्सी की पीठ पर टाँग दी और पतलून के ऊपर के दो बटन खोल दिये।

जब नाश्ता परोसा जाने लगा तो जैन ने फिर से विनायक को सम्बोधन किया, ''हमें मिठाई नहीं खाने देना विनायक, हमने कह दिया।'' फिर मानो अपने से बातें करते हुए बोला, ''लेकिन तुम कहते ठीक हो, सुस्ती अच्छी चीज नहीं। दिल्ली में भी सारा वक्त बैठे रहते हैं,'' फिर मेरी ओर देखकर बोला, ''हमारे पिताजी भी हमें सुस्त कहा करते थे, 'अमर चन्द्र, तुम बहुत सुस्त हो, सारा वक्त निठल्ले पड़े रहते हो, तुम्हारा बने-बनाएगा कुछ नहीं।' आज पिताजी हमें देखें तो, हमारा कुछ बना है या नहीं। जिस पोजीशन पर वह चालीस साल तक एड़ियाँ घिसाने के बाद पहुँचे थे, उस पोजीशन के लोगों के साथ तो हम बात भी नहीं करते।'' और जैन खी-खी कर हँस दिया।

नाश्ता आया तो जैन ने डटकर खाया, यहाँ तक कि उसकी साँस तेज चलने लगी और उसे पतलून का ऊपर से तीसरा बटन भी खोल देना पड़ा। आखिर वह कुर्सी की पीठ से टेक लगाकर हाँफता हुआ बैठ गया।

नाश्ता कर चुकने के बाद, उस प्रदेश के चलन के अनुसार जब बैरा मिठाई की तश्तरी सामने रख गया तो जैन का बुरा हाल था। उसकी आँखें मिठाई पर से हटती

ही नहीं थीं। देखते-ही-देखते जैन का चेहरा पीला पड़ गया और माथे पर पसीने की बूँदें झलक आईं। उसका मन विकट द्वन्द्व में छटपटा रहा था कि मिठाई मुँह में डाले या नहीं डाले। उसके दाएँ गोलमटोल गुदगुदे हाथ में बार-बार कम्पन होता, मानो वह मिठाई की ओर बढ़ना चाहता हो, पर फिर वह मेज पर निश्चेष्ट-सा पड़े रहता।

विनायक ने वितृष्णा से मुँह फेर लिया। लगता था, वह इस स्थिति से भली-भाँति परिचित है।

फिर सहसा एक ही झटके से जैन मिठाई की तश्तरी पर झपटा, जैसे चील अपने शिकार पर झपटती है और बर्फी के दो टुकड़े उठाकर सीधे मुँह में डाल लिये, ''ऐसी भी क्या बात है, आखिर छुट्टी पर आए हैं। देखा जाएगा, जो होगा।''

उसका जबड़ा फिर से चलने लगा, गालों पर फिर रंगत आ गई, आँखों में तृप्ति का नीलापन पहले की तरह फिर से लौट पड़ा। मुँह के अन्दर उसकी बल खाती जीभ बार-बार इधर से उधर लौटने लगी।

देर तक जबड़ा हिलाते रहने के बाद उसने आँखें मिचमिचाईं और दोनों हाथ तोंद पर रख लिये। उसकी जीभ अभी भी जबड़ों और दाँतों के बीच बर्फी के जर्रे बटोर रही थी। जब जबड़ा हिलना बन्द हुआ तो वह आँखें नीची किए मेज की ओर देखता रहा और चुप-सा हो गया। उसे कोफ्त-सी होने लगी कि क्या कर बैठा है। ''हो गया जो होना था...'' वह बुदबुदाया और फिर जहर में बुझी नजर से विनायक की ओर देखने लगा। लगा, अभी विनायक पर बरस पड़ेगा, लेकिन वह कुछ भी बोला नहीं, केवल बड़बड़ाता हुआ उठकर बाहर लाउंज की ओर चला गया।

नाश्ते के बाद मैं लाउंच में से निकलकर सीधा रेस्तराँ के बाहर आ गया। मुझे सैर का प्रोग्राम खटाई में पड़ता जान पड़ा। मन में आया, अकेले ही कहीं निकल जाऊँ। जैन लाउंज में जाकर एक सोफे पर पसर गया था, और विनायक क्लर्क को लेकर रुपए-पैसे का हिसाब करने लगा था और अपने तिरस्कार की कटुता क्लर्क पर निकालने लगा था। मैं रेस्तराँ में से निकलने ही वाला था कि इतने में पीछे से आहट हुई। विनायक अपने काले बैग में रसीदें खोंसता हुआ चला आ रहा था।

मैंने उसे देखते ही कहा, ''जैन साहब तो लगता है, अब आराम करेंगे। चलो, हम और तुम मन्दिर देख आएँ।''

''मन्दिर-वन्दिर में क्या रखा है...'' उसने खीजकर कहा।

''जैन तो सो रहा है यार, और मेहता उसके पास है, चलो, हम दोनों निकल चलें।'' और मैं उसे घसीटकर एक टैक्सी की ओर ले चला।

शहर में से निकलते ही दृश्य बदल गया। बल खाती चौड़ी सड़क ऊपर को जाने लगी। आँखें बरबस बाहर की ओर उठ गईं। दूर पहाड़ी का रंग ताँबे-जैसा लग रहा था और उसी पर, पेड़ों के झुरमुट के बीच किसी पुराने मन्दिर का कलश चमक रहा था। बार-बार वह आँखों के सामने आता और बार-बार ही आँखों से ओझल भी हो

जाता। विनायक पहले तो देर तक बड़बड़ाता रहा और मैं डरता रहा कि अपने संस्मरणों का पिटारा फिर से खोल देगा, लेकिन ज्यों-ज्यों टैक्सी आगे बढ़ती गई और वह जैन से दूर होता गया, वह ज्यादा आजाद और ज्यादा हल्का महसूस करने लगा।

''मैंने सोचा है, रिटायर होकर मैं एक जीप खरीद लूँगा। जीप में खाने-पीने और सोने-पहनने का सामान रखा, और चल मेरे भाई, जिधर मन आया, निकल गए। जहाँ मन आया, घूमे—कभी एक जगह तो कभी दूसरी जगह।'' उसने इतने आग्रह के साथ कहा मानो वह सचमुच आजाद हो जाने के लिए छटपटा रहा हो!

मन्दिर तक पहुँचते-पहुँचते चार बज गए। पहाड़ी के नीचे एक ओर को चौड़ी झील बिछी थी। ऊपर आकाश का रंग ताँबे-जैसा लाल हो रहा था। यही यहाँ का सूर्यास्त माना जाता होगा। आस-पास की छोटी-छोटी पहाड़ियाँ भी आकाश की लालिमा से ढकी थीं। इसी लाली के कारण नीचे की झील किसी दहकते द्रव्य का बहुत बड़ा कुंड लग रही थी। चारों ओर फैली इस लाली की पृष्ठभूमि में अनेक पक्षी अपने पतले-पतले, काले पंख फैलाए, जैसे आग की लपटों से बच पाने के लिए भागे जा रहे थे। किसी-किसी वक्त किसी पक्षी की तीखी चीख सुनाई दे जाती जो असह्य उल्लास की चीख भी हो सकती थी और असह्य वेदना की भी। ऐसा दृश्य मैंने पहले कभी नहीं देखा था।

तभी मुझे अपने पीछे बुदबुदाने की आवाज आई। विनायक था।

''क्या सोच रहे हो?'' मैंने पूछा।

वह ठिठका, फिर धीरे से बोला, ''जिन्दगी में कुछ बना-बनाया नहीं, सारी जिन्दगी चौपट हो गई!''

उसका बायाँ गाल फिर से थिरकने लगा था।

''अपने कस्बे में बना रहता तो इस वक्त सात सौ कमा रहा होता। और कस्बे में कोई खर्च ही नहीं, इज्जत-ही-इज्जत है। इधर पिछले सात साल से जैन छाती पर सवार है, जान आफत में आ गई है... '' फिर ठंडी साँस भरकर बोला, ''चलो, जैसे इतने बरस बीत गए हैं, छह महीने और भी कट जाएँगे।''

''छह महीने क्यों?''

''छह महीने में रिटायर हो रहा हूँ। कम-से-कम इस मूजी से तो पिंड छूटेगा।''

''क्या तुम एक्सटेंशन नहीं ले रहे हो?''

''एक्सटेंशन का क्या सवाल है, अब तो रिटायर होने के दिन आ गए।''

''अच्छा! मैंने तो सुना है, तुम्हारे महकमे में एक्सटेंशन देने लगे हैं। नीम सरकारी महकमा है तुम्हारा; बल्कि मैंने तो सुना है कि किंकर ने एक्सटेंशन के लिए दरखास्त भी कर दी है।''

पहले तो बात विनायक के जेहन में नहीं उतरी। मैंने भी सुनी-सुनाई बात कह दी थी। नहीं जानता था, कहाँ तक सही थी। उसने सिर झटक दिया मानो कह रहा

हो, भाड़ में जाए किंकर भी और जैन भी! पर फिर सहसा वह मेरी कोहनी पकड़कर बोला, "तुम्हें किसने बताया? क्या सचमुच किंकर ने एक्सटेंशन के लिए दर्खास्त कर दी है?"

"त्रिपाठी बता रहे थे।"

"कब?" विनायक की साँस तेज चलने लगी थी।

"यही चलने से दो-एक दिन पहले। क्या जैन ने तुम्हें बताया नहीं?"

"नहीं तो! यार, साफ-साफ बताओ, क्या पहेलियाँ बुझा रहे हो!"

"मैं ज्यादा कुछ नहीं जानता। तुम्हारे यहाँ दो-एक साल की एक्सटेंशन मिल सकती है, मैंने इतना ही सुना है।"

कह चुकने के बाद मुझे लगा, जैसे मुझसे भूल हो गई है। विनायक चुप हो गया और झील की ओर देखने लगा। फिर सहसा उसके मुँह से हूक-सी निकली और बेहद उत्तेजित हो उठा। उसके दोनों गाल थिरक रहे थे।

"मैं यह चांस भी खो दूँगा। पहले भी ऐसा हो चुका है। मेरी किस्मत ही ऐसी है।" फिर मेरी कोहनी पकड़कर बोला, "क्या सचमुच नौकरी की मियाद बढ़ सकती है?...मुझे दिल्ली पहुँचना चाहिए। जैसे भी हो, दिल्ली पहुँचना चाहिए। मैं दिल्ली जाऊँगा। आज रात ही दिल्ली के लिए निकल जाऊँगा। मेरे कैरियर का सवाल है। तुम जानते हो, दो बरस नौकरी के और मिल जाएँगे। और क्या चाहिए... "

विनायक की अकुलाहट बराबर बढ़ती जा रही थी। कभी बैग को एक बगल में रखता, कभी दूसरी में। और दोनों गाल काँप रहे थे।

"जैन सिफारिश कर दें तो काम बन जाएगा।" वह बुदबुदा रहा था, "मैंने उनकी बड़ी खिदमत की है। उनकी बेटी की शादी का सारा काम मैंने किया था। मुझे दिल्ली पहुँचना चाहिए..."

और वह उन्हीं कदमों लौट पड़ा और ढलान उतरने लगा।

"कहाँ जा रहे हो विनायक, ठहरो तो! दिल्ली यहाँ से बहुत दूर है!"

"भाई, माफ करना, मैं भागा जा रहा हूँ, यह मेरे कैरियर का सवाल है। तुम नजारा देखकर आ जाना। बहुत अच्छा नजारा है, बड़ी मशहूर जगह है, मुझे माफ करना..."

और वह भागने लगा, तेजी से ढलान उतरने लगा। काला बैग उसके हाथ में झूल रहा था, और तीखी ढलान पर पैर बेतरह पड़ रहे थे। "जैन साहब सिफारिश कर दें तो बेड़ा पार है। मैं अभी उनसे मिलूँगा..." तभी वह धड़ाम से घुटनों के बल गिरा। बड़ी उम्र का आदमी, दौड़कर ढलान उतरने का अभ्यस्त नहीं था। मैं भागकर उसके पास गया। वह हाँफ रहा था, पर शीघ्र ही उठ बैठा। दोनों घुटनों पर से पतलून फट गई थी और हाथों की हथेलियाँ छिल गई थीं।

''मैं ठीक हूँ। मुझे कोई चोट नहीं आई।'' उसने उठते हुए कहा, और दूर गिरा अपना काला बैग उठाने लगा। ''वक्त पर बात हो जाए तो काम बन जाता है, वक्त निकल जाए तो कोई कुछ नहीं कर सकता। भैया, मुझे माफ करना। अभी नहीं तो कभी नहीं। जैन साहब सिफारिश कर दें तो बेड़ा पार है। इनके साथ सात बरस से काम कर रहा हूँ। मैंने इनकी खिदमत की है। तुम सूर्यास्त का दृश्य देखो। मेरे कैरियर का सवाल है। एक बार दिल्ली पहुँच जाऊँ तो इसे हाथ से नहीं जाने दूँगा।...'' और वह फिर हाँफता हुआ ढलान उतरने लगा।

तभी आसमान में चारों ओर फैली लौ बुझने-सी लगी। क्षण-भर पहले लाली चारों ओर छाई थी। अब लग रहा था, जैसे आकाश में से धूसर रंग की राख गिरने लगी है। लगा, जैसे कोई स्वप्न भंग हो रहा है। वे पक्षी जो चारों ओर छिटकी लालिमा में अठखेलियाँ कर रहे थे, अब पंख समेटकर जाने कहाँ चले गए थे! वातावरण में अवसाद की धूल-सी उड़ने लगी थी।

✪✪✪